中国诗词大汇 品读醉美

爱国诗词

许康 编著

中国言实出版社

图书在版编目（CIP）数据

品读醉美爱国诗词 / 许康编著. -- 北京 : 中国言实出版社, 2021.11
ISBN 978-7-5171-3879-2

Ⅰ. ①品… Ⅱ. ①许… Ⅲ. ①诗词—诗歌欣赏—中国 Ⅳ. ①I207.2

中国版本图书馆CIP数据核字(2021)第190004号

品读醉美爱国诗词

责任编辑：郭江妮
责任校对：敖　华

出版发行：中国言实出版社
地　址：北京市朝阳区北苑路180号加利大厦5号楼105室
邮　编：100101
编辑部：北京市海淀区花园路 6 号院 B 座 6 层
邮　编：100088
电　话：64924853（总编室）　64924716（发行部）
网　址：www.zgyscbs.cn　E-mail：zgyscbs@263.net

经　销：新华书店
印　刷：北京市兴怀印刷厂
版　次：2022年 8 月第 1 版　2022年 8 月第 1 次印刷
规　格：850毫米 × 1168毫米　1/32　7.5印张
字　数：224千字

定　价：42.80元
书　号：ISBN 978-7-5171-3879-2

前言

优秀的诗词是我们中华民族传统文化的精粹，也是中华儿女引以为豪的瑰宝。我们伟大的祖国在悠久的历史长河中，造就了一个闻名世界的诗国。从《诗经》《楚辞》到汉乐府民歌，从魏晋诗歌到唐诗、宋词、元曲，无数诗人在祖国灵山秀水的孕育下，写下了一首首脍炙人口的诗篇。

看那优美的词句、听那和谐的音韵，或激励人奋发图强，或诉说爱情的悲欢离合，或追忆流金岁月，或赞美清幽的田园生活、山川田野的秀美景色；时而悲壮苍凉，时而清新优美，时而幽默风趣，时而沉郁激愤……内容五彩缤纷，情感细腻真挚。一首首诗词就像夜空中璀璨的星儿不断把光明洒向人间，驱散我们内心的迷惘，照亮我们的前程，这怎能不让我们为之震撼？怎能不让我们为之心动？

诵读经典诗词是中华民族的优良传统，对陶冶情操，开拓视野，继承古代优秀的文化遗产，提高文化修养、审美能力、想象能力和读写能力，都具有相当重要的作用。为此，我们在浩如烟海的中国诗词中精心选录了千余首，并按爱国、励志、怀古、思乡、登临、田园、言情、友谊、童趣等9个主题分为9册，更方便读者有针对性的选读。每册除了将诗词原汁原味地呈献给大家外，还增设了注释、作者名片、译文、赏析等四个板块，旨在让读者更准确、更深入地掌握这些诗词的内涵和特色。

本册将带您领略洋溢着高尚气息的爱国情怀。爱国是炎黄子孙的不解情结，也是中华民族的优良传统。自古以来，孟子“达则兼济天下”的教诲不知影响了多少文人墨客，陆游“位卑未敢忘忧国”的告诫不知激励了多少仁人志士。无数诗人为此慷慨激昂，感叹悲歌，有的表现誓死杀敌、建功立业的凌云壮志，有的表现结束战乱、迎接和平的强烈愿望，有的表现身处困境，仍心系国家的赤子情怀。这些诗词思想高尚，情感纯真，艺术性强，文质兼美，成为文学世界中一道亮丽的风景。

目录

春望

【唐】杜甫

国[①]破山河在，
城[②]春草木深[③]。
感时[④]花溅泪[⑤]，
恨别[⑥]鸟惊心。
烽火连三月[⑦]，
家书抵万金。
白头搔更短，
浑欲[⑧]不胜簪[⑨]。

注释

①国：国都，指长安（今陕西西安）。
②城：长安城。
③草木深：指人烟稀少。
④感时：为国家的时局而感伤。
⑤溅泪：流泪。
⑥恨别：怅恨离别。
⑦烽火：古时边防报警点的烟火，这里指安史之乱的战火。三月：正月、二月、三月。
⑧浑：简直。欲：想，要，就要。
⑨胜：经受，承受。簪：一种束发的首饰。古代男子蓄长发，成年后束发于头顶，用簪子横插住，以免散开。

作者名片

杜甫（712—770），字子美，自号少陵野老，世称“杜工部”“杜少陵”等，汉族，河南府巩县（今河南省巩义市）人，唐代伟大的现实主义诗人。杜甫被世人尊为“诗圣”，其诗被称为“诗史”。杜甫与李白合称“李杜”，为了跟另外两位诗人李商隐与杜牧即“小李杜”区别开，杜甫与李白又合称“大李杜”。他忧国忧民，人格高尚，诗艺精湛，约1400余首诗被保留下来，在中国古典诗歌中备受推崇，影响深远。759—766年间曾居成都。

译文

长安沦陷，国家破碎，只有山河依旧。春天来了，人烟稀少的长安城里草木茂密。

感伤于战败的时局，看到花开而潸然泪下，内心惆怅怨恨，听到鸟鸣而心惊胆战。

连绵的战火已经延续了一个春天，家书难得，一封抵得上万两黄金。

愁绪缠绕，搔头思考，白发越搔越短，简直快不能插簪了。

赏析

此诗前四句写春日长安凄惨破败的景象，饱含着兴衰感慨；后四句写诗人挂念亲人、心系国事的情怀，充溢着凄苦哀思。全诗格律严整，颔联以“感时花溅泪”应首联国破之叹，以“恨别鸟惊心”应颈联思家之忧，对仗精巧，尾联则强调忧思之深导致发白而稀疏，声情悲壮。

全篇情景交融，感情深沉，而又含蓄凝练，言简意赅，充分体现了“沉郁顿挫”的艺术风格。且结构紧凑，围绕“望”字展开。前四句借景抒情，情景结合。诗人由登高望远到焦点式的透视，由远及近，感情由弱到强，就在这感情和景色的交叉转换中含蓄地传达出感叹忧愤。从整体来看，由描绘国都萧索的景色，到眼观春花而泪流，耳闻鸟鸣而怨恨，再写战事持续了很久，以至于家里音信全无，最后写到自己的哀怨和衰老，环环相生、层层递进，创造了一个能够引发人们共鸣、深思的境界。表现了在典型的时代背景下所生成的典型感受，反映了同时代的人们热爱国家、期待和平的美好愿望，表达了大家的心声。也展示出诗人忧国忧民、感时伤怀的高尚情感。

过零丁洋[①]

【宋】文天祥

辛苦遭逢起一经，
干戈寥落四周星[②]。
山河破碎风飘絮，
身世浮沉雨打萍。
惶恐滩[③]头说惶恐，
零丁洋里叹零丁[④]。
人生自古谁无死？
留取丹心照汗青。

注释

①零丁洋：零丁洋即“伶仃洋”。现在广东省珠江口外。1278年底，文天祥率军在广东五坡岭与元军激战，兵败被俘，囚禁在船上，曾经过零丁洋。

②寥（liáo）落：荒凉冷落。一作“落落”。四周星：四周年。文天祥从1275年起兵抗元，到1278年被俘，历时四年。

③惶恐滩：在今江西省万安县，是赣江中的险滩。1277年，文天祥在江西被元军打败，所率军队死伤惨重，妻子儿女也被元军俘虏。他经惶恐滩撤到福建。

④零丁：孤苦无依的样子。

作者名片

文天祥（1236—1283），字履善，又字宋瑞，自号文山、浮休道人。汉族，吉州庐陵（今江西吉安县）人，南宋末年大臣，文学家，民族英雄。宝祐四年（1256）进士，官至右丞相兼枢密使。被派往元军的军营中谈判，被扣留。后脱险经高邮嵇庄到泰县塘湾，由南通南归，坚持抗元。祥兴元年（1278）兵败被张弘范俘虏，在狱中坚持斗争三年多，后在柴市从容就义。著有《过零丁洋》《文山诗集》《指南录》《指南后录》《正气歌》等作品。

译文

回想我早年由科举入仕历尽千辛万苦，如今战火消歇已经过四年的艰苦岁月。

国家危在旦夕似那狂风中的柳絮，自己一生的坎坷如雨中浮萍，漂泊无根，时起时沉。

惶恐滩的惨败让我身陷元虏，至今依然惶恐，在零丁洋里，哀叹此孤苦无依。

自古以来，人终不免一死！倘若能为国尽忠，死后仍可光照千秋，青史留名。

赏析

此诗前二句，作者回顾平生；中间四句紧承“干戈寥落”，明确表达了作者对当前局势的认识；末二句是作者对自身命运的一种毫不犹豫的选择。全诗表现了慷慨激昂的爱国热情和视死如归的高风亮节，以及舍生取义的人生观，是中华民族传统美德的崇高表现。

“辛苦遭逢起一经，干戈寥落四周星”中“起一经”当指天祥二十岁中进士说的，“四周星”即四年。天祥于德祐元年（公元1275年，宋恭帝赵㬎的年号）起兵勤王，至祥兴元年（公元1278年，南宋卫王赵昺的年号）被俘，恰好四个年头。此处自叙生平，思今忆昔。

“山河破碎风飘絮，身世浮沉雨打萍”还是从国家和个人两方面展开和深入，加以铺叙。宋朝自临安弃守，恭帝赵㬎被俘，事实上已经灭亡，剩下的只是各地方军民自动组织起来抵抗。文天祥、张世杰等人拥立的端宗赵昰逃难中惊悸而死，陆秀夫复立八岁的赵昺，建行宫于崖山，各处流亡。用“山河破碎”形容这种局面，加上“风飘絮”，更显得形象生动。这时文天祥母亲被俘，妻妾被囚，大儿丧亡，真似水上浮萍，无依无附了。

“惶恐滩头说惶恐，零丁洋里叹零丁”继续追述今昔不同的处境

和心情，昔日惶恐滩边，忧国忧民，诚惶诚恐；今天零丁洋上孤独一人，自叹伶仃。这里“风飘絮”“雨打萍”“惶恐滩”“零丁洋”都是眼前景物，信手拈来，对仗工整，出语自然，且形象生动，流露出一腔悲愤和盈握血泪。

“人生自古谁无死？留取丹心照汗青”笔势一转，忽然宕进，由现在渡到将来，拨开现实，露出理想，如此结语，有如撞钟，清音绕梁。全诗格调，顿然一变，由沉郁转为开拓、豪放、洒脱。这句以磅礴的气势收敛全篇，写出了宁死不屈的壮烈誓词，意思是，自古以来，人哪有不死的呢？只要能留得这颗爱国忠心照耀在史册上就行了。这句千古传诵的名言，是诗人用自己的鲜血和生命谱写的一首理想人生的赞歌。

全诗格调沉郁悲壮，浩然正气贯长虹，的确是一首动天地、泣鬼神的伟大爱国主义诗篇。

满江红·怒发冲冠

【宋】岳飞

怒发冲冠[①]，凭栏处、潇潇[②]雨歇。抬望眼，仰天长啸[③]，壮怀激烈。三十功名尘与土，八千里路云和月[④]。莫等闲，白了少年头，空悲切！

靖康耻[⑤]，犹未雪。臣子恨，何时灭！驾长车，踏破贺兰山[⑥]缺。壮志饥餐胡虏[⑦]肉，笑谈渴饮匈奴血。待从头、收拾旧山河，朝天阙[⑧]。

注释

①怒发冲冠：气得头发竖起来，以至于将帽子顶起。形容愤怒至极。冠是指帽子。

②潇潇：形容雨势急骤。
③长啸：感情激动时撮口发出清而长的声音,为古人的一种抒情举动。
④三十功名尘与土：年已三十，建立了一些功名，不过很微不足道。
八千里路云和月：形容披星戴月，长途跋涉，南征北战。
⑤靖康耻：宋钦宗靖康二年（1127），金兵攻陷汴京，虏走徽、钦二帝。
⑥贺兰山：贺兰山脉位于宁夏回族自治区与内蒙古自治区交界处。
⑦胡虏（lǔ）：秦汉时匈奴为胡虏,后世用为与中原敌对的北方部族之通称。
⑧朝天阙：朝见皇帝。天阙：本指宫殿前的楼观，这里指皇帝生活的地方。

作者名片

岳飞（1103—1142），字鹏举，宋相州汤阴县永和乡孝悌里（今河南安阳市汤阴县程岗村）人，中国历史上著名的军事家、战略家、民族英雄，位列南宋中兴四将之首。岳飞是南宋最杰出的统帅，他重视人民抗金力量，缔造了“连结河朔”之谋，主张黄河以北的抗金义军和宋军互相配合，夹击金军，以收复失地。岳飞的文学才华也是将帅中少有的，他的不朽词作《满江红》，是千古传诵的爱国名篇。葬于西湖畔栖霞岭。

译文

我愤怒得头发竖了起来，帽子被顶飞了。独自登高凭栏远眺，骤急的风雨刚刚停歇。抬头远望天空，禁不住仰天长啸，一片报国之心充满心怀。三十多年来虽已建立一些功名，但如同尘土微不足道；南北转战八千里，经过多少风云人生。好男儿，要抓紧时间为国建功立业，不要将青春白白消磨掉，等年老时徒然悲切。

靖康之变的耻辱，至今仍然没有被洗雪。作为国家臣子的愤恨，何时才能泯灭！我要驾着战车向贺兰山进攻，连贺兰山也要踏为平地。我满怀壮志，打仗饿了就吃敌人的肉，谈笑渴了就喝敌人的鲜血。待我重新收复旧日山河，再向国家报告胜利的消息！

岳飞此词，激励着中华儿女的爱国心。抗战期间这首词曲以其低沉但却雄壮的歌音，感染了中华儿女。

前四字，借司马迁写蔺相如“怒发上冲冠”之妙，表明这是不共戴天的深仇大恨。此仇此恨，因何愈思愈不可忍？正缘独上高楼，自倚栏杆，纵目乾坤，俯仰六合，不禁热血满怀沸腾激昂。——而此时秋霖乍止，风澄烟净，光景自佳，翻助郁勃之怀，于是仰天长啸，以抒此万斛英雄壮志。着“潇潇雨歇”四字，笔致不肯一泻直下，方见气度渊静，便知有异于狂夫叫嚣之浮词矣。

开头凌云壮志气盖山河，写来气势磅礴。再接下去，倘是庸手，有意耸听，必定搜索剑拔弩张之文辞，以引动浮光掠影之耳目——而作者却道出“三十功名尘与土，八千里路云和月”十四个字，真个令人迥出意表，怎不为之拍案叫绝！此十四字，微微唱叹，如见将军抚膺自理半生悲绪，九曲刚肠，英雄正是多情人物，可为见证。功名是我所期，岂与尘土同轻；驰驱何足言苦，堪随云月共赏。（此功名即勋业义，因音律而用，宋词屡见）试看此是何等胸襟，何等识见！

过片前后，一片壮怀，喷薄倾吐：靖康之耻，指徽钦两帝被掳，犹不得还；故下言臣子抱恨无穷，此是古代君臣观念之必然反映，莫以现代之国家观念解释千年往事。此恨何时得解？功名已委于尘土，三十已去，至此，将军自将上片歇拍处“莫等闲，白了少年头，空悲切”之痛语说与天下人体会。沉痛之笔，字字掷地有声！

以下出奇语，寄壮怀，英雄忠愤气概，凛凛犹若神明。盖金人猖獗，荼毒中原，只畏岳家军，不啻闻风丧胆，故自将军而言，“匈奴”实不难灭，踏破“贺兰”，直捣黄龙，并非夸饰自欺之大言也。“饥餐”“渴饮”一联微嫌合掌，然不如此亦不足以畅其情、尽其势。未至有复沓之感者，以其中有真气在。

有论者设：贺兰山在西北，与东北之黄龙府相隔千万里，有何交涉？那克敌制胜的抗金名臣老赵鼎，他作《花心动》词，就说：

“西北欃枪未灭，千万乡关，梦遥吴越。”那忠义慷慨寄敬胡铨的张元干，他作《虞美人》词，也说：“要斩楼兰三尺剑，遗恨琵琶旧语！”这都是南宋初期的爱国词作，他们说到金兵时，均用“西北”“楼兰”（汉之西域鄯善国，傅介子计斩楼兰王，典出《汉书·西域传》），可见岳飞用“贺兰山”和“匈奴”，是无可非议的。

“待从头、收拾旧山河，朝天阙！”满腔忠愤，丹心碧血，倾出肺腑。即以文学家眼光论之，收拾全篇，神完气足，无复毫发遗憾，诵之令人神往，令人起舞！然而岳飞头未及白，金兵自陷困境，由于奸人谗害，宋皇朝自弃战败。“莫须有”千古奇冤，闻者发指，岂复可望眼见他率领十万貔貅，与中原父老齐来朝拜天阙哉？悲夫。

此种词原不应以文字论长短，然即以文字论，亦当击赏其笔力之沉厚，脉络之条畅，情致之深婉，皆不同凡响，倚声而歌，乃振兴中华之必修音乐艺术课也。

示 儿[①]

【宋】陆游

死去元知[②]万事空，
但悲不见九州[③]同。
王师北定中原日，
家祭无忘告乃翁[④]。

注释

①示儿：写给儿子们看。
②元知：原本知道。元：通“原”。
③九州：这里代指宋代中国的版图。古代中国分为九州，所以常用九州指代中国。
④乃翁：你们的父亲，指陆游自己。

作者名片

陆游（1125—1210），字务观，号放翁。汉族，越州山阴（今浙江绍兴）人，南宋著名诗人。少时受家庭爱国思想熏陶，高宗时应礼部试，为秦桧所黜。孝宗时赐进士出身。中年入蜀，投身军旅生活，官至宝章阁待制。晚年

退居家乡。所创诗歌今存九千多首，内容极为丰富。著有《剑南诗稿》《渭南文集》《南唐书》《老学庵笔记》等。

译文

原本知道死去之后就什么也没有了，只是因没能见到国家统一而感到悲伤。

当大宋军队收复中原失地那一天时，你们举行家祭时不要忘了告诉我！

赏析

此诗是陆游爱国诗中的又一首名篇。陆游一生致力于抗金斗争，一直希望能收复中原。虽然频遇挫折，却仍然未改变初衷。从诗中可以领会到诗人的爱国激情是何等的执着、深沉、热烈、真挚！也凝聚着诗人毕生的心事，对抗金事业具有必胜的信心。题目是《示儿》，相当于遗嘱。在短短的篇幅中，诗人披肝沥胆地嘱咐着儿子，无比光明磊落，激动人心！浓浓的爱国之情跃然纸上。

这首诗用笔曲折，情真意切地表达了诗人临终时复杂的思想情绪和他忧国忧民的爱国情怀，既有对抗金大业未就的无穷遗恨，也有对神圣事业必成的坚定信念。全诗有悲的成分，但基调是激昂的。诗的语言浑然天成，没有丝毫雕琢，全是真情的自然流露，但比着意雕琢的诗更美，更感人。

墨竹图题诗

【清】郑燮

衙斋[①]卧听萧萧[②]竹，
疑是民间疾苦声。
些小[③]吾曹[④]州县吏，
一枝一叶总关情[⑤]。

注释

①衙斋：官衙中供官员居住和休息之所。
②萧萧：拟声词，形容草木摇动声。
③些小：很小，这里指官职卑微。
④吾曹：我们。
⑤关情：牵动情怀。

作者名片

郑燮（1693—1765），字克柔，号理庵，又号板桥，人称板桥先生，江苏兴化人，祖籍苏州，清朝学者、书画家、“扬州八怪”代表人物。乾隆元年（1736）进士，官至山东范县、潍县县令，政绩显著。后客居扬州，以卖画为生。代表作品有《修竹新篁图》《清光留照图》《郑板桥集》等。郑板桥一生只画兰、竹、石，自称“四时不谢之兰，百节长青之竹，万古不败之石，千秋不变之人”。其诗、书、画，世称“三绝”，是清代比较有代表性的文人画家。

译文

在衙门里休息的时候，听见竹叶萧萧作响，仿佛听见了百姓啼饥号寒的怨声。

我们虽然只是州县里的小官吏，但百姓的每一件小事都在牵动着我们的感情。

赏析

这是一首题画诗，诗人从写竹入手，托物言志，语多谦逊委婉，表达了对民众的忧虑关切之情，以及自己的责任感与清官心态。

第一、二句点明诗人身份与周边环境，紧扣画中风来疏竹的主题。“衙斋”说明自己身为官员，不言“官邸”“府第”等，既表明自己的官阶较低，又有谦逊之意。忙中偷闲，静卧休息，却听得似有风雨之声，原来那是衙中自己亲手所植的竹林幽篁为清风所动，萧萧作响，意趣横生，同时给人一种十分悲凉凄寒之感。第二句诗人振腕转笔，由竹叶声响联想到民间疾苦，一个“疑”字道出了诗人的爱民之心与勤政之意，表达了他对百姓的真挚情感。他在任期间确实对百姓关怀备至，深得百姓的感戴。最后因擅自开仓赈济，触犯了贪官污吏的直接利益，而被诬告罢官。

第三、四句写诗人事无巨细，永远恪尽职守，关怀百姓。诗人直陈自己官职卑微，只是一个普通县官，语虽自谦，却用“吾曹”点出像诗人这种下级基层官员在全国的数量之广，将之上升到普遍的高度。末句语带双关，还是用题咏画竹的方式说明，只要是有关民众疾苦，无论事情大小，都会放在心上。由题竹始，又终于咏竹，表面上看是咏竹，实际上却比喻民间疾苦，虚实相间，意味深长。为民解忧，是为官者责任所在，这两句诗拓宽了诗歌的内涵，照应了画意和诗题。

全诗语言质朴，不用典故堆砌，既有明智自勉之心，更含有相与为善之意，竹之清雅超拔与诗人的两袖清风的高尚节操自然相照。四句诗把诗人对百姓真挚而执着的人道主义情怀寄寓其中，是题画诗中的佳作。

兵车行

【唐】杜甫

车辚辚①，马萧萧②，
行人③弓箭各在腰。
耶④娘妻子走相送，
尘埃不见咸阳桥⑤。
牵衣顿足拦道哭，
哭声直上干⑥云霄。
道旁过者⑦问行人，
行人但云点行频⑧。
或从十五北防河⑨，
便至四十西营田⑩。
去时里正⑪与裹头，
归来头白还戍边。
边庭流血成海水，
武皇⑫开边⑬意未已。
君不闻，汉家山东⑭二百州，
千村万落生荆杞⑮。
纵有健妇把锄犁，

注释

①辚（lín）辚：车轮声。《诗经·秦风·车辚》："有车辚辚"。
②萧萧：马嘶叫声。《诗经·小雅·车攻》："萧萧马鸣"。
③行（xíng）人：指被征出发的士兵。
④耶：通假字，同"爷"，父亲。
⑤咸阳桥：指便桥，汉武帝所建，故址在今陕西咸阳市西南，唐代称咸阳桥，唐时为长安通往西北的必经之路。
⑥干（gān）：冲。
⑦过者：过路的人，这里是杜甫的自称。
⑧点行（xíng）频：频繁地点名征调壮丁。
⑨防河：当时常与吐蕃发生战争，曾征召陇右、关中、朔方诸军集结河西一带防御。因其地在长安以北，所以说"北防河"。
⑩西营田：古时实行屯田制，军队无战事即种田，有战事即作战。
⑪里正：唐制，每百户设一里正，负责管理户口、检查民事、催促赋役等。
⑫武皇：汉武帝刘彻。唐诗中常有以汉指唐的委婉避讳方式。这里借武皇代指唐玄宗。唐人诗歌中好以"汉"代"唐"，下文"汉家"也是指唐王朝。
⑬开边：用武力开拓边疆。
⑭山东：崤山或华山以东。古代秦居西方，秦地以外，统称山东。

禾生陇亩[16]无东西[17]。
况复秦兵[18]耐苦战，
被驱不异犬与鸡。
长者[19]虽有问，
役夫敢申恨[20]？
且如[21]今年冬，
未休关西[22]卒。
县官急索租，
租税从何出？
信知生男恶，
反是生女好。
生女犹得嫁比邻，
生男埋没随百草。
君不见，青海头[23]，
古来白骨无人收。
新鬼烦冤旧鬼哭，
天阴雨湿声啾啾[24]！

⑮荆杞（qǐ）：荆棘与杞柳，都是野生灌木。

⑯陇（lǒng）亩：田地。陇，通“垄”，指在耕地上培成的一行一行的土埂，上面种植农作物。

⑰无东西：不分东西，意思是行列不整齐。

⑱秦兵：指关中一带的士兵。耐苦战：能顽强苦战。这句说关中的士兵能顽强苦战，像鸡狗一样被赶上战场卖命。

⑲长者：即上文的“道旁过者”，也指有名望的人，即杜甫。征人敬称他为“长者”。

⑳役夫敢申恨：征人自言不敢诉说心中的冤屈愤恨。这是反诘语气，表现士卒敢怒而不敢言的情态。役夫：行役的人。敢：岂敢，怎么敢。

㉑且如：就如。

㉒关西：当时指函谷关以西的地方。这两句说，因为对吐蕃的战争还未结束，所以关西的士兵都未能罢遣还家。

㉓青海头：即青海边。这里是自汉代以来，汉族经常与西北少数民族发生战争的地方。唐初也曾在这一带与突厥、吐蕃发生大规模的战争。

㉔啾啾：拟声词，形容凄厉的哭叫声。

译文

兵车辚辚，战马萧萧，出征士兵弓箭各自佩在腰上。

爹娘妻子儿女奔跑来相送，行军时扬起的尘土遮天蔽日以至看不见咸阳桥。

拦在路上牵着士兵的衣服顿脚哭泣，哭声直上天空冲入云霄。

路旁经过的人询问行人怎么回事，行人只说官府征兵实在太频繁。

有的人十五岁到黄河以北去戍守，到了四十岁还要被派到河西去营田。

从军出征时尚未成丁，还要里长替裹头巾，回来时已经满头白发，却仍要去戍守边疆。

边疆战士血流成河，皇上开拓边疆的念头还没停止。

你没听说汉家华山以东两百州，千村万寨野草丛生田地荒芜。

即使有健壮的妇女手拿锄犁耕种，田土里的庄稼也是东倒西歪不成行。

更何况关中的士兵能顽强苦战，像鸡狗一样被赶上战场卖命。

尽管长者询问，征人哪里敢诉说心中的冤屈愤恨？

比如今年冬天，还没有停止征调函谷关以西的士兵。

官府紧急地催逼百姓交租税，租税从哪里出？

百姓相信生男孩是坏事情，反而不如生女孩好。

生下女孩还能够嫁给近邻，生下男孩只能战死沙场埋没在荒草间。

你没看见在那青海的边上，自古以来战死士兵的白骨无人掩埋。

那里的新鬼含冤旧鬼痛哭，阴天冷雨时凄惨哀叫声不断。

赏析

天宝以后，唐王朝对西北、西南少数民族的战争越来越频繁。这

连年不断的大规模战争，不仅给边疆少数民族带来沉重灾难，也给广大中原地区的人民带来同样的不幸。

全诗借征夫对老人的答话，倾诉了人民对战争的痛恨和它所带来的痛苦。地方官吏在这样的情况下还要横征暴敛，百姓更加痛苦不堪。这是表明诗人深刻地了解民间疾苦和对此寄予深切同情的名篇之一。

全诗以“道旁过者问行人”为界分为两段：首段摹写送别的惨状，是纪事；次段传达征夫的苦衷，是纪言。此诗具有深刻的思想内容，借征夫对老人的答话，倾诉了人民对战争的痛恨，揭露唐玄宗穷兵黩武，连年征战，给人民带来了巨大的灾难。全诗寓情于叙事之中，叙述次序参差错落、前后呼应，变化开阖井然有序，并巧妙运用过渡句和习用词语，造成了荡气回肠的艺术效果。诗人自创乐府新题写时事，为中唐时期兴起的新乐府运动做出了开创性的贡献。

这篇叙事诗，无论是前一段的描写叙述，还是后一段的代人叙言，诗人激切奔越、浓郁深沉的思想感情都自然地融汇在一起，诗人那种焦虑不安、忧心如焚的形象都仿佛展现在读者面前。其次，叙述次序参差错落、前后呼应，舒得开，收得起，变化开阖井然有序。第一段的人哭马嘶、尘烟滚滚的喧嚣气氛，给第二段的倾诉苦衷作了渲染铺垫；而第二段的长篇叙言，则进一步深化了第一段场面描写的思想内容，前后辉映，互相补充。同时，情节的发展与句型、音韵的变换紧密结合，随着叙述，句型、韵脚不断变化，三、五、七言，错杂运用，加强了诗歌的表现力。如开头两个三字句，急促短迫，扣人心弦。后来在大段的七字句中，忽然穿插上八个五字句，表现“行人”那种压抑不住的愤怒哀怨的激情，格外传神。用韵上，全诗八个韵，四平四仄，平仄相间，抑扬起伏，声情并茂。再次，是在叙述中运用过渡句和习用词语，如在大段的代人叙言中，穿插“道旁过者问行人，行人但云点行频”“长者虽有问，役夫敢申恨？”和“君不见”“君不闻”等语，不仅避免了冗长平板，还不断提示，惊醒读者，造成了回肠荡气的艺术效果。诗人还采用了民歌的接字法，如

“牵衣顿足拦道哭，哭声直上干云霄”“道旁过者问行人，行人但云点行频”等，这样蝉联而下，累累如贯珠，朗读起来，铿锵和谐，优美动听。最后，采用了通俗口语，如“耶娘妻子”“牵衣顿足拦道哭”“被驱不异犬与鸡”等，清新自然，明白如话，是杜诗中运用口语非常突出的一篇。前人评及此，曾这样说：“语杂歌谣，最易感人，愈浅愈切。”这些民歌手法的运用，给本诗增添了明快而亲切的感染力。

这是一首七言歌行，诗中多处使用了民歌的“顶真”手法，诵读起来，累累如贯珠，音调和谐动听。另外，还运用了对话方式和一些口语，使读者有身临现场的真切感。《唐宋诗醇》云：“此体创自老杜，讽刺时事而托为征夫问答之词。言之者无罪，闻之者足以为戒，《小雅》遗音也。篇首笔势汹涌，如风潮骤至，不可逼视。以下出点行之频，出开边之非，然后正说时事，末以惨语结之。词意沉郁，音节悲壮，此天地商声，不可强为也。”

江城子①·密州出猎

【宋】苏轼

老夫聊发少年狂，左牵黄，右擎苍，锦帽貂裘②，千骑③卷平冈。为报倾城④随太守⑤，亲射虎，看孙郎⑥。

酒酣胸胆尚开张⑦。鬓微霜，又何妨！持节⑧云中⑨，何日遣冯唐？会⑩挽雕弓如满月，西北望，射天狼⑪。

注释

①江城子：词牌名。
②锦帽貂裘：头戴着华美鲜艳的帽子，身穿貂鼠皮衣。
③千骑：形容随从乘骑之多。

④倾城：全城的人都出来了。形容随观者之众。
⑤太守：指作者自己。
⑥孙郎：孙权。这里借以自喻。
⑦酒酣胸胆尚开张：极兴畅饮，胸怀开阔，胆气横生。
⑧持节：奉有朝廷重大使命。节：兵符，传达命令的符节。
⑨云中：汉时郡名，今内蒙古自治区托克托县一带，包括山西省西北的部分地区。
⑩会：定将。
⑪天狼：星名，又称犬星，旧说指侵掠，这里隐指西夏。词中以之隐喻侵犯北宋边境的辽国与西夏。

作者名片

苏轼（1037—1101），字子瞻、和仲，号铁冠道人、东坡居士，世称苏东坡、苏仙，汉族，眉州眉山（四川省眉山市）人，祖籍河北栾城，北宋著名文学家、书法家、画家，历史上的治水名人。苏轼是北宋中期文坛领袖，在诗、词、散文、书、画等方面取得很高成就，为“唐宋八大家”之一。

译文

我姑且抒发一下少年的豪情壮志，左手牵着黄犬，右臂托起苍鹰，头戴华美鲜艳的帽子，身穿貂鼠皮衣，带着浩浩荡荡的大部队像疾风一样，席卷平坦的山冈。为了报答全城的人跟随我出猎的盛意，我要像孙权一样，亲自射杀猛虎。

我痛饮美酒，心胸开阔，胆气更为豪壮。两鬓微微发白，这又有何妨？什么时候皇帝会派人下来，就像汉文帝派遣冯唐去云中赦免魏尚一样赦免我呢？那时我将使尽力气拉满雕弓，就像满月一样，瞄准西北，射向西夏军队。

赏析

此作是千古传诵的东坡豪放词代表作之一。词中写出猎之行，抒兴国安邦之志，拓展了词境，提高了词品，扩大了词的题材范围，为词的创作开创了崭新的道路。后又做出利箭射向敌人这种出人意料的结局，利用巧妙的艺术构思，把记叙出猎的笔锋一转，自然地表现出了他志在杀敌卫国的政治热情和英雄气概。作品融叙事、言志、用典为一体，调动各种艺术手段形成豪放风格，多角度、多层次地从行动和心理上表现了作者宝刀未老、志在千里的英风与豪气。此词开篇“老夫聊发少年狂”，出手不凡。用一“狂”字笼罩全篇，借以抒写胸中雄健豪放的一腔磊落之气。接下去的四句写出猎的雄壮场面，表现了猎者威武豪迈的气概：词人左手牵黄犬，右臂驾苍鹰，好一副出猎的雄姿！随从武士个个“锦帽貂裘”，一身打猎的装束。千骑奔驰，腾空越野！全城的百姓也来了，来看他们的太守行猎，万人空巷。这是怎样一幅声势浩大的行猎图啊，作者备受鼓舞，气冲斗牛，为了报答百姓随行出猎的厚意，决心亲自射杀老虎，让大家看看当年孙权搏虎的雄姿。以少年英主孙权自比，更是显出东坡“狂”劲和豪兴来。

以上主要写“出猎”这一特殊场合下表现出来的词人举止神态之“狂”，下片更由实而虚。

“酒酣胸胆尚开张。鬓微霜，又何妨！”下片前三句是说，我痛饮美酒，心胸开阔，胆气更为豪壮，虽然两鬓微微发白，但这又何妨？东坡为人本来就豪放不羁，再加上酒酣，就更加豪情洋溢了。

“持节云中，何日遣冯唐？”这两句是说，什么时候皇帝会派人下来，就像汉文帝派遣冯唐去云中赦免魏尚的一样赦免我呢？此时东坡才四十岁，因反对王安石新法，自请外任。此时西北边事紧张，熙宁三年，西夏大举进军环、庆二州，四年占抚宁诸城。东坡因这次打猎，小试身手，进而便想带兵征讨西夏了。汉文帝时云中太守魏尚抗击匈奴有功，但因报功不实，获罪削职。后来文帝听了冯唐的话，派冯唐持节去赦免魏尚，仍叫他当云中太守。这是东坡借以表示希望朝廷委以边任，到边疆抗敌。一个文人要求带兵打仗，并不奇怪，宋代诗人多有此志。

“会挽雕弓如满月，西北望，射天狼。”末三句是说：我将使尽

力气拉满雕弓，如满月一样，朝着西北瞄望，射向西夏军队。词人最后把自己勾勒成一个挽弓劲射的英雄形象，英武豪迈，气概非凡。

南园[①]十三首·其五

【唐】李贺

男儿何不带吴钩[②]，
收取关山五十州[③]。
请君暂上凌烟阁[④]，
若个书生万户侯[⑤]？

注释

①南园：泛指作者昌谷故居以南一大片田畴平地。
②吴钩：一种头部呈弯钩状的佩刀。
③五十州：指当时被藩镇所占领割据的山东及河南、河北五十余州郡。
④凌烟阁：唐代旌表功臣的殿阁。
⑤万户侯：受封食邑达一万户的侯爵，借指高位厚禄。

作者名片

李贺（约790—817），字长吉，汉族，唐代河南福昌（今河南洛阳宜阳县）人，家居福昌昌谷，后世称李昌谷，是唐宗室郑王李亮后裔。有“诗鬼”之称，是与“诗圣”杜甫、“诗仙”李白、“诗佛”王维齐名的唐代著名诗人。著有《昌谷集》。李贺长期抑郁感伤，焦思苦吟。元和八年（813）因病辞去奉礼郎回昌谷，27岁便英年早逝。

译文

男子汉大丈夫为什么不腰带武器，去收复黄河南北被割据的关塞河山五十州呢？

请你暂且登上那凌烟阁去看一看，又有哪一个书生曾被封为食邑万户的列侯？

赏析

这首诗由两个设问句组成，顿挫激越，而又直抒胸臆，把家国之痛和身世之悲都淋漓酣畅地表达出来。

第一个设问是泛问，也是自问，含有“国家兴亡，匹夫有责”的豪情。“男儿何不带吴钩”，起句峻急，紧连次句“收取关山五十州”，犹如悬流飞瀑，从高处跌落而下，显得气势磅礴。“带吴钩”指从军的行动，身佩军刀，奔赴疆场，那气概多么豪迈！“收取关山”是从军的目的，山河破碎，民不聊生，诗人怎甘蛰居乡间，无所作为呢？因而他向往建功立业，报效国家。一、二两句，十四字一气呵成，节奏明快，与诗人那昂扬的意绪和紧迫的心情十分契合。

首句“何不”二字极富表现力，它不只构成了特定句式（疑问），而且强调了反诘的语气，增强了诗句传情达意的力量。诗人面对烽火连天、战乱不已的局面，焦急万分，恨不得立即身佩宝刀，奔赴沙场，保卫家邦。“何不”云云，反躬自问，有势在必行之意，又暗示出危急的军情和诗人自己焦虑不安的心境。此外，它还使人感受到诗人那郁积已久的愤懑情怀。李贺是个书生，早就诗名远扬，本可以才学入仕，但这条进身之路被“避父讳”这一封建礼教无情地堵死了，使他没有机会施展自己的才能。“何不”一语，表示实在出于无奈。

“收取关山五十州。”一个“取”字，举重若轻，有破竹之势，生动地表达了诗人急切的救国心愿。然而“收取关山五十州”谈何容易？书生意气，自然成就不了收复关山的大业，而要想摆脱眼前悲凉的处境，又非经历戎马生涯，杀敌建功不可。这一矛盾，突出表现了诗人愤激不平之情。

“请君暂上凌烟阁，若个书生万户侯。”小诗的后两句是说，请你登上那画有开国功臣的凌烟阁去看一看，又有哪一个书生曾被封为万户侯？

诗人问道：“封侯拜相，绘像凌烟阁的，哪有一个是书生出身？”这里诗人不用陈述句而用设问句，牢骚的意味显得更加浓郁。

看起来，诗人是从反面衬托投笔从戎的必要性，实际上是进一步抒发怀才不遇的愤激情怀。由昂扬激越转入沉郁哀怨，既见出反衬的笔法，又见出起伏的节奏，峻急中做回荡之姿。就这样，诗人把自己复杂的思想感情表现在诗歌的节奏里，使读者从节奏的感染中加深对主题的理解和感受。

走马川①行奉送封大夫出师西征

【唐】岑参

君不见走马川行雪海②边，
平沙莽莽黄入天。
轮台③九月风夜吼，
一川碎石大如斗，
随风满地石乱走。
匈奴④草黄马正肥，
金山⑤西见烟尘飞，
汉家大将⑥西出师。
将军金甲夜不脱，
半夜军行戈相拨⑦，
风头如刀面如割。
马毛带雪汗气蒸，

注释

①走马川：指今阜康三江河。
②雪海：在天山主峰与伊塞克湖之间。
③轮台：地名，在今新疆米泉境内。封常清军府驻在这里。
④匈奴：借指达奚部族。
⑤金山：指天山主峰。
⑥汉家：唐代诗人多以汉代唐。汉家大将：指封常清，当时任安西节度使兼北庭都护，岑参在他的幕府任职。
⑦戈相拨：兵器互相撞击。

五花连钱⑧旋作冰，
幕中草檄⑨砚水凝。
虏骑闻之应胆慑，
料知短兵⑩不敢接，
车师西门伫献捷⑪。

⑧五花连钱：指马斑驳的毛色。五花：即五花马。连钱：一种宝马名。
⑨草檄（xí）：起草讨伐敌军的文告。
⑩短兵：指刀剑一类的武器。
⑪车师：为唐北庭都护府治所庭州，在今新疆乌鲁木齐东北。蘅塘退士本作“军师”。伫：久立，此处作等待解。献捷：献上贺捷诗章。

作者名片

岑参（715—770），祖籍南阳，出生于江陵（今湖北江陵）。曾两度赴西北边塞，五次入戎幕。天宝三年（744），中进士后被征调到唐朝最远的边塞安西（今新疆库车）和北庭（今新疆吉木萨尔），真正开始投笔从戎。此间，他创作了大量的边塞诗。岑参五十五岁任嘉州（今四川乐山）刺史，任满罢官，心情郁闷，卒于成都旅舍。

岑参是盛唐边塞诗的代表作家，与高适齐名，并称“高岑”。他的边塞诗感情真实，以瑰丽的笔调、出乎常情的想象力描绘了边塞雄奇壮阔的风光，抒发豪迈情怀，化平凡为神奇，使诗充满奇情壮采，富有力量感。有《岑嘉州集》。

译文

你您难道不曾看见吗？那辽阔的走马川紧靠着雪海边缘，茫茫无边的黄沙连接云天。

九月的轮台整夜里狂风怒号，碎石块块大如斗，遍布各处，狂风吹得这乱石满地走。

这时匈奴牧草繁茂军马肥，侵入金山西面，烟尘滚滚飞，汉家的大将率兵开始征西。

将军身着铠甲夜里也不脱。半夜行军戈矛彼此相碰撞，凛冽寒风吹到脸上如刀割。

马毛挂着雪花仍汗气蒸腾，斑驳的马毛转眼凝结在冰中，营幕中写檄文的砚墨也冻凝。

敌军听到大军出征应胆惊，料他不敢与我们短兵相接，我就在车师西门等待报捷。

赏析

这首诗描写了部队出征的场景，表现了军队将士不畏艰难寒苦、英勇前进、争取胜利的精神。

全诗分为三部分，第一部分从“君不见”至“石乱走”，总写边地恶劣的自然环境，用“入”“吼”“走”三个动词分写“沙”“风”“石”等边地的典型物象，以自然环境险恶来烘托将士的英雄气概。第二部分从“匈奴草黄”至“砚水凝”，写行军过程，大致可分三层。第一层写出征的原因，外敌入侵，烟尘顿起，匈奴“马肥”，反衬唐军的武勇；第二层写行军的艰辛，突出将军的以身作则，而“风头如刀面如割”也呼应了前面的“风夜吼”；第三层正面描写天气的寒冷，汗气成冰、砚水成冰，突出边地的奇寒。第三部分从“虏骑”至“献捷”，写预祝西征凯旋，“应胆慑”“不敢接”，预料战争的结果，不免略显夸张，洋溢着盛唐时期入幕文人的乐观情绪和昂扬进取的精神风貌。

在写作手法上，这首诗有如下特点：第一，描写准确，使人有身临其境的感觉。诗中写的大漠景象，如“一川碎石大如斗，随风满地石乱走”，内地人以为是夸张，其实这是当时边地的真实景象。又如“风头如刀面如割”“五花连钱旋作冰”，写边地夜行军的寒冷，都是真实的描写，而且非常确切。第二，声调激越。全诗句句用韵，三句一换韵，而且是平仄间隔，有抑扬顿挫之妙，形成了“势险节短”（沈德潜《唐诗别裁集》）的音韵效果。

永遇乐·京口①北固亭怀古

【宋】辛弃疾

千古江山，英雄无觅、孙仲谋②处。舞榭歌台，风流总被、雨打风吹去。斜阳草树，寻常巷陌，人道寄奴③曾住。想当年、金戈铁马，气吞万里如虎。

元嘉④草草，封狼居胥⑤，赢得⑥仓皇北顾。四十三年，望中犹记、烽火扬州路⑦。可堪回首，佛狸祠⑧下，一片神鸦社鼓⑨！凭谁问：廉颇老矣，尚能饭否？

注释

①京口：古城名，即今江苏镇江。因临京岘山、长江口而得名。
②孙仲谋：三国时的吴王孙权，字仲谋，曾建都京口。
③寄奴：南朝宋武帝刘裕小名。
④元嘉：刘裕子刘义隆年号。
⑤封狼居胥：公元前119年（汉武帝元狩四年）霍去病远征匈奴，歼敌七万余人，登狼居胥山祭天。狼居胥山：在今蒙古境内。
⑥赢得：剩得，落得。
⑦烽火扬州路：指当年扬州路上，到处是金兵南侵的战火烽烟
⑧佛（bì）狸祠：拓跋焘在打败南朝宋王玄谟的军队后，追至长江北岸，在瓜不山上建立行宫，后称佛狸祠。佛狸：北魏太武帝拓跋焘小名。
⑨神鸦：指在庙里吃祭品的乌鸦。社鼓：祭祀时的鼓声。

作者名片

辛弃疾（1140—1207），字幼安，号稼轩，历城（今山东济南）人。南宋著名词人。宋高宗绍兴三十一年（1161），辛弃疾二十二岁时在北方参加耿京领导的抗金义军，后渡江南

归宋廷。初授江阴签判，后官湖北、湖南、江西安抚使等。他坚持北伐，但始终不被信任。曾先后进里《美芹十论》《九议》等奏章，陈述恢复大计，均未被采纳。淳熙八年（1181）落职，此后除一度出任福建提点刑狱、安抚使外，四十余年间数遭猜忌，长期在江西农村闲居。嘉泰三年（1203）起知绍兴府，兼浙东安抚使，又知镇江府，终抱恨以殁。辛弃疾词今存六百多首，题材广泛，意境深远，手法多样，善于用典。他把爱国抱负和满腔忧愤倾注到词作中，形成了雄奇豪壮、苍凉沉郁的风格，是南宋豪放词派的主要代表。有《稼轩长短句》。

译文

历经千古的江山，再也难找到像孙权那样的英雄。当年的舞榭歌台还在，英雄人物却随着岁月的流逝早已不复存在。斜阳照着长满草树的普通小巷，人们说那是当年刘裕曾经住过的地方。遥想当年，他指挥着强劲精良的兵马，气吞骄虏，一如猛虎！

元嘉帝兴兵北伐，想建立不朽战功封狼居胥，却落得仓皇逃命，北望追兵泪下无数。四十三年过去了，如今瞭望长江北岸，还记得扬州战火连天的情景。真是不堪回首，拓跋焘祠堂香火盛，乌鸦啄祭品，鼓声震天。还有谁会问，廉颇老了，还能自己吃饭吗？

赏析

辛弃疾调任镇江知府以后，登临北固亭，感叹报国无门的失望，凭高望远，抚今追昔，于是写下了这篇传唱千古之作。这首词用典精当，有怀古、忧世、抒志的多重主题。江山千古，欲觅当年英雄而不得，起调不凡。开篇借景抒情，由眼前所见而联想到两位著名历史人物——孙权和刘裕，对他们的英雄业绩表示向往。接下来讽刺当朝用事者韩侂胄又像刘义隆一样草率，欲挥师北伐，令人忧虑。老之将至而朝廷不会再用自己，不禁仰天叹息。其中“佛狸祠下，一片神鸦社鼓”写对北方已非宋朝国土的感慨，最为沉痛。

词的上片怀念孙权、刘裕。孙权割据东南，击退曹军；刘裕金戈铁马，战功赫赫，收复失地。不仅表达了对历史人物的赞扬，也表达了对主战派的期望和对南宋朝廷苟安求和者的讽刺和谴责。

下片引用南朝刘义隆草率北伐，招致大败的历史事实，忠告韩侂胄要吸取历史教训，不要鲁莽从事，接着用四十三年来抗金形势的变化，表示收复中原的决心不变，结尾三句，借廉颇自比，表示出词人报效国家的强烈愿望和对宋室不能进用人才的慨叹。

全词豪壮悲凉，义重情深，放射着爱国主义的思想光辉。词中用典贴切自然，紧扣题旨，增强了作品的说服力和意境美。明代杨慎在《词品》中说："辛词当以《永遇乐·京口北固亭怀古》为第一。"这种评价是中肯的。

南乡子①·登京口②北固亭有怀

【宋】辛弃疾

何处望③神州？满眼风光北固楼④。千古兴亡⑤多少事，悠悠⑥，不尽长江滚滚流。

年少万兜鍪⑦，坐断⑧东南战未休。天下英雄谁敌手⑨？曹刘⑩。生子当如孙仲谋⑪。

注释

①南乡子：词牌名。
②京口：今江苏省镇江市。
③望：眺望。
④北固楼：即北固亭。
⑤兴亡：指国家兴衰，朝代更替。
⑥悠悠：形容漫长、久远。

⑦年少：年轻。指孙权十九岁继父兄之业统治江东。兜鍪（dōu móu）：指千军万马。原指古代作战时兵士所带的头盔，这里代指士兵。
⑧坐断：坐镇，占据，割据。
⑨敌手：能力相当的对手。
⑩曹刘：指曹操与刘备。
⑪生子当如孙仲谋：曹操率领大军南下，见孙权的军队雄壮威武，喟然而叹："生子当如孙仲谋，刘景升儿子若豚犬耳。"

译文

从哪里可以眺望故土中原？眼前却只见北固楼一带的壮丽江山，千百年的盛衰兴亡，不知经历了多少变幻？说不清呀。往事连绵不断，如同没有尽头的长江水滚滚地奔流不息。

想当年孙权在青年时代，已统领着千军万马，坐镇东南，连年征战，没有向敌人低过头。天下英雄谁是孙权的敌手呢？只有曹操和刘备可以和他鼎足而三。难怪曹操说："生下的儿子就应当如孙权一般！"

赏析

此词通过对古代英雄人物的歌颂，表达了渴望像古代英雄人物那样金戈铁马，收复旧山河，为国效力的壮烈情怀，饱含着浓浓的爱国思想，但也流露出报国无门的无限感慨，蕴含着对苟且偷安、毫无振作的南宋朝廷的愤懑之情。全词写景、抒情、议论密切结合；融化古人语言入词，活用典故成语；通篇三问三答，层次分明，互相呼应；即景抒情，借古讽今；风格明快，气魄阔大，情调乐观昂扬。

词从一个问句开始，词人写道："何处望神州？""神州"指中原地区。"兴亡"指国家兴衰，朝代更替。这里的"神州"是词人心中不忘的中原地区，是他一生都想收复的地方。接着写道："满眼风光北固楼。”“北固楼”在今镇江市北固山上，下临长江。词人登上北固亭以望神州，看到的却是北固楼的优美风光。然而，那时候山河破碎，国家处于风雨飘摇之中，这对于爱国诗人来说，触景生情，心念家国，哪里有兴致去欣赏美景。

词人接着说：“千古兴亡多少事？”这是一句问话。词人禁不住发问，从古到今，到底有多少关于国家兴亡的大事呢？往事悠悠，是非成败已成陈迹，只有这无尽的江水依旧滚滚东流。“悠悠”形容漫长、久远。这里，叠词的运用，不仅暗示了时间之慢，而且也表现了词人心中无尽的愁思和感慨。接下来的“不尽长江滚滚流”句，词人借用杜甫的“无边落木萧萧下，不尽长江滚滚来”意境，不但写出了江水奔腾而去的雄壮气势，还把由此而产生的空间感、历史感都形象地表达出来。

接下来，辛弃疾为了把这层意思进一步发挥，他异乎寻常地第三次发问，以提醒人们注意：“天下英雄谁敌手？”作者自问又自答曰：“曹刘。”唯曹操与刘备耳！据《三国志·蜀书·先主传》载，曹操曾对刘备说：“今天下英雄，唯使君（刘备）与操耳。”辛弃疾便借用这段故事，把曹操和刘备请来给孙权当配角，说天下英雄只有曹操、刘备才堪与孙权争胜。曹、刘、孙三人，论智勇才略，孙权未必在曹刘之上。作者在这里极力赞颂孙权年少有为，突出他的盖世武功，其原因是孙权“坐断东南”，形势与南宋极似，作者这样热情赞颂孙权的不畏强敌，其实是对苟且偷安、毫无振作的南宋朝廷的鞭挞。

于是，词人末句写道：“生子当如孙仲谋。”据有关资料记载，有一次曹操与孙权对垒，见孙权仪表堂堂，气度不凡，于是感叹说：“生子当如孙仲谋，若刘景升儿子，豚犬耳。”意思是说，生的儿子应该像孙权一样，而刘景升的儿子就像猪狗一样。我们从词人用这一典故来看，他希望南宋有如孙权那样的有志之士。其实，这也暗示了自己就如孙权一样，有奋发图强，收复失地的伟大理想。当然，还暗示了自己对南宋朝廷主和派的愤恨。

苏武令·塞上[1]风高

【宋】李纲

塞上风高，渔阳[2]秋早。惆怅翠华[3]音杳，驿使空驰，征鸿归尽，不寄双龙[4]消耗。念白衣[5]、金殿除恩[6]，归黄阁、未成图报。

谁信我、致主丹衷[7]，伤时多故，未作救民方召。调鼎[8]为霖，登坛作将，燕然[9]即须平扫。拥精兵十万，横行沙漠，奉迎[10]天表。

注释

①塞上：边境线上。
②渔阳：古郡名，战国燕置。这里泛指北方。
③翠华：天子仪仗中以翠鸟为饰的旗帜或车盖。
④双龙：指宋徽帝、宋钦帝二帝。
⑤白衣：或谓白身，旧指无功名、无官职的人。
⑥除恩：指授官。
⑦丹衷：丹心、衷情。
⑧调鼎：比喻宰相治理天下。
⑨燕然：即杭爱山，在今蒙古国境内。
⑩奉迎：敬辞。迎接之意。

作者名片

李纲（1083—1140），北宋末、南宋初抗金名臣，民族英雄。字伯纪，号梁溪先生，祖籍福建邵武，祖父一代迁居江苏无锡。李纲能诗文，写有不少爱国篇章。亦能词，其咏史之作，形象鲜明生动，风格沉雄劲健。著有《梁溪先生文集》《靖康传信

录》《梁溪词》。

译文

边塞朔风凛冽，北方的秋天来得特别早。让人感到惆怅万分的是被金人掳掠而去的徽、钦二帝，至今没有任何消息。驿使来来往往，徒然奔驰，可以凭递书信的大雁早已归尽，没有带来徽、钦二帝的半点消息 。想到我曾是一介布衣，后考中进士蒙圣上金殿授官，于国家危难之时被任命为宰相，肩负重任。但却力未及施、谋未及用，图报君主的恩遇而未成。

有谁相信我对君主的一片丹心和衷情，感伤当世朝政的多变，让我空怀方、召之才，却得不到重用，未能救国救民于水火之中。若我身在相位，我就要尽到一个宰相应尽的职责，为民着想。我若军权在握，就要驱尽敌虏，收复国土，横扫燕然敌寇。我将率领十万精兵，横行于胡地，奉迎徽、钦二宗回朝。

赏析

词的上片写作者思念宋徽宗、宋钦宗，叹息自己还不能复仇雪耻，下片表达自己为国救民的抱负和抗敌的必胜信心。词中借典故抒情，表现了作者强烈的爱国精神和豪迈的英雄气概。

上片写对二帝的怀念和报国无成的忧愁。“塞上风高，渔阳秋早。”因北国秋来，作者对囚居北国的宋徽宗、宋钦宗倍加怀念。渔阳本指唐时蓟州，此处泛指北地。他所惆怅的是“翠华音杳，驿使空驰，征鸿归尽，不寄双龙消耗”。不论“驿使”，还是“征鸿”，都没有带来任何关于二帝的消息。这说明一位忠于君国的忠臣对北宋被金人灭亡这一惨痛的历史事件是刻骨铭心的。

“念白衣、金殿除恩，归黄阁，未成图报”。高宗起用李纲为相，李纲向高宗建议：“外御强敌，内销盗贼，修军政，变士风，

裕邦财，宽民力，改弊法，省冗官……政事已修，然后可以问罪金人……使朝廷永无北顾之忧。”（《宋史·李纲传》）由于高宗外受金兵强大压力，内受投降派的怂恿，无力振作，决心南逃。李纲被罢官，他想到自己出身平民，深沐皇恩，“未成图报”，实在是无由图报，情有可原，只留下满怀遗憾，一腔悲愤。

下片由上片的“未成图报”过渡，继续抒发自己救国救民，抗敌雪耻的宏伟志愿。首先作者深有感慨地说，谁相信他有一片献给主上的耿耿丹心呢？朝政多变，情况复杂，和战不定，忠奸不辨，使他感伤。空叹自己“未作救民方召”。周宣王时，淮夷不服，召虎奉命讨平之。方、召都为周宣王时中兴功臣。李纲虽想效法方、召建立中兴之业，无奈高宗非中兴之主，不能信任他，他虽欲救国救民，不可得也。虽为自责之辞，亦不免含有对朝廷怨怼之意，只是怨而不怒而已。

“调鼎为霖，登坛作将，燕然即须平扫。”“调鼎为霖”出自《尚书·说命》。商王武丁举傅说于版筑之间，任他为相，将他治国的才能和作用比作鼎中调味。《韩诗外传》：“伊尹负鼎俎调五味而为相。”后来因以调鼎比喻宰相治理天下。武丁又说：“若岁大旱，用汝（傅说）作霖雨。”李纲感到古代贤君对宰相如此倚重，而自己虽曾一度为相，仅月余即被罢免。就他的文韬武略而言，如果登坛作将、领兵出征，他可以横扫燕然。“燕然”泛指金国境内土地。李纲感到自己虽有出将入相之才，却无用武之地。

如果让他继续为相、为将，他将领十万精兵，横行沙漠，“奉迎天表”。李纲不是夸口，据《大金国志》载：“靖康元年，斡离不围宋京师，宋李纲督将士拒之。又攻陈桥、封邱、卫州门，纲登城督战，杀数千人，乃退。”在被敌人包围的被动情况下，李纲尚能建立如此战功，如果真能让他“拥精兵十万”，则“横行沙漠”并非不可能。皇帝被敌人俘虏，这是国家的奇耻大辱。迎归二帝，虽不可能重新君临天下，但这是报国仇、雪国耻，这也是包括李纲在内的南宋诸多爱国志士的奋斗目标，李纲虽屡遭挫折，但愈挫愈奋，从不灰心，始终雄心勃勃，力图“挽狂澜于既倒，扶大厦之将倾”。

燕歌行[1]并序

【唐】高适

开元二十六年，客有从元戎出塞而还者，作《燕歌行》以示适，感征戍之事，因而和焉。

汉家烟尘[2]在西北，
汉将辞家破残贼[3]。
男儿本自重横行[4]，
天子非常赐颜色[5]。
摐金伐鼓下榆关[6]，
旌旆逶迤碣石间[7]。
校尉羽书飞瀚海，
单于猎火照狼山[8]。
山川萧条极边土[9]，
胡骑凭陵杂风雨。
战士军前半死生[10]，
美人帐下犹歌舞。
大漠穷秋塞草衰[11]，
孤城落日斗兵稀。
身当恩遇常轻敌，

注释

①燕歌行：本为乐府歌词，属《相和歌·平调曲》。燕为古代边地，历来征戍不绝，人们多用以写戍卒思妇的离别之情。行：歌行，古乐府诗歌体裁的一种。
②汉家：借指唐朝。烟尘：指战争。
③残贼：开元十八年（730）契丹大臣可突干弑其主李邵固叛唐。张守珪奉调，于开元二十二年两次击败之，开元二十四年秋至次年春，再出兵击败其余党，故称残贼。
④横行：指驰骋疆场，为国效命。
⑤赐颜色：给予荣宠以及重赏。
⑥摐（chuāng）金伐鼓：鸣金击鼓。榆关：山海关。
⑦碣石；山名，汉代在东北海边，六朝时没入海中。
⑧狼山：一称白狼山，在白狼河畔。
⑨极边土：接近边境的尽头。
⑩半死生：生死各半，谓出生入死，英勇奋战。
⑪衰：病，枯萎。

力尽关山未解围。
铁衣⑫远戍辛勤久，
玉箸⑬应啼别离后。
少妇城南⑭欲断肠，
征人蓟北空⑮回首。
边庭飘飖那可度⑯，
绝域⑰苍茫更何有？
杀气三时作阵云⑱，
寒声一夜传刁斗⑲。
相看白刃血纷纷，
死节从来岂顾勋⑳。
君不见沙场㉑征战苦，
至今犹忆李将军㉒。

⑫铁衣：指代远征战士。
⑬玉箸（zhù）：眼泪，这里指思妇之泪。
⑭少妇城南：唐代长安城北为官廷区，城南为住宅区，少妇城南指战士的妻子。
⑮蓟北：唐蓟州治所在渔阳，今天津蓟州区，蓟北泛指东北边地。空：徒然。
⑯边庭：边境。飘飖：动荡不安。度：度日。
⑰绝域：边远地区。
⑱三时：指早晨、中午、晚上，即一整天。阵云：战云。
⑲刁斗：行军用具，白天用以烧饭，夜间用以警戒报时。
⑳死节：为国牺牲。顾：顾念。勋：功劳。
㉑沙场：战场。
㉒李将军：李广（汉代名将），为西汉抗击匈奴的名将。

作者名片

高适（704—765），字达夫，一字仲武，渤海蓨（今河北景县）人，后迁居宋州宋城（今河南商丘睢阳）。安东都护高侃之孙，唐代大臣、诗人。曾任刑部侍郎、散骑常侍，封渤海县侯，世称高常侍。于永泰元年正月病逝，卒赠礼部尚书，谥号忠。作为著名边塞诗人，高适与岑参并称“高岑”，与岑参、王昌龄、王之涣合称“边塞四诗人”。其诗笔力雄健，气势奔放，洋溢着盛唐时期所特有的奋发进取、蓬勃向上的时代精神。有文集二十卷。

译文

唐玄宗开元二十六年，有个随从主帅出塞回来的人，写了《燕歌行》诗一首给我看。我感慨于边疆战守的事，因而写了这首《燕歌行》应和他。

唐朝西北边境战事又起，将军离家前去征讨贼寇。

战士们本来在战场上就所向无敌，皇帝又特别给予他们丰厚的赏赐。

军队擂击金鼓，浩浩荡荡地开出山海关外，旌旗连绵不断飘扬在碣石山间。

校尉紧急传羽书，飞奔浩瀚之沙海，匈奴单于举着猎火，火已光照到狼山。

山河荒芜多萧条，满目凄凉到边土。胡人骑兵来势凶猛，如风雨交加。

战士在前线杀得昏天黑地，不辨死生；将军们依然逍遥自在地在营帐中观赏美人的歌舞！

深秋季节，塞外沙漠上草木枯萎。日落时分，边城孤危，士兵越打越少。

边将身受朝廷恩宠厚遇却麻痹轻敌，战士筋疲力尽仍难解关山之围。

身披铁甲的征夫，不知在边疆守卫多少年了。那家中的思妇自丈夫被征走后，应该一直在悲痛啼哭吧。

思妇独守故乡，悲苦至极，愁肠欲断。征夫在边疆遥望家园，徒然回首。

边境动荡不安，哪里能够轻易归来。绝远之地更加苍茫，一毛不拔。

一天到晚杀气腾腾，战云密布。整夜里只听到巡更的刁斗声声悲伤。

战士们互相观看，雪亮的战刀上染满了斑斑血迹。坚守节操，为国捐躯，岂是为了个人的名利功勋？

你没看见在沙场拼杀多凄苦。我现在还在思念有勇有谋的李将军。

赏析

这首诗以张守珪平定契丹可突干及其余党叛乱的几次战争为背景，慨叹征战之苦，谴责将领骄傲轻敌，荒淫失职，造成战争失利，反映了士兵与将领之间的苦乐不同。

全诗简练地描写了一次战争的全过程。开头八句写出师，说明战争的方位和性质，写出了唐军出师时一往无前的气魄，也暗示了将帅的恃勇轻敌。中间前八句，写战斗危急和失败，战士们出生入死，将军们荒淫无耻，为战士们的献身报国作了很好的铺垫。中间后八句转而抒发思妇战士的相思之情，写被围战士的痛苦，并极力渲染了边地的艰苦，诉说了将士们的儿女之情，以及在大敌当前，只能忍受“少妇城南欲断肠，征人蓟北空回首”的感情煎熬。最后四句以“李广难封”的历史典故，把战士们的思想境界提升到一个新的高度，他们拼死血战，含辛茹苦，甚至为国捐躯，并非为了个人的功名利禄。

全诗格调雄健激越，慷慨悲壮，四句一换韵，平仄相间，抑扬有节，大量运用律句与对仗，故虽充满金戈铁马之声，音节却流利酣畅，从而成为唐代边塞诗之千古传诵的“第一名篇”。

银山碛西馆[1]

【唐】岑参

银山碛口[2]风似箭，
铁门关[3]西月如练。
双双愁泪沾马毛，
飒飒胡沙迸[4]人面。
丈夫三十未富贵，
安能终日守笔砚[5]。

注释

①银山碛（qì）西馆：银山碛又称银山，在今新疆吐鲁番西南，其西有吕光馆。碛：沙地。
②银山碛口：地名，在焉耆以西三百里处。
③铁门关：在焉耆以西五十里处。练：白色的熟绢。
④飒飒（sà）：象声词，指风声。胡沙：胡地的风沙。迸（bèng）：扑打。
⑤守笔砚：这里指与武功相对的文墨之事。

译文

银山碛口狂风好似利箭，铁门关西明月有如白练。
双双愁泪沾湿战马皮毛，飒飒风沙扑打行人脸面。
男儿三十未能建功立业，怎能终日死守笔墨纸砚！

赏析

这首诗所要着重表现的是诗人在艰苦的戎马生活中建功立业的强烈愿望。

诗的前四句借艰苦的塞外行役生活写自己的愁绪。诗的首句点明诗人所置身的地点是银山碛口。这个地点最突出的特征是风似箭。次句点明诗人行路的时间是一个边塞的月夜。这两句勾画出边地特异的景物：时而狂风大作，时而月色皎洁。这是一个很能触动作者的行役之叹、故乡之思的环境，“愁”，首先由此而来，“愁泪”，首先因此而落。“双双”，可见“愁泪”不可遏止。而偏偏在这个时候，

狂风又卷着沙尘扑到诗人脸上。“飒飒胡沙迸人面”这句表面看似写“沙”，而实际是承第一句写“风”。“迸”，是个极有力的字眼，它反映着沙的力度，而实际上反映着风的力度，使“风似箭”更为具体化。“飒飒”，写出了夜风的凛冽，衬托着夜色的肃杀，也烘托了诗人的愁绪。由“风”写到“月”，写到“泪”，而又写到风，这种回环的写法，把边地易变的天气，狂暴的烈风表现得十分突出。艰苦的戎马生活场景从而展现出来。

诗的后两句格调为之一转。面对如此艰难的环境，诗人没有畏怯，他是以英雄男儿自命的。“终日守笔砚”固然可以免受风沙折磨之苦，但那不符合诗人的理想和豪情。“丈夫三十未富贵”中有自愧和自叹，是上文“愁泪”的重要原因，更主要的则是自励和自勉，从而引出末句的豪言壮语：“安能终日守笔砚”，用一句反问作结，十分省力，表现出立功异域，封侯万里的强烈愿望。不难看出，诗人虽然经历了长途艰苦的跋涉，但仍充满奋发向上的精神力量。

全诗前四句写异地风物和诗人愁绪，全从外部形象着手，而后两句则直抒内心，笔法先抑后扬，以慷慨激昂的情调结束全诗。全诗风格俊爽豪迈，粗笔挥洒，语言朴素自然，似脱口而出。

送人赴安西[①]

【唐】岑参

上马带吴钩[②]，
翩翩度陇头[③]。
小来思报国，
不是爱封侯。
万里乡为梦，
三边[④]月作愁。

注释

①安西：即安西都护府，治所在今新疆吐鲁番东南的达克阿奴斯城。

②吴钩：一种似剑而曲的兵器。

③翩翩：形容轻捷地驰骋。陇（lǒng）头：指陕西簇陇县西北。陇北地区是古代通往西域的要道。

④三边：幽、并、凉三州为汉时边郡，这里泛指边陲地区。

早须清黠虏[5]，

无事莫经秋。

⑤黠虏（xiá lǔ）：狡猾的敌人。虏：古时西北少数民族的泛称。

译文

你看那位壮士，手执吴钩跨上骏马，英姿勃勃地越过陇山头。

他从小就立志报效国家，杀敌立功绝不是为了做官封侯。

万里之外的故乡景象将会在你的梦中出现。边疆的月光常常会引起你的别离之痛。

这次你应该早日消灭那些胡族侵略者，不要优柔寡断将战事一拖再拖。

赏析

诗人对友人英姿勃发、舍身报国、不计名利的行为极为赞赏，又进一步饶有兴趣地设想友人戍守边疆一定会产生思乡之念，最后祈盼他早日荡平虏寇，还边境以安宁。全诗充满爱国主义豪情。

“上马带胡钩，翩翩度陇头。”诗的开头两句从友人登程的情景写起。首句写友人身着戎装，跨上战马，勾勒出即将出征的战士的英姿。诗人并不泛写戎装，而仅就佩刀提了一笔，既点明了此行性质，也使形象增添了英雄之气。次句对友人奔赴边关加以设想，“翩翩度陇头”，写他的轻快、矫健、急切。上下两句，一静一动，用两个富有特征性的事物突出了友人赴边的英姿勃勃的形象。以上两句从外表写。以下两句则从内心写，直接揭示友人的思想境界，“小来思报国，不是爱封侯”两句从正、反两方面来肯定友人的思想，从而把友人的行为提到爱国的高度。“小来”两字表明这种想法由来已久，从而给开头两句提供出思想根据，其中既包含有诗人的赞佩之情，称慕友人不但形象英姿飒爽，而且更有高尚、美好的心灵，同时也反映了诗人立志报国的豪情壮志。这是更为诗人所钦敬的一点。

但是，有这种爱国情怀，并不意味着就可以毫不留恋家园，恰恰相反，这种情怀是与对家国的深厚感情不可分割地联系在一起的。他们为保卫它而离开它，但当离开它的时候，往往对它产生深切的思念。诗人曾有过经年居留塞外的经历，在《安西馆中思长安》等诗中都曾表露过深沉的思乡之情。“万里乡为梦，三边月作愁”，就是这种感情的集中写照。诗人没有去写友人在边疆怎样从军苦战，却去设想他在万里边关如何思念家乡，这就写出了友人对家国一往情深，而这种设想同时也传达出诗人对友人的思念，充满关怀和爱护。这种情怀写得很深沉、很细腻，诗的情调到此而一转，但却并不低抑。

诗的最后两句是诗人的祝愿。“清黠虏”是友人赴安西的目的。诗人居漠北时，亲眼看见了战争所造成的巨大破坏。战争不仅造成田园荒芜、民不聊生，而且对战士本身也是一种荼毒。上句愿友人建功，下句愿友人早归，既表现出诗人与友人同样以国事为重，又表现出双方的情谊，以深厚的情意扣紧“送”字，为全诗作结。

全诗先写友人的英雄风采，再由表及里，从报国、思乡的角度讴歌了友人的美好心灵，最后告诫友人，尽快结束战争，最好是别“经秋”。因为唐朝戍边将领往往拥兵自重，养敌蓄功，常将本可早日结束的战争一拖经年，给国家造成巨大损失。“兵闻拙速，未睹巧以久也”，这种做法不可取，可见诗人淳朴的观念中，还饱含着战略家的远见卓识。

满江红·送李正之提刑入蜀

【宋】辛弃疾

蜀道登天，一杯送、绣衣[①]行客。还自叹、中年多病，不堪离别。东北看惊诸葛表[②]，西南更草相如檄[③]。把功名、收拾付君侯[④]，如椽笔[⑤]。

儿女泪，君休[⑥]滴。荆楚[⑦]路，吾能说。要新诗准备，庐山山色。赤壁矶[⑧]头千古浪，铜鞮[⑨]陌上三更月。正梅花、万里雪深时，须相忆。

注释

①绣衣：西汉武帝时设绣衣直指官，派往各地审理重大案件。他们身着绣衣，以示尊贵。这里借指友人李正之。

②东北看惊：指曹魏有惊于西蜀北伐，此借喻金人闻风心惊。诸葛表：诸葛亮出师北伐曹魏，有《出师表》上蜀汉后主。

③西南：川蜀地处西南。檄（xí）：檄文，即告示。相如檄：司马相如作有《喻巴蜀檄》。

④功名：赞友人文才出众，足能立功建业。君侯：汉代对列侯的尊称，后泛指达官贵人，此指李正之。

⑤如椽（chuán）笔：如椽（架屋用的椽木）巨笔，指大手笔。

⑥休：不要。

⑦荆楚：今湖南、湖北一带，为李由江西入蜀的必经之地。稼轩曾官湖南、湖北，故谓“吾能说”。

⑧赤壁矶：一名赤鼻矶，在今湖北黄冈市西南，苏轼以为是当年周瑜破曹之地，曾作《念奴娇·赤壁怀古》词和《赤壁赋》凭吊之。

⑨铜鞮（dī）：铜鞮在今湖北襄阳。

译文

攀登蜀道难于上青天，一杯薄酒为你饯行。正是祖国被侵占的时候，自己又有才能去驱除外侮，却非要闲居于此。希望借着这首《喻巴蜀檄》让金人闻风心惊。你文才出众，希望大展身手，为国建功立业。

君莫要流泪伤心，倒不如听我说一说你要去的荆楚那一带的风光吧？请用诗写下这美好的景色：庐山的风姿，赤壁的激浪，襄阳的明月。正是梅花开花、大雪纷飞的季节，务必不断传递消息，相互勉励。

赏析

南宋淳熙十一年（1184），稼轩以“凭陵上司，缔结同类”的罪名，罢居上饶已经将近三年了。所以词中处处把李之入任与己之罢闲双双对照写来，一喜一忧，缠绵悱恻，寄意遥深，感人心肺。

起首两句，“蜀道登天，一杯送、绣衣行客”。点出李之入蜀与己之送行，双双入题，显得情亲意挚，依依难舍。“登天”喻示此行之艰难，这何尝不是因为小人挟嫌排挤，有如远谪？所以他这阕词写得极其沉郁，这开头无异已定下了全词的基调。送行场面冷清，只有这两个知心的朋友。这“一杯”二字，不仅写出了友情之深，而且写尽了世态之薄。

三、四句：“还自叹、中年多病，不堪离别。”点出“中年”，是时稼轩45岁，正是“不惑之年”——大有作为的时候，而一放就是三年。又正是祖国被侵占的时候，自己又有才能去驱除外侮，却非要闲置如此，内忧外患，不能不“病”。所以他才用“还自叹”三字领起下面两种难堪：自己闲置生愁，怎当堪用的同志又遭远调，离开了中央，这一来抗战派淘汰将尽矣。所以这种离别，不止友情，更关系国家的命运，这才是最大的痛楚。

五、六两句中“东北看惊”表示东北方的大好河山，沦入异族之手，正应当像诸葛亮请求出师那样，“鞠躬尽瘁，死而后已”。然而朝廷却反其“道”而行之，让李正之去西南的巴蜀“更草相如檄”。这里着一“更”字，透露出了不出师东北之恨未已，而又要被强迫到西南去镇压人民。恨上加恨，这个“更”字把南宋小朝廷那种对敌和、对己狠的心态暴露无遗。

七、八两句，“把功名收拾付君侯，如椽笔”。正是双方的小结。自己废置无聊，而李又任非其所。“把功名收拾付君侯”，是因为李毕竟还是有士有责的，终究还是可以期望以“功名”的。然而稼轩把李的功名寄托在“如椽笔”上！因为李正之是提刑，他那红笔一勾能要人命，须慎重行事。

过拍起首四句："儿女泪，君休滴。荆楚路，吾能说。"以此换头，过渡到下阕，一荡上阕愁闷的情绪。用"要新诗准备"贯串"庐山色""赤壁浪""铜堤月"。这看似闲情逸趣，何等潇洒。其实这正是上阕的"表"与"檄"的内涵。下阕怜南，也正是上阕的思北。"荆楚路"这一带是没有被敌人占领的，如此美景，宜爱宜惜。总之，只因是一个分为两片的祖国横亘在胸中，所谓"新诗"，当也是长歌之恸。以此相勉，是轻松的调侃，其实正是痛心的变异。以此寄人，不仅见趣，亦且见志。多么委婉而深厚有致。最后点明时间。李正之是十一月入蜀的，所以他说"正梅花、万里雪深时，须相忆！"这是彼此的互勉，双双作结。

贺新郎[①]·同父见和再用韵答之

【宋】辛弃疾

老大那堪[②]说。似而今、元龙臭味[③]，孟公瓜葛[④]。我病君来高歌饮，惊散楼头[⑤]飞雪。笑富贵千钧如发[⑥]。硬语盘空[⑦]谁来听？记当时、只有西窗月。重进酒[⑧]，换鸣瑟[⑨]。

事无两样人心别。问渠侬[⑩]：神州[⑪]毕竟，几番离合[⑫]？汗血盐车[⑬]无人顾，千里空收骏骨[⑭]。正目断关河[⑮]路绝。我最怜君中宵[⑯]舞，道"男儿到死心如铁"。看试手，补天裂。

注释

①贺新郎：词牌名，又名《金缕曲》《贺新凉》。

②老大：年纪大。那堪：哪能。
③元龙：陈登，字元龙。
④孟公：陈遵，字孟公。瓜葛：指关系、交情。
⑤楼头：楼上。
⑥钧：古代重量单位，合三十斤。发：头发，指像头发一样轻。
⑦硬语盘空：形容文章的气势雄伟，矫健有力。
⑧进酒：斟酒劝饮；敬酒。
⑨鸣瑟：即瑟。
⑩渠侬：对他人的称呼，指南宋当权者。渠、侬分别指他、你，均系吴语方言。
⑪神州：中原。
⑫离合：分裂和统一。此为偏义复词，谓分裂。
⑬汗血盐车：骏马拉运盐的车子。后以之比喻人才埋没受屈。汗血：汗血马。
⑭收骏骨：喻招揽人才。
⑮目断：纵目远眺。关河：指边疆。
⑯怜：爱惜，敬佩。中宵：半夜。

译文

我本来已老大无成，不该再说什么了，可是，如今碰到了你这个如同陈登、陈遵般有着湖海侠气的臭味相投者，便忍不住“老夫聊发少年狂”了。我正生着病，你来了，我高兴得陪你高歌痛饮，欢喜和友谊驱散了楼头上飞雪的寒意。那些功名富贵，别人将其看得如同千钧般重，很可笑。我们把它看得如同毫毛一般轻。可是我们当时所谈论和阐发的那些事关国家兴亡的真知灼见又有谁听见了呢？只有那个照射人间沧桑、不关时局安危的西窗明月。我们谈得如此投机，一次又一次地斟着酒，更换着琴瑟之音。

国家大事依然如故，可是人心却大为消沉，不同于过去了。请问，神州大地究竟还要被金人割裂主宰多久呢？汗血良马拖着笨重的盐车无人顾惜，当政者却要到千里之外用重金收买骏马的骸骨。极目远眺，边疆道路阻塞，不能通行。我最敬佩你那闻鸡起舞的壮烈情怀，你曾说过：“男子汉大丈夫，抗金北伐的决心至死也会像铁一般坚定。我等待着你大显身手，为恢复中原做出重大的贡献。”

赏析

《贺新郎·同父见和再用韵答之》词作于淳熙十六年（1189）春。当时，陈亮自东阳（今属浙江）来到信州拜访辛弃疾，留十日，并约朱熹到紫溪（今江西铅山南）聚首，共商恢复大计。但朱熹因事未能成行。陈亮等朱未到，遂辞归东阳。在辛、陈同游鹅湖（今铅山东北）之后，辛弃疾作《贺新郎·把酒长亭说》追赠陈亮，正巧陈来信索词，所以辛词小序中说是“心所同然者如此，可发千里一笑”。陈亮因此步韵和词一首。读陈和作后，辛弃疾情不自禁地同原韵和答又作此篇。时作者年近半百，落职闲居，蹉跎岁月，恢复无望，理想成空。因而借同志唱和，来抒发失意英雄的一腔悲愤之情。

上片即景叙事而情在其中。“老大那堪说”，年华渐老，而又岁岁虚度，复兴无望，无从言说，开篇即以沉郁之语直抒胸怀。以下巧用即景叙事艺术，追忆鹅湖之会的豪饮高歌。元龙、孟公皆为豪爽慷慨之士，并都姓陈，以比陈亮。在抗战爱国方面，辛、陈是意气相投的同志。“笑富贵千钧如发”，见其人格之高洁。但“硬语盘空谁来听”，换来的只有孤月窥窗。下片则纯运赋体而直抒胸臆。神州几番离合，千里汗血马累死于盐车之下，令人无限悲恨。“正目断关河路绝”，表面上状眼前大雪封山之景，骨子里却是叹中原恢复之难。但作者并非一味悲痛失落，“我最怜君中宵舞”，有力地刻画了一个以天下为己任的爱国志士形象。“看试手，补天裂”，篇末自有惊人语，正见其英雄本色。

此词的特点是“以文为词”，用典甚多，但如盐着水，了无窒碍，丰富了作品的情感和形象，读来觉笔力千钧，浑化无迹。全词既有深刻的现实思考，同时又呈现豪爽飞动的浪漫情怀，在沉郁中见出豪壮，奏出了时代的黄钟大吕之音。

水龙吟·登建康[1]赏心亭

【宋】辛弃疾

楚天千里清秋，水随天去秋无际。遥岑[2]远目，献愁供恨，玉簪螺髻[3]。落日楼头，断鸿[4]声里，江南游子。把吴钩看了[5]，栏杆拍遍，无人会，登临意。

休说鲈鱼堪脍[6]，尽西风，季鹰[7]归未？求田问舍，怕应羞见，刘郎才气[8]。可惜流年[9]，忧愁风雨[10]，树犹如此[11]！倩[12]何人、唤取红巾翠袖[13]，揾英雄泪！

注释

①建康：今江苏南京。
②遥岑（cén）：远山。
③玉簪螺髻：玉做的簪子，像海螺形状的发髻，这里比喻高矮和形状各不相同的山岭。
④断鸿：离群的孤雁。
⑤吴钩，古代吴地制造的一种宝刀。这里应该是以吴钩自喻，空有一身才华，但是得不到重用。了：音liǎo。
⑥鲈鱼堪脍：用西晋张翰典。
⑦季鹰：张翰，字季鹰。
⑧求田问舍：置地买房。刘郎：刘备。才气：胸怀、气魄。
⑨流年：流逝的时光。
⑩忧愁风雨：风雨，比喻飘摇的国势。
⑪树犹如此：用东晋桓温典。
⑫倩：请托。读音qìng。
⑬红巾翠袖：女子装饰，代指女子。

译文

空荡的秋空虽红似火，可是我心中却冷落凄凉，冷清的江水只能伴随着天空流去，何处会是尽头，这秋天无边无际。无奈地眺望远处的山岭，慨叹为何报国又比登天难，为何国家又如此腐败，只能怪人间正道是沧桑。那群山像女人头上的玉簪和螺髻，难道说，这王朝只剩下花天酒地了吗？斜下的太阳照着这亭子，在长空远飞离群。孤雁伴着它那凄惨绝望之声从天空划过，或许是映照我这流落江南的思乡游子。这宝刀却不曾沾染敌人的鲜血，我狠狠地把亭上的栏杆都拍遍了，也没有人领会我现在的心意，天下知我者，还能有谁呢？

我可不会像张翰那样，为家乡之景而归。那刘备天下为怀，斥责许汜，辞气激扬，令人佩服。只可惜时光如流水一般过去，我真为风雨飘荡中的国家担心，时间如白驹过隙！连一块拭英雄泪的红巾翠袖都不知问何人唤取了。

赏析

上片大段写景：由水写到山，由无情之景写到有情之景，很有层次。开头两句“楚天千里清秋，水随天去秋无际”，描写作者在赏心亭上所见的江景，气象阔大，笔力遒劲。

“遥岑远目，献愁供恨，玉簪螺髻”三句写山。这里，作者一方面极写远山的美丽——远山愈美，它引起的愁和恨也就愈加深重；另一方面又采取了移情及物的手法，写远山“献愁供恨”。实际上是作者自己看见沦陷区的山，想到沦陷的父老姊妹而痛苦发愁。但是作者不肯直写，偏要说山向人献愁供恨。山本来是无情之物，连山也懂得献愁供恨，人的愁恨就可想而知了。

“楚天千里清秋，水随天去秋无际”两句，是纯粹写景，至“献愁供恨”三句，已进了一步，点出“愁、恨”两字，由纯粹写景而开始抒情，由客观而及主观，感情也由平淡而渐趋强烈。作者接着写道：“落日楼头，断鸿声里，江南游子。把吴钩看了，栏杆拍遍，无人会，登临意。”可见作者更加思念沦陷的故乡，并因没人理解他而慨叹。

上片写景抒情，下片则是直接言志。下片十一句，分四层意思：“休说鲈鱼堪脍，尽西风、季鹰归未？”这里引用了一个典故：晋朝人张翰（字季鹰），在洛阳做官，见秋风起，想到家乡苏州味美的鲈鱼，便弃官回乡。（见《晋书·张翰传》）然而自己的家乡如今还在金人统治之下，南宋朝廷却偏于一隅，自己想回到故乡，又谈何容易！“尽西风、季鹰归未？”既写了有家难归的乡思，又抒发了对金人、对南宋朝廷的激愤，确实收到了一石三鸟的效果。

“求田问舍，怕应羞见，刘郎才气”是第二层意思。求田问舍就是买地置屋。刘郎，指三国时的刘备，这里泛指有大志之人。这也是用了一个典故。三国时许汜去看望陈登，陈登对他很冷淡，独自睡在大床上，叫他睡下床。许汜去询问刘备，刘备说：“天下大乱，你忘怀国事，求田问舍，陈登当然瞧不起你。”

“可惜流年，忧愁风雨，树犹如此”是第三层意思。“树犹如此”也是一个典故。据《世说新语》载，桓温北征，经过金城，见自己过去种的柳树已长到几围粗，便感叹地说：“木犹如此，人何以堪？”意为树已长得这么高大了，人怎么能不老大呢！作者担心再闲置便无力为国效命疆场了。这三句，是整首词的核心。到这里，作者的感情经过层层推进已经发展到最高潮。

下面“倩何人唤取，红巾翠袖，揾英雄泪！”自然地收束，是第四层意思。在宋代，游宴娱乐的场合，一般都有歌妓在旁唱歌侑酒。这三句是写辛弃疾自伤抱负不能实现，世无知己，得不到同情与慰藉。这与上片“无人会，登临意”义近而相呼应。

全词通过写景和联想抒写了作者收复故土的抱负和愿望无法实现的失意的感慨，深刻揭示了英雄志士有志难酬、报国无门、抑郁悲愤的苦闷心情，极大地表现了词人诚挚无私的爱国情怀。

菩萨蛮[1]·书江西造口[2]壁

【宋】辛弃疾

郁孤台[3]下清江[4]水，中间多少行人泪。西北望长安[5]，可怜[6]无数山[7]。

青山遮不住，毕竟东流去。江晚正愁余[8]，山深闻鹧鸪[9]。

注释

①菩萨蛮：词牌名。
②造口：一名皂口，在江西万安县南六十里。
③郁孤台：今江西省赣州市城区西北部贺兰山顶，又称望阙台，因“隆阜郁然，孤起平地数丈”得名。
④清江：赣江与袁江合流处旧称清江。
⑤长安：今陕西省西安市，为汉唐故都。此处代指宋都汴京。
⑥可怜：可惜。
⑦无数山：很多座山。
⑧愁余：使我发愁。
⑨鹧鸪：鸟名。传说其叫声啼声凄苦。

译文

郁孤台下这赣江的流水，水中有多少苦难之人的眼泪。我举头眺望西北的长安，可惜只看到无数青山。

但青山怎能把江水挡住？浩浩江水终归还要向东流去。江边夕阳西下，我正满怀愁绪，听到深山传来鹧鸪的悲鸣。

赏析

辛弃疾此首《菩萨蛮》，用极高明之比兴艺术，写极深沉之爱国情思，无愧为词中瑰宝。

“郁孤台下清江水。”起笔横绝。由于汉字形、声、义具体可感之特质，何况郁有郁勃、沉郁之意，孤有巍巍独立之感，“郁孤台”三字劈面便凸起一座郁然孤峙之高台。词人调动此三字打头阵，显然有满腔磅礴之激愤，势不能不用此突兀之笔也。进而写出台下之清江水。《万安县志》云：“赣水入万安境，初落平广，奔激响溜。”写出此一江激流，词境遂从百余里外之郁孤台，顺势收至眼前之造口。造口，词境之核心也。

“中间多少行人泪。”“行人泪”三字，直点造口当年事。词人身临隆祐太后被追之地，痛感建炎国脉如缕之危，愤金兵之猖狂，羞国耻之未雪，乃将满怀之悲愤，化为此悲凉之句。在词人之心魂中，此一江流水，竟为行人流不尽之伤心泪。“行人泪”意蕴深广，不必专言隆祐。在建炎年间四海南奔之际，自中原至江淮而江南，不知有多少行人流下无数伤心泪啊。由此想来，便觉隆祐被追至造口，又正是那一存亡危急之秋之象征。无疑此一江行人泪中，也有词人之悲泪啊。

在“西北望长安，可怜无数山”中，长安指汴京。本句是诗人因记起朋友被追而向汴京望去，然而却有无数的青山挡住了诗人。境界就变为具有封闭式之意味，顿与挫极有力。这两句诗表达了诗人满怀忠愤的情感。

“青山遮不住，毕竟东流去。”赣江北流，此言东流，词人写胸怀，正不必拘泥。无数青山虽可遮住长安，但终究遮不住一江之水向东流。换头是写眼前景，若言有寄托，则似难以指实；若言无寄托，则“遮不住”与“毕竟”二语，又明显带有感情色彩。周济云：“借水怨山。”可谓具眼。此词句句不离山水。试体味“遮不住”三字，将青山周匝围堵之感一笔推去，“毕竟”二字更见深沉有力。反观上阕，清江水既为行人泪之象喻，则东流去之江水如有所喻，当喻祖国一方。无数青山，词人既叹其遮住长安，更道出其遮不住东流，则其所喻当指敌人。在词人潜意识中，当并指投降派。“东流去”三字尤可体味。《尚书·禹贡》云：“江汉朝宗于海。”在中国文化传统中，江河行地与日月经天同为“天行健”之体现，故“君子以自强不息”。杜甫《长江二首》云：“朝宗人共挹，盗贼尔谁尊？”“浩浩终不息，乃知东极临。众流归海意，万国奉君心。”故必言寄托，则换头托意，当以江水东流喻正义所向也。然而时局并不乐观，词人心情并不轻松。

“江晚正愁余，山深闻鹧鸪。”江晚山深，此一暮色苍茫又具封建式意味，无疑为词人沉郁苦闷之孤怀写照，而暗应上阕开头之郁孤台景象。

此词写作者登郁孤台远望，“借水怨山”，抒发国家兴亡的感慨。上片由眼前景物引出历史回忆，抒发家国沦亡之创痛和收复无望的悲愤；下片借景生情，抒愁苦、不满之情。全词对朝廷苟安江南的不满和自己一筹莫展的愁闷，却是淡淡叙来，不瘟不火，以极高明的比兴手法，表达了蕴藉深沉的爱国情思，艺术水平高超，堪称词中瑰宝。

声声慢·滁州旅次登楼作和李清宇韵

【宋】辛弃疾

征埃[①]成阵，行客相逢，都道幻出[②]层楼。指点檐牙[③]高处，浪拥云浮。今年太平万里，罢长淮[④]、千骑[⑤]临秋。凭栏[⑥]望，有东南佳气[⑦]，西北神州[⑧]。

千古怀嵩[⑨]人去，还笑我、身在楚尾吴头[⑩]。看取弓刀，陌上[⑪]车马如流。从今赏心乐事，剩安排、酒令诗筹。华胥[⑫]梦，愿年年、人似旧游。

注释

①征埃：行路人踏起来的尘埃。
②幻出：虚构的意思。
③檐牙：古代建筑屋檐上翘的叫飞檐，沿着屋檐的边沿下垂的叫檐牙。
④罢长淮：淮河源出河南桐柏山，东经河南、安徽，注入江苏的洪泽湖而入长江。全长约两千公里。金兵侵略时，宋室南逃，双方议定，以淮河为界。“罢长淮”，就是不承认以淮河为界。
⑤千骑：辛弃疾在滁州建立了一支地方武装。农忙时生产，闲时训练，战时打仗。
⑥凭栏：倚着栏杆。
⑦佳气：吉祥的气象。
⑧神州：泛指中国。
⑨怀嵩：怀嵩楼。怀嵩楼即今北楼，唐李德裕贬滁州，作此楼，取怀念嵩洛之意。（《舆地纪胜·滁州景物下》）
⑩楚尾吴头：滁州为古代楚吴交界之地。故可称“楚尾吴头”。
⑪陌上：田野小道。
⑫华胥（xū）：人名。传说是伏羲氏的母亲。

译文

路上行人踏起的阵阵尘埃四处飞扬，行客相逢的时候，交口称道：这座大楼像幻觉中出现的奇景。他们指点着最高处的檐牙，称赞它建筑得奇异雄伟，像波浪起涌、浮云飘动。今年这一带有万里长的地方，金兵没有来侵犯，人们过着太平的日子。但是，这还不够，还要废除长淮的界限，恢复宋朝原来的版图。我们要建立一支有千骑的地方军，用以保卫地方上的安宁。登上高楼，凭靠着栏杆观望，东南临安的上空，有一股吉祥的气象，这可能喻示着皇帝下决心要发兵打过长淮去，收复西北的神州。

怀念嵩洛的李德裕早已去世了，有人笑我，还待在这古楚吴交界的地方不走。看吧！像刀弓一样的田间小道上，往来的车马像流水似的连绵不断。从现在起，我们要尽情地享受这赏心乐事，要尽快安排酒令诗筹等娱乐器具，以供应人们来这里饮酒赋诗的时候用。我们要把这里建设成华胥国，虽然这是个梦，但是，我们祝愿人们年年来这里，像重游旧地一样。

赏析

辛弃疾由登楼而有感，登高远望，道出一片欣欣向荣的景象。作者胸怀天下，仍不能忘怀的是沦陷的中原大地，并对失地的收复充满希望。

上片描写奠枕楼（作者所登的楼为奠枕楼）的宏伟气势以及登高远眺的所见所感，“征埃成阵，行客相逢，都道幻出层楼。指点檐牙高处，浪拥云浮。”五句以来往行人的口吻来描述高楼的气势，一是奠枕楼建设速度之快，如同一夜之间拔地而起；二是奠枕楼高耸入云，气势非凡。“今年太平万里”是人民安乐的根本条件，点出了行客如云，市场繁茂，以前的饥荒凄凉的景象，已经绝迹。接下来写的是登上奠枕楼以后的感受。首先，作者感到欣喜，因为金兵没有来侵扰，老百姓今年获得了一个安定丰收的好年景。作者的思路沿着滁州这一个地区扩展到全国，步步深入，一环扣一环，最后把矛头直接刺向南宋当朝：“东南佳气，西北神州。”“看取弓刀，陌上车马如流。”在楼上远眺，一是寄希望于南宋朝廷，二是面对中原感到痛心不已，东南虽然可以苟安一时，但是不可以忘记了北伐中原的大业。

下片头三句“千古怀嵩人去，还笑我、身在楚尾吴头”是由古人联想到自己。当年李德裕在滁州修建了怀嵩楼，最后终于回到故乡嵩山。但是作者自己处于这个南北分裂的时代，祖国不能统一，故土难回，肯定会让李德裕笑话自己。这里已经道出了词人心中的悲痛。看着楼下人来人往的繁荣景象，作者又有了信心。辛弃疾初到滁州，见到的人民是：“方苦于饥，商旅不行，市场翔贵，民之居茅竹相比，每大风作，惴惴然不自安”。（见《铅刀编·滁州奠枕楼记》）而现在完全换成了另一种景象，这是他初现身手的政绩，也是他的骄傲。“从今赏心乐事，剩安排、酒令诗筹。华胥梦，愿年年、人似旧

游。”作者无法抑制自己喜悦的心情，感到自己即将有所作为，一定能够让滁州百姓的生活像黄帝梦中的华胥国那样宁静和平。

这首词豪放雄伟，起伏跌宕，层次分明，步步深入，是辛弃疾南渡后，在抗金前哨的一首重要词作。

浪淘沙·山寺夜半闻钟

【宋】辛弃疾

身世酒杯①中，万事皆空。古来三五个英雄。雨打风吹何处是，汉殿秦宫②。

梦入少年丛③，歌舞④匆匆。老僧夜半误⑤鸣钟。惊起西窗⑥眠不得，卷地⑦西风。

注释

①身世：平生。酒杯：借酒浇愁。
②汉殿：刘邦，代指汉代宫阙。秦宫：秦始皇，代指秦朝宫阙。
③梦入：梦境。少年丛：当谓英雄年少种种。
④歌舞：身世。
⑤误：没有。
⑥西窗：思念，代指抱负。
⑦卷地：谓贴着地面迅猛向前推进，多指风。代指身世悲凉。

译文

整日在借酒浇愁的状态中度过，一生的努力因没能改变国家的败局而全部成空。古往今来的英雄们本就不多，还都因时间的流逝而淹没。困难重重，却再也找不到像刘邦、秦始皇那样的英雄。

少年繁华如梦，如今一一破灭，我都想遁入空门，做隐逸之士了，可真正要去寻觅夜半禅钟的时候，却只有卷地的西风，严酷的现实，叫人无梦可做，无处可托。

赏析

辛词以其内容上的爱国思想，艺术上有创新精神，在文学史上产生了巨大影响。《浪淘沙·山寺夜半闻钟》当是作者的后期作品，词虽以“万事皆空”总摄全篇，实充盈家国身世之感，风格沉郁悲凉。上片怀古，实叹喟今无英雄，秦汉盛世难再。下片歌舞匆匆者，实叹喟少年盛事唯梦境再现。《浪淘沙·山寺夜半闻钟》描写的是人到中年，有些栖栖惶惶，但又不趋炎附势的低姿态。

辛弃疾也信奉老庄，在《浪淘沙·山寺夜半闻钟》这首词中作旷达语，但他并不能把冲动的感情由此化为平静，而是从低沉甚至绝望的方向上宣泄内心的悲愤，这些表面看来似旷达又似颓废的句子，却更使人感受到他心中极高期望破灭成为绝望时无法消磨的痛苦。

上阕：“身世酒杯中，万事皆空。古来三五个英雄，雨打风吹何处是，汉殿秦宫。”充满英雄惜英雄的怅然！刘邦和秦始皇的时代，他认为是两个英雄豪杰辈出又命运起伏的时代。古往今来的英雄们，因时间的流逝而淹没，但是他们心中的宏大梦想却不曾被忘却，字里行间中作者为国家舍身立命而不达的情怀更加让人感慨。

上阕首句“身世酒杯中，万事皆空”，充盈家国身世之感，风格悲凉、沉郁。“雨打风吹”原指花木遭受风雨摧残，比喻恶势力对弱小者的迫害，也比喻严峻的考验，此处烘托出作者舍身报国的决心。

下阕：“梦入少年丛，歌舞匆匆。老僧夜半误鸣钟。惊起西窗眠不得，卷地西风。”后阙是写少年梦被山僧撞破，惊醒后难眠，却连钟声也听不得，只有西风呜咽。虽然表面上看是想逃避现实，实际上作者丝毫没有忘记国家大事，时刻想着的还是报效国家。“梦入少年丛，歌舞匆匆”表达了他慷慨激昂的爱国感情，反映出“道‘男儿到死心如铁’。看试手，补天裂”的壮志豪情和以身报国的高尚理想。“卷地西风”突出当时严酷的现实。

这首词在艺术手法上的高明之处在于联想与造境上。丰富的联想与跌宕起伏的笔法相结合，使跳跃性的结构显得整齐严密。由此及彼，由近及远，由反而正，感情亦如江上的波涛大起大落，通篇蕴含着开阖顿挫、腾挪跌宕的气势，与词人沉郁雄放的风格相一致。

又呈①吴郎

【唐】杜甫

堂前扑枣任②西邻③，
无食无儿一妇人。
不为困穷宁有此？
只缘恐惧转须亲。
即防远客④虽多事⑤，
便插疏篱⑥却甚真。
已诉征求贫到骨⑦，
正思戎马⑧泪盈巾。

注释

①呈：呈送，尊敬的说法。
②扑枣：击落枣子。汉王吉妇以扑东家枣实被遣。扑：打。任：放任，不拘束。
③西邻：就是下句说的“妇人”。
④防远客：指贫妇人对新来的主人存有戒心。防：提防，心存戒备。远客：指吴郎。
⑤多事：多心。
⑥插疏篱：是说吴郎修了一些稀疏的篱笆。
⑦征求：指征敛赋税。贫到骨：贫穷到骨（一贫如洗）。
⑧戎（róng）马：兵马，指战争。杜甫《登岳阳楼》诗：“戎马关山北，凭轩涕泗流。”

译文

我任随西邻来堂前打枣从不阻拦，因为她是一个无食无儿的老妇人。

若不是由于穷困怎会做这样的事？因为她心存恐惧而更该与

她相亲。

见你来就防着你虽然是多此一举，但你一来就插上篱笆却像是真的。

她说因官府征租逼税已一贫如洗。想起时局兵荒马乱我不禁涕泪满巾。

赏析

诗的第一句开门见山，从诗人自己过去怎样对待邻妇扑枣说起。“扑枣”就是打枣。这里不用那个猛烈的上声字“打”，而用这个短促的、沉着的入声字“扑”，是为了取得声调和情调的一致。“任”就是放任。第二句说：“无食无儿一妇人。”原来这位西邻竟是一个没有吃的、没有儿女的老寡妇。诗人等于是在对吴郎说：“对于这样一个无依无靠的穷苦妇人，我们能不让她打点枣儿吗？”

三四两句紧接一二句：“不为困穷宁有此？只缘恐惧转须亲。”“困穷”，承上第二句；“此”，指扑枣一事。这里说明杜甫十分同情体谅穷苦人的处境。陕西民歌中唱道：“唐朝诗圣有杜甫，能知百姓苦中苦。”说的正是杜甫。以上四句，一气贯串，是杜甫自叙以前的事情，目的是为了启发吴郎。

五六两句才落到吴郎身上。“即防远客虽多事，便插疏篱却甚真。”这两句上下一气，相互关联，相互依赖，相互补充，要联系起来看。“防”的主语是寡妇。下句“插”字的主语是吴郎。这两句诗言外之意是：这不能怪她多心，倒是吴郎有点太不体贴人。她本来就提心吊胆，吴郎不特别表示亲善，也就够了，不该插上篱笆。这两句诗，措辞十分委婉含蓄。这是因为怕话说得太直、太生硬，教训意味太重，会引起对方的反感，反而不容易接受劝告。

最后两句“已诉征求贫到骨，正思戎马泪盈巾”，是全诗结穴，也是全诗的顶点。表面上是对偶句，其实并非平列的句子，因为上下句之间由近及远、由小到大，是一个发展的过程。上句，杜甫借寡妇

的诉苦，指出了造成寡妇和广大人民困穷的社会根源。这就是官吏们的剥削，也就是诗中所谓“征求”，使她穷到了极点。这也就为寡妇的扑枣行为做了进一步的解脱。下句说得更远、更大、更深刻，指出了使人民陷于水深火热之中的又一社会根源。这就是“安史之乱”以来持续了十多年的战乱，即所谓“戎马”。由一个穷苦的寡妇，由一件扑枣的小事，杜甫竟联想到整个国家大局，以至于流泪。这固然是他那热爱祖国、热爱人民的思想感情的自然流露；另一方面，也是点醒、开导吴郎应有的文章。让他知道：“在这兵荒马乱的情况下，苦难的人还有的是，绝不止寡妇一个。战乱的局面不改变，就连我们自己的生活也不见得有保障，我们现在不正是因为战乱而同在远方作客，而你不是还住着我的草堂吗？”最后一句诗，好像扯得太远，好像和劝阻吴郎插篱笆的主题无关，其实是大有关系，大有作用的。希望他由此能站得高一点，看得远一点，想得开一点，他自然就不会在几颗枣子上斤斤计较了。读者正是要从这种地方看出诗人的良苦用心和他对待人民的态度。

这首诗的人民性是强烈而鲜明的，在通常用来歌功颂德以“高华典雅”为特征的七言律诗中，尤其值得重视。诗在艺术表现方面也很有特点。用自己的实际行动来启发对方，用颠扑不破的道理来点醒对方，最后还用自己的眼泪来感动对方，尽可能地避免抽象的说教，措词委婉，入情入理。全诗在委婉曲折的夹叙夹议中来展现诗人的心理和品质。诗作表达了杜甫对穷困人民的深切同情。

登楼

【唐】杜甫

花近高楼伤客心，

万方多难此登临。

锦江[①]春色来天地[②]，

注释

①锦江：流经成都的岷江支流。

②来天地：与天地俱来。

③玉垒：山名，在成都西北。

④变古今：与古今俱变。

⑤北极：星名，北极星，古人常用以指代朝廷。

⑥西山：指当时四川西部和吐蕃交界地区的雪山。

玉垒[3]浮云变古今[4]。
北极[5]朝廷终不改，
西山[6]寇盗[7]莫相侵。
可怜后主[8]还祠庙[9]，
日暮聊为[10]《梁父吟》[11]。

⑦寇盗：指入侵的吐蕃集团。
⑧后主：刘备的儿子刘禅，三国时蜀国之后主。
⑨还祠庙：诗人感叹连刘禅这样的人竟然还有祠庙。
⑩聊为：不甘心这样做而姑且这样做。
⑪梁父吟：古乐府中的一首葬歌。

译文

繁花靠近高楼，远离家乡的我触目伤心，在这全国各地多灾多难的时刻，我登楼远眺。

锦江两岸蓬蓬勃勃的春色铺天盖地而来，玉垒山上的浮云，古往今来，千形万象，变幻不定。

朝廷如同北极星一样始终都不会改换，西山的寇盗吐蕃不要来侵扰。

可叹蜀后主刘禅那样的昏君，仍然在祠庙中享受祭祀，黄昏的时候我姑且吟诵那《梁父吟》。

赏析

“花近高楼伤客心，万方多难此登临”提挈全篇。“万方多难”，是全诗写景抒情的出发点。在这万方多难的时候，流离他乡的诗人愁思满腹，登上此楼，虽然繁花触目，诗人却为国家的灾难重重而忧愁伤感。花伤客心，以乐景写哀情，和“感时花溅泪”（《春望》）一样，同是反衬手法。在行文上，先写诗人见花伤心的反常现象，再说是由于万方多难的缘故，因果倒装，起势突兀。“登临”二字，则以高屋建瓴之势，领起下面的种种观感。

“锦江春色来天地，玉垒浮云变古今”，诗人从登楼看见的景色开始写起，描绘了一幅壮美的山河景观。锦江水夹带着朝气盎然的春

色从天地间奔腾而来，玉垒山上的浮云飘忽不定，这使诗人联想到了动荡不安的国家，那浮云飘移就像是古今世势的更替变幻。上句从空间上扩展，下句从时间上蔓延，这样延展开来，顿然形成了一片宏阔悠远的意境，包括诗人对国家山河的热爱和民族历史的回忆。并且，登高望远，视野开阔，而诗人偏偏向西北方向望去，可见，诗人心怀国家，此时，他忧国忧民的高大形象跃然纸上。

“北极朝廷终不改，西山寇盗莫相侵”，主要写国家战事。诗人登楼远眺，由浮云想到了国家的现时情况，虽然大唐朝廷风雨动荡，但代宗又回到了长安，可见“终不改”，这照应了上一句的“变古今”，语气中流露了诗人强烈的爱国之情。下句“寇盗”“相侵”，进一步说明第二句的“万方多难”，针对吐蕃的觊觎寄语相告：“莫再徒劳无益地前来侵扰！”词严义正，浩气凛然，在如焚的焦虑之中透着坚定的信念。

“可怜后主还祠庙，日暮聊为《梁甫吟》。”咏怀古迹，讽喻当朝昏君，寄托诗人的个人怀抱。后主，指蜀汉刘禅，宠信宦官，终于亡国。先主庙在成都锦官门外，西有武侯祠，东有后主祠。《梁甫吟》是诸葛亮遇到刘备前喜欢诵读的乐府诗篇，用来比喻这首《登楼》，含有对诸葛武侯的仰慕之意。诗人伫立楼头，徘徊沉吟，很快日已西落，在苍茫的暮色中，城南先主庙、后主祠依稀可见。想到后主刘禅，诗人不禁喟然而叹：“可怜那亡国昏君，竟也配和诸葛武侯一样，专居祠庙，歆享后人香火！”这是以刘禅比喻唐代宗李豫。李豫重用宦官程元振、鱼朝恩，造成国事维艰、吐蕃入侵的局面，同刘禅信任黄皓而亡国极其相似。所不同的是，诗人生活的时代只有刘后主那样的昏君，却没有诸葛亮那样的贤相。而诗人自己，空怀济世之心，苦无献身之路，万里他乡，高楼落日，忧虑满怀，却只能靠吟诗来聊以自遣。

全诗寄景抒情，将国家的动荡、自己的感怀和眼前之景融合在了一起，相互渗透，用字凝练，对仗工整，语势雄壮，意境宏阔深远，充分体现了诗人沉郁顿挫的诗风。

别房太尉[1]墓

【唐】杜甫

他乡复行役[2]，

驻马别孤坟。

近泪无干土[3]，

低空有断云。

对棋[4]陪谢傅[5]，

把剑觅徐君[6]。

唯见林花落，

莺啼送客闻。

注释

①房太尉：房琯。
②复行役：指一再奔走。
③近泪句：意谓泪流处土为之不干。
④对棋：对弈、下棋。
⑤谢傅：指谢安。以谢安的镇定自若、儒雅风流来比喻房琯是很高妙的，足见其对房琯推崇备至。
⑥把剑句：春秋时吴季札聘晋，路过徐国，心知徐君爱其宝剑，及还，徐君已死，遂解剑挂在坟树上而去，意即早已心许。

译文

我东西漂泊，一再奔走于他乡异土，今日驻足阆州，来悼别你的孤坟。

泪水沾湿了泥土，我心情十分悲痛，精神恍惚，就像低空飘飞的断云。

当年对棋时，把你比为东晋谢安，而今在你墓前，像季札拜别徐君。

不堪回首，眼前只见这林花错落，离去时，听得黄莺啼声凄怆难闻。

赏析

“他乡复行役，驻马别孤坟。”即在他乡复值行役之中，公事在身，行色匆匆。尽管如此，诗人还是驻马暂留，来到孤坟前，向亡友致哀。先前堂堂宰相之墓，如今已是茕茕“孤坟”，表现了房琯晚年的坎坷和身后的凄凉。

“近泪无干土，低空有断云。”“无干土”的缘由是“近泪”。诗人在坟前洒下许多伤悼之泪，以至于身旁的土都湿润了。诗人哭墓之哀，似乎使天上的云也不忍离去。天低云断，空气里都带着愁惨凝滞之感，使诗人倍觉寂寥哀伤。

“对棋陪谢傅，把剑觅徐君。”下句用了一则典故。据《说苑》载，吴季札聘晋过徐国，心知徐君爱其宝剑，等到他回来的时候，徐君已经去世，于是解剑挂在徐君坟的树上而去。诗人以延陵季子自比，表示对亡友的深情厚谊，虽死不忘。这又照应前两联，道出他痛悼的原因。诗篇布局严谨，前后关联十分紧密。

“唯见林花落，莺啼送客闻。”意思是，只看见林花纷纷落下，只听见莺啼送客之声。“唯”字贯两句。这两句收尾，显得余韵悠扬不尽。诗人着意刻画出一个幽静肃穆之极的氛围：林花飘落似珠泪纷纷，啼莺送客，也似哀乐阵阵。此时此地，诗人只看见这样的场景，只听见这样的声音，格外衬托出孤零零的坟地与孤零零的吊客的悲哀。

诗人表达的感情十分深沉而含蓄，这是因为房琯的问题，事干政局，诗人已经为此吃了苦头，自有难言之苦。但诗中那阴郁的氛围，那深沉的哀痛，还是表现出诗人不只是悼念亡友而已，更多的是内心对国事的殷忧和叹息。

夏夜叹

【唐】杜甫

永日①不可暮②，
炎蒸毒我肠③。
安④得万里风，
飘飖⑤吹我裳。
昊天⑥出华月⑦，
茂林延⑧疏光。
仲夏⑨苦夜短，
开轩⑩纳⑪微凉。
虚明⑫见纤毫⑬，
羽虫⑭亦飞扬。
物情无巨细⑮，
自适⑯固其常。
念彼荷戈士⑰，
穷年⑱守边疆。
何由一洗濯⑲，
执热⑳互相望。
竟夕㉑击刁斗㉒，

注释

①永日：夏日昼长，故称。
②不可暮：言似乎盼不到日落。
③毒我肠：热得我心中焦躁不安。我，一作“中”。
④安：表示反问，跟“怎么、哪里”相同。
⑤飘飖：飘摇。
⑥昊天：夏天。
⑦华月：明月。
⑧延：招来。
⑨仲夏：夏季的第二个月，即阴历五月。
⑩轩：窗。
⑪纳：享受。
⑫虚明：月光。
⑬纤毫：比喻细微之物。
⑭羽虫：夜飞的萤火虫。
⑮巨细：大小。
⑯自适：自得其乐。
⑰荷戈士：戍卒。
⑱穷年：一年到头。
⑲洗濯：洗涤，沐浴。
⑳执热：苦于炎热。
㉑竟夕：整夜。
㉒刁斗:古代军中用具，铜制，三足有柄。白天用来做饭，夜晚敲击示警。

喧[23]声连万方。
青紫[24]虽被体[25]，
不如早还[26]乡。
北城[27]悲笳[28]发，
鹳鹤[29]号且翔。
况复[30]烦促倦，
激烈思时康[31]。

㉓喧：喧呼。
㉔青紫：贵官之服。
㉕被：遮覆。
㉖还：返回原来的地方。
㉗北城：指华州。
㉘笳：即胡笳，我国古代北方民族的一种乐器，类似笛子。
㉙鹳鹤：水鸟名，即鹳，长嘴，能捕鱼。
㉚复：一作“怀”。
㉛时康：天下安康太平。

译文

白昼漫长，难见日暮，暑热熏蒸得我心烦气躁。

如何才能唤来万里长风，飘飘然吹起我的衣裳？

天空升起皎洁的月亮，茂林上承映着稀疏的月光。

苦于仲夏之夜太短，打开窗子享受一下微凉。

夜色空明能见到细微之物，昆虫也在振翅飞翔。

生命之体无论大小，当然都以自得其乐为常情。

于是我想到那些执戈的士兵，一年到头守卫边疆。

怎样才能使他们能够洗个澡呢？他们苦于炎热，只无可奈何地互相观望！

整夜在敲击刁斗忙于警戒，喧呼声响遍四面八方。

青紫官服虽然加在他们身上，也不如早日回到故乡。

华州城北吹响了悲凉的胡笳，鹳鹤哀号着四处飞翔。

唉，这乱世已令人忧伤，再加上内心烦躁、身体疲惫，我不禁热切地将太平时世盼想。

赏析

《夏夜叹》描写的是窗下纳凉的情景，开始两句就是对酷暑的控诉："永日不可暮，炎蒸毒我肠。"然后就是对清凉的期盼："安得万里风，飘飖吹我裳"。后面就是他纳凉时的情形，接着是心中所思：关中大旱，灾民流离失所，局势动荡，对唐肃宗和朝廷中把持大权的重臣们已失去了信心。

此章起结各四句，中间两段各八句。

"永日不可暮，炎蒸毒我肠。安得万里风，飘飖吹我裳。"这四句感叹白日漫长，不知道什么时候才能到夜晚，酷暑难耐，使杜甫的心情烦躁。他希望能够唤来万里长风，疏解夏日的燥热。这几句日暮思风，引起下面八句的夜景。

"昊天出华月"以下八句，描写的是夏日夜凉之景：天空升起皎洁的月亮，茂林上承映着稀疏的月光。杜甫感叹仲夏之夜太过于短暂，白日漫长。他的诗真是道出了人民的心声啊！夏日的夜晚哪里微凉啊，只能说不是很热罢了，要是夜再长一些，也许会凉快点儿！他打开窗户，能看到夜色下的细微之物。于是，他便由此联想到生命之体无论大小，当然都以自得其乐为常情。物情各适，起下文征人。

"念彼荷戈士"以下八句，描写的是夜热之感。杜甫由颈联想到人，想到那些执戈的士兵，一年到头守卫边疆，炎炎夏日里怎样才能使他们能够洗个澡呢？他们苦于炎热，却无可奈何！他们整夜敲击刁斗忙于警戒，虽然身穿官服，却还不如早日回到故乡。

"北城悲笳发，鹳鹤号且翔。况复烦促倦，激烈思时康。"末四句乃因夜触所闻，而伤叹世事也。他期盼着太平盛世，似乎已对唐肃宗和朝廷中把持大权的重臣们失去了信心。

江　亭

【唐】杜甫

坦腹①江亭暖，
长吟野望②时。
水流心不竞，
云在意俱迟。
寂寂③春将晚，
欣欣④物自私。
江东犹苦战，
回首一颦眉。

注释

①坦腹：舒身仰卧，坦露胸腹。
②野望：指作者于上元二年（761）写的一首七言律诗。
③寂寂：犹悄悄，谓春将悄然归去。
④欣欣：繁盛貌。

译文

天气变暖，舒适地仰卧在江边的亭子里，吟诵着《野望》这首诗。

江水缓缓流动，我心情却很平静无意与人世竞争。云在天上舒缓地飘动着，和我的意识一样，悠闲自在。

春天即将悄悄过去，然而我却悲伤忧愁。万物兴盛，显出万物的自私。

江东依旧在进行艰苦的战争，我每一次回首都因为对国家的忧愁而皱眉。

赏析

诗中描写在江边小亭独坐时的感受。前四句从表面上看，诗人坦腹江亭，心情平静，无意与流水相竞；心情闲适，与白云一样舒缓悠闲，其心境并非那样悠闲自在。五六句移情入景，心头的寂寞，众荣独瘁的悲凉，通过嗔怪春物自私，表露无遗。末二句直抒胸臆，表明家国之忧难排难遣。此诗表面上悠闲恬适，实际反衬出一片焦灼苦闷，情理兼容，意趣盎然。

“坦腹江亭暖，长吟野望时。”意为晚春的季节，天气已经变暖，诗人离开成都草堂，来到郊外，舒服地仰卧在江边的亭子里，吟诵着《野望》这首诗。这两句表达的感情和其他山林隐士的感情没有很大的不同，然而一读三四句，区别就有了。

“水流心不竞”是说江水如此滔滔，好像为了什么事情，争着向前奔跑，而诗人却心情平静，无意与流水相争。“云在意俱迟”，是说白云在天上移动，那种舒缓悠闲与诗人的闲适心情完全没有两样。其实，这只是表面意思。“水流心不竞”，本来心里是“竞”的，看了流水之后，才忽然觉得平日如此栖栖惶惶，毕竟没有意义，心中陡然冒出“何须去竞”的念头来。“不竞”泄露了诗人平日的“竞”。“正言若反”，作者却是不自觉的。“云在意俱迟”也一样，本来满腔抱负，要有所作为，而客观情势却处处和诗人作对。在平时，原是极不愿意“迟迟”的，诗人看见白云悠悠，于是也突然觉得一向的做法未免自讨苦吃，应该同白云“俱迟”才对。这恰是失望的表现。

“寂寂春将晚”，带出心头的寂寞：“欣欣物自私”。透露了万物兴盛而诗人独自忧伤的悲凉。这是一种融景入情的手法。晚春本来并不寂寞，诗人处境闲寂，移情入景，自然觉得景色也是寂寞无聊的了。眼前百草千花争奇斗艳，欣欣向荣，然而都与诗人无关，引不起诗人心情的欣悦，所以他就嗔怪春物的“自私”了。当然，这当中也不尽是他个人遭逢上的感慨，但正好说明诗人的心境并非是那样悠闲自在的。写到这里，结合上联的“水流”“云在”，诗人的思想感情就已经表露无遗了。

杜甫写此诗时，安史之乱未平。他虽然避乱在四川，暂时得以"坦腹江亭"，到底还是忘不了国家的安危，因此诗的最后，就不能不归结到"江东犹苦战，回首一颦眉"，又陷入满腹忧国忧民的愁绪中去了。杜甫这首诗表面上悠闲恬适，骨子里仍是一片焦灼苦闷。这正是杜甫不同于一般山水诗人的地方。

小寒食①舟中作

【唐】杜甫

佳辰②强饮食犹寒，
隐几③萧条戴鹖④冠。
春水船如天上坐，
老年花似雾中看。
娟娟⑤戏蝶过闲幔⑥，
片片⑦轻鸥下急湍。
云白山青万余里，
愁看直北⑧是长安。

注释

①小寒食：寒食节的次日，清明节的前一天。因禁火，所以吃冷食。
②佳辰：指小寒食节。
③隐几：即席地而坐，靠着小桌几。见《庄子·齐物论》：南郭子綦隐几而坐。隐：倚、靠。几：在这里指乌皮几（以乌羔皮蒙于几上），是杜甫心爱的一张小桌几，一直带在身边。
④鹖（hé）：雉类，据说是一种好斗的鸟，见于《山海经》。这里"鹖"通"褐"，指颜色。
⑤娟娟：状蝶之戏。
⑥闲幔：一作"开幔"。
⑦片片：状鸥之轻。
⑧直北：正北。

译文

小寒时节，勉强饮了点儿酒，吃了点儿饭，靠着桌几，席地而坐。桌几已经破旧，我头上戴着褐色的帽子缝了很多遍了。

春来水涨，江河浩漫，所以在舟中漂荡起伏犹如坐在天上云间。身体衰迈，老眼昏蒙，看岸边的花草犹如隔着一层薄雾。

见蝶鸥往来自由，各得其所。

站在潭州向北远眺长安，像是在望天上的白云，有一万多里远，蓦然生愁。

赏析

这首诗是杜甫在去世前半年多，即公元770年（大历五年）春停留潭州（今湖南长沙）的时候所写，表现他暮年落魄江湖而依然深切关怀唐王朝安危的思想感情。

“小寒食”是指寒食的次日，清明的前一天。从寒食到清明三日禁火，所以首句说“佳辰强饮食犹寒”，逢到节日佳辰，诗人虽在老病之中还是打起精神来饮酒。“强饮”不仅说多病之身不耐酒力，也透露着漂泊中勉强过节的心情。这个起句为诗中写景抒情安排了一个有内在联系的开端。第二句刻画舟中诗人的孤寂形象。“鹖冠”传为楚隐者鹖冠子所戴的鹖羽所制之冠，点出作者失去官职不为朝廷所用的身份。穷愁潦倒，身不在官而依然忧心时势，思念朝廷，这是无能为力的杜甫最为伤情之处。首联中“强饮”与“鹖冠”正概括了作者此时的身世遭遇，也包蕴着一生的无穷辛酸。

第二联紧接首联，十分传神地写出了诗人在舟中的所见所感，是历来为人传诵的名句。左成文评此二句：“春来水涨，江流浩漫，所以在舟中漂荡起伏犹如坐在天上云间；诗人身体衰迈，老眼昏蒙，看岸边的花草犹如隔着一层薄雾。”“天上坐”“雾中看”非常切合年迈多病舟居观景的实际，给读者的感觉十分真切；在真切中又渗出一层空灵漫渺，把作者起伏的心潮也带了出来。这种心潮起伏不只是诗人暗自伤老，也包含着更深的意绪：时局的动荡不定，变乱无常，也正如同隔雾看花，真相难明。笔触细腻含蓄，表现了诗人忧思之深以及观察力与表现力的精湛。

第三联写舟中、江上的景物。第一句“娟娟戏蝶”是舟中近景，所以说“过闲幔”。第二句“片片轻鸥”是舟外远景，所以说“下急湍”。这里表面上似乎与上下各联均无联系，其实不是这样。这两句承上，写由舟中外望空中水面之景。“闲幔”的“闲”字回应首联第二句的“萧条”，布幔闲卷，舟中寂寥，所以蝴蝶翩跹，穿空而过。

“急湍”指江水中的急流，片片白鸥轻快地逐流飞翔，远远离去。正是这蝶鸥往来自如的景色，才易于对比，引发出困居舟中的作者“直北”望长安的忧思，向尾联做了十分自然的过渡。清代浦起龙在《读杜心解》中引朱翰的话评价：“蝶鸥自在，而云山空望，所以对景生愁。”也是指出了第三联与尾联在景与情上的联系。

尾联两句总收全诗。云说“白”，山说“青”，正是寒食佳节春来江上的自然景色，“万余里”让作者的思绪随着层叠不断的青山白云飞翔，为结句作铺垫。“愁看”句收括全诗的思想感情，将深长的愁思凝聚在“直北是长安”上。浦起龙说：“‘云白山青’应‘佳辰’，‘愁看直北’应‘隐几’”，这只是从字面上去分析首尾的暗相照应。其实这一句将舟中舟外、近处远处的观感，以至漂泊时期诗人对时局多难的忧伤感怀全部凝缩在内，而以一个“愁”字总结，既凝重地结束了全诗，又有无限的深情俱在言外。所以《杜诗镜铨》说“结有远神”。

南征

【唐】杜甫

春岸桃花水①，
云帆②枫树林。
偷生长避地③，
适远更沾襟④。
老病南征日，
君恩⑤北望心。
百年歌自苦，
未见有知音。

注释

①桃花水：桃花盛开时节江河涨水。又名“桃花汛”。《岁时广记》载：“黄河水，二月三月名桃花水。”
②云帆：白帆。
③避地：避难而逃往他乡。
④适远：到远方去。沾襟：浸湿衣襟，指伤心落泪。
⑤君恩：指唐代宗之恩。代宗曾授予杜甫官职（补京兆功曹和检校工部员外郎）。君：指唐代宗。

译文

桃花盛开，江河涨水，与岸齐平，飘忽如云的白帆驶过枫林。

为了活命我经常到异地去避难，如今又漂泊远方，一路上泪洒衣襟。

当此年老多病乘舟南行的时候，一颗向北的心永念皇恩啊！

我苦苦地写了一辈子诗歌，可叹至今还没有遇到一个知音。

赏析

这首诗既是杜甫晚年悲苦生活和忧国忧民思想的体现，又是诗人对自己的诗作充满自信和自负的自我鉴定。

“春岸桃花水，云帆枫树林”是写诗人南征途中所见的秀丽风光。这里“桃花水”对“枫树林”，为借对。春天，春水奔流，桃花夹岸，极目远眺，风帆如方阵一般，而枫树也已成林，这是幅美丽的自然风景画。

“偷生长避地，适远更沾襟”表现诗人晚年颠沛流离，浪迹天涯的悲辛生活。为了苟全性命，诗人常常是今天在这里，明天又在那里，四处逃难，而今又要远去衡湘，使诗人泪满衣襟。杜甫善于用反衬的手法在情与景的对立中，深化他要表达的思想感情，加强诗的艺术效果。诗一起首就描写了绮丽的景色，按理说看到这样好的景色本该分外愉悦才是。但是由于乱离漂泊，又想到自己老病跋跄，面对美景，诗人反而潸然泪下了。

“老病南征口，君恩北望心”道出了诗人虽身处逆境，但报效朝廷的热忱未减的情怀。诗人老了、病了，照理应该还乡才是，而现在却更往南走，可悲。尽管如此，诗人报国热情不减，心一刻也未尝忘怀朝廷。杜甫在成都时，代宗曾召他赴京兆功曹，杜甫没接受，后因严武表荐，授检校工部员外郎，因此他对代宗还是有着一定好感、存有一线希望的。这里“南征日”对“北望心”，为流水对，且前后两句在内容上对比鲜明，更加衬托出了诗人一生奔波无定，但一心报国的思想情怀。

“百年歌自苦，未见有知音”正是诗人晚年对自己一生思想及悲剧命运的总结。诗人一生抱负远大，“烈士暮年，壮心不已”，然而仕途坎坷，个中甘苦，只有自己一人独享，而纵然有绝世才华，却未见有一个能理解他的知音。在当时的社会上，文章上的知音也就是事业上的援手。这两句感慨很深，可见作者自视很高。这不能不使杜甫伤感：对于同时代的诗人或较有成就的诗人，他本着“乐道人之善”的态度几乎都评论到，全都给以相应的评价，他成了他们的知音；然而很少有人谈论到他的诗，他自己也没有知音。天宝末，殷璠编的《河岳英灵集》，高适、岑参、薛据等还有一些实在不高明的作家都入了选，独杜甫“名落孙山”。但杜甫并不急于求人知，也并不因此而丧失了自己的自信：他知道将来总会有他的知音的。但不能不说这是杜甫一生的悲剧。三、四两联，正是杜甫晚年生活与思想的写照。

诗以明媚的自然春景开头，但由于诗人晚年浪迹天涯，光景无多，前途渺茫，只得作诗自苦，慨叹当时没有知己，这样就使前面所描写的欢快、轻松的气氛消逝得无影无踪。这样对照写来，景与情似乎极不相称，但却显得深刻悲痛，更具艺术感染力。

去　蜀①

【唐】杜甫

五载客蜀郡②，

一年居梓州③。

如何关塞④阻，

转作潇湘⑤游。

世事已黄发，

注释

①去蜀：将离蜀。作诗总结几年的漂泊生涯，故为此题。蜀：广义指四川，此诗专指成都。

②蜀郡：秦灭古蜀国，始置蜀郡。汉仍其旧，辖境包有今四川省中部大部分，治所在成都。此指成都。

③梓州：四川三台，唐肃宗乾元元年（758年）改梓潼郡为梓州。

④关塞：边关；边塞。

残生随白鸥。
安危大臣在，
不必泪长流。

⑤潇湘：湘江与潇水的并称，二水是湖南境内两条重要河流，这里泛指湖南地区。

译文

我在成都客居了五年时间，其中有一年是在梓州度过的。

岂料兵荒马乱，关山交通阻塞，我为什么反要远赴潇湘做客呢?

回顾平生万事，一无所成却已经年老，余生只能像江上白鸥一样漂泊。

国家安危大计自有当政大臣支撑，我这个不在其位的人何须老泪长流呢!

赏析

此诗首联“五载客蜀郡，一年居梓州”是说诗人在成都客居了五年时间，其中一年还是在梓州（四川三台）度过的。颔联“如何关塞阻，转作潇湘游”，意思是说，当前到处兵荒马乱，关山交通阻塞，我为什么反要远赴潇湘作客呢？这是以设问的语气表达难言的隐衷，是问自己，也是问一切关心他的亲友。言下之意是自己是知道时局如此纷乱不宜远行的，表隐衷而出以设问，无奈与愤激之情自见。在严武当政时期，为了照顾诗人，曾表荐他为节度参谋、检校工部员外郎，但诗人性忠直难被群僚所容，时受讥讽，因此不久坚决辞职归草堂。严武在世时尚且如此，此时他人亡职歇，诗人更待不下去了。这暗示此去原非本意，乃是迫不得已。诗人前往潇湘，因为那边有可以投靠的亲友故旧，如舅父崔伟，朋友韦之晋、裴虬等人。

颈联说：回顾平生万事，一无所成，可头上发丝已由白转黄，表明身衰体弱之极；而展望前程，又是那么渺茫难测，只能像江上白鸥一样到处漂泊了。这是在去意已决之后，抚今追昔的感慨，“去蜀”之举更显其悲。困苦生涯，莫此为甚，不能不悲愤交集，“黄发”“白鸥”联成对仗，表示行廉志洁如故，决不肯为穷困改节。由此作出尾联的反语。尾联说：国家安危的大计，自有当政的王公大臣支撑，我这个不在其位的寒儒何须杞人忧天，枉自老泪长流呢！表面是在负气说话自我解脱，其实是位卑忧国的肺腑之言。明知这班肉食鄙夫只会以权谋私，承担不起国家顶梁柱的重任，而自己“致君尧舜”的理想久遭扼杀，国之将覆，不能不悲。寄忠诚忧国之思于愤激言辞之内，感人的力度更见强烈。清人蒋士铨有诗赞杜甫云：“独向乱离忧社稷，直将歌哭老风尘。”（《南池杜少陵祠堂》）指的正是这位诗圣的高尚情操。

这首四十字的短小五言律诗，总结了诗人在蜀五年多的全部生活，笔调堪称恢宏寥廓。而此诗尾联用激切语言所寄托的深于忧患不忘国难的赤诚丹心，更是本诗精髓所在。

病起①书怀

【宋】陆游

病骨支离②纱帽宽，
孤臣万里客江干③。
位卑未敢忘忧④国，
事定犹须待阖棺⑤。
天地神灵扶庙社⑥，
京华⑦父老望和銮。
出师一表⑧通今古，
夜半挑灯⑨更细看。

注释

①病起：病愈。
②病骨：指多病瘦损的身躯。支离：憔悴；衰疲。
③孤臣：孤立无助或不受重用的远臣。江干：江边；江岸。
④忘忧：忘却忧虑。
⑤阖（hé）棺：指死亡，这里意为盖棺定论。
⑥庙社：宗庙和社稷，喻指国家。
⑦京华：京城的美称。因京城是文物、人才汇集之地，故称。
⑧出师一表：指三国时期诸葛亮所作《出师表》。
⑨挑灯：拨动灯火，点灯。亦指在灯下。

译文

病体虚弱消瘦，以至纱帽帽檐显得宽松。不受重用只好客居在与之相隔万里的成都江边。

职位低微却从未敢忘记忧虑国事。即使事情已经商定,也要等到有了结果才能下结论。

希望天地神灵保佑江山社稷，北方百姓都在日夜企盼着君主御驾亲征收复失落的河山。

诸葛孔明的传世之作《出师表》忠义之气万古流芳，深夜难眠，还是挑灯细细品读吧。

赏析

这首诗从衰病起笔，以挑灯夜读《出师表》结束，所表现的是百折不挠的精神和永不磨灭的意志。其中“位卑”句不但使诗歌思想生辉，而且令这首七律警策精粹、灵光独具，艺术境界更胜一筹。全诗表达了诗人的爱国情怀以及忧国忧民之心。

起首两句“病骨支离纱帽宽，孤臣万里客江干”叙事、点题，是诗人自身的写照。“纱帽宽”，一语双关，既言其病后瘦损，故感帽檐宽松，也暗含被贬官之意，写出了现实，纵使有满腔报国之志，也只能身处江湖之远，客居江边，无力回天，心中的痛苦与烦恼可见一斑。

三四句“位卑未敢忘忧国，事定犹须待阖棺”为全篇的主旨所在，其中“位卑未敢忘忧国”同顾炎武的“天下兴亡，匹夫有责”意思相近，它的主旨就是热爱祖国。这两句使我们看到诗人高尚的人格和一颗忠诚爱国的赤子之心。正因为诗人光明磊落、心地坦荡，所以他对暂时遭遇的挫折并不介意。他坚信历史是公正的，一定会对一个人做出恰如其分的评价。但是诗人并没有局限于抒写自己的情怀，而是以国家的大事为己任。

五六句“天地神灵扶庙社，京华父老望和銮”宕开一笔，抒写了对国家政局的忧虑，同时呼吁朝廷北伐，重返故都，以慰京华父老之望。在这里诗人寄托了殷切的期望：但愿天地神灵扶持国家，使国家民众脱离战火，安乐昌盛。

最后两句“出师一表通今古，夜半挑灯更细看”采用典故抒发了诗人的爱国情怀，可诗人对于收复河山毫无办法。只能独自一人挑灯细看诸葛亮的传世之作，希望皇帝能早日悟出“出师一表通今古”的道理。

此诗贯穿了诗人忧国忧民的爱国情怀，表现了中华子民热爱祖国的伟大精神，揭示了百姓与国家的血肉关系。“位卑未敢忘忧国”这一传世警句，是诗人内心的真实写照，也是历代爱国志士爱国之心的真实写照，这也是它能历尽沧桑，历久常新的原因所在。诗人想到自己一生屡遭挫折，壮志难酬，而年已老大，自然有着深深的慨叹和感伤；但他在诗中说一个人盖棺方能论定，表明诗人对前途仍然充满希望。

夏日绝句

【宋】李清照

生当作人杰①，
死亦为鬼雄②。
至今思项羽③，
不肯过江东④。

注释

①人杰：人中的豪杰。
②鬼雄：鬼中的英雄。
③项羽：秦末时自立为西楚霸王，与刘邦争夺天下，在垓下之战中，兵败自杀。
④江东：项羽当初随叔父项梁起兵的地方。

作者名片

李清照（1084—1155）号易安居士，汉族，山东省济南章丘人。宋代（南北宋之交）女词人，婉约词派代表，有“千古第一才女”之称。所作词，前期多写其悠闲生活，后期多悲叹身世，情调感伤。形式上善用白描手法，自辟途径，语言清丽。论词强调协律，崇尚典雅，提出词“别是一家”之说，反对以作诗文之法作词。能诗，留存不多，部分篇章感时咏史，情辞慷慨，与其词风不同。有《易安居士文集》《易安词》，已散佚。后人有《漱玉词》辑本。

译文

生时应当做人中豪杰，死后也要做鬼中英雄。

到今天人们还在怀念项羽，因为他不肯苟且偷生，退回江东。

赏析

这首诗赞美了项羽不肯忍辱偷生的英雄本色。活着要做人中的豪杰，死要死得悲壮，做鬼中的英雄。今天的人们还在思念项羽，就因崇敬他当年宁死不屈、不肯忍辱回江东的英雄气概 。

这首诗起笔落处，端正凝重，力透人胸臆，直指人脊骨。

“生当作人杰，死亦为鬼雄。”诗的开头两句破空而起，势如千钧，先声夺人地将那种生死都无愧为英雄豪杰的气魄展现在读者面前，让人肃然起敬。这两句诗是一种精髓的凝练，是一种气魄的承载，是一种所向无惧的人生姿态，因其崇高的境界与非凡的气势成为千古传诵的名句。

诗的后两句“至今思项羽，不肯过江东”，点出其原因所在。项羽最壮烈的举动当属因“无颜见江东父老”，放弃暂避江东重整旗鼓的精神而自杀身亡。在作者李清照看来这种失败中表现出来的异乎寻常的英雄气概在宋廷南渡时尤显可贵。诗人盛赞“不肯过江东”的精神，实因感慨时事，借史实来抒写满腔爱国热情。“至今”两字从时间与空间上将古与今、历史与现实巧妙地勾连起来，透发出借怀古以讽今的深刻用意。

这首诗起调高亢，鲜明地提出了人生的价值取向：人活着就要作人中的豪杰，为国家建功立业；死也要为国捐躯，成为鬼中的英雄。

爱国激情，溢于言表，在当时确有振聋发聩的作用。南宋统治者不管百姓死活，只顾自己逃命；抛弃中原河山，苟且偷生。因此，诗人想起了项羽，借项羽的壮举鞭挞南宋当权派的无耻行径，正气凛然。

秋夜将晓出篱门迎凉[1]有感二首

【宋】陆游

一

迢迢天汉[2]西南落，
喔喔邻鸡一再鸣。
壮志病来消欲尽，
出门搔首[3]怆平生。

二

三万里[4]河[5]东入海，
五千仞[6]岳[7]上摩天[8]。
遗民泪尽胡尘[9]里，
南望王师[10]又一年。

注释

①将晓：天将要亮。迎凉：出门感到一阵凉风。

②天汉：银河。

③搔首：以手搔头。指焦急或有所思貌。

④三万里：形容黄河之长，是虚指。

⑤河：指黄河。

⑥五千仞（rèn）：形容华山之高。仞：古代计算长度的单位，周尺八尺或七尺为一仞，周尺一尺约合二十三厘米。

⑦岳：指五岳中的西岳华山。黄河和华山都在金人占领区内。一说指北方泰、恒、嵩、华诸山。

⑧摩天：迫近高天，形容极高。摩：摩擦、接触或触摸。

⑨胡尘：指胡骑的铁蹄践踏扬起的尘土，象征金朝的暴政。

⑩王师：指宋朝的军队。

译文

一

万里迢迢的银河朝西南方向下坠，邻家的公鸡喔喔地叫个不停。

疾病几乎把报国壮志消磨殆尽，出门四望不禁手搔白发抱憾平生。

二

三万里长的黄河奔腾向东流入大海，五千仞高的华山耸入云霄触青天。

中原人民在胡人压迫下眼泪已流尽，他们盼望王师北伐，盼了一年又一年。

赏析

第一首落笔写银河西坠，鸡鸣欲曙，渲染出一种苍茫静寂的气氛，表现了有心杀敌无力回天的感慨。第二首写大好河山陷于敌手，以“望”字为眼，表现了诗人希望、失望而终不绝望的千回百转的心情。诗境雄伟、严肃、苍凉、悲愤。

组诗的第一首落笔写银河西坠，鸡鸣欲曙，从所见所闻渲染出一种苍茫静寂的气氛。“一再鸣”三字，可见百感已暗集毫端。三四句写“有感”正面。一个“欲”字，一个“怆”字表现了有心杀敌无力回天的感慨。

要想理解第二首诗，必须理解“五千仞岳”，于此有人说是泰山，因为泰山最高，被列在五岳之首，历代君王也多要去泰山封禅，用黄河与泰山作为中原大好山河的象征似乎是再恰当不过的了。赖汉屏认为岳指华山，理由是黄河与华山都在金人占领区内。陆游诗中的“岳”是指华山，可以从《宋史·陆游传》以及陆游的诗词中找到证据。《宋史·陆游传》中有这样的记载：“王炎宣抚川、陕，辟为干办公事。游为炎陈进取之策，以为经略中原必自长安始，取长安必自陇右始。”从中可以看出陆游收复中原的策略，就是通过四川进入陇右，先夺取长安，然后凭借关中的屏障进攻退守，像秦一样收复中原。这样的例子还有很多，陆游把这么多心思用在这一块土地上，可见他的主张是横贯其诗歌创作的始终的，那么“五千仞山上摩天”中的岳指华山自然就最恰当了。

“三万里河东入海，五千仞岳上摩天。”两句一横一纵，北方中原半个中国的形胜，便鲜明突兀、苍莽无垠地展现出来了。奇伟壮丽的山河，标志着祖国的可爱，象征着民众的坚强不屈，已留下丰富的想象空间。然而，大好河山，陷于敌手，使人感到无比愤慨。这两句意境扩大深沉，对仗工整。

下两句笔锋一转，顿觉风云突起，诗境向更深远的方向开拓。“泪尽”一词，千回万转，更含无限酸辛。眼泪流了六十多年，早已尽了。但即使“眼枯终见血”，那些心怀故国的遗民依然企望南天；金人马队扬起的灰尘，隔不断他们苦盼王师的视线。中原广大人民所受压迫的沉重，经受折磨历程的长久，恢复故国的信念的坚定不移与迫切，都充分表达出来了。以“胡尘”作“泪尽”的背景，感情愈加沉痛。结句一个“又”字扩大了时间的上限。他们年年岁岁盼望着南宋能够出师北伐，可是岁岁年年此愿落空。他们不知道，南宋君臣早已把他们忘得干干净净。

诗人极写北地遗民的苦望，实际上是在表露自己心头的失望。当然，他们还是不断地盼望下去。人民的爱国热忱真如压在地下的跳荡火苗，历久愈炽；而南宋统治集团则正醉生梦死于西子湖畔，把大好河山、国恨家仇丢在脑后，可谓心死久矣。诗人为遗民呼号，目的还是想引起南宋当国者的警觉，激起他们的恢复之志。

谢池春①·壮岁从戎

【宋】陆游

壮岁从戎，曾是气吞残虏②。阵云③高、狼烽④夜举。朱颜青鬓，拥雕戈西戍⑤。笑儒冠⑥、自来多误。

功名梦断，却泛扁舟吴楚。漫悲歌、伤怀吊古。烟波无际，望秦关何处。叹流年、又成虚度。

注释

①谢池春：词牌名，又名“风中柳”“玉莲花”等。
②虏：古代对北方外族的蔑视的称呼。
③阵云：浓重厚积形似战阵的云层。
④狼烽：烽火。古代边疆烧狼粪生烟以报警，所以称狼烽。
⑤戍：守边的意思。
⑥儒冠：儒生冠帽，后来指儒生。

译文

壮年从军，曾经有一口气吞下敌人的豪迈气魄。浓重的云层高挂在天上。原来是烽火狼烟点着了。面庞红润、头发乌黑（的年轻人），捧着雕饰精美的戈到西面戍边。讥笑自古以来的儒生大多耽误了宝贵的青春时光。

上阵杀敌、建功立业的梦想已经破灭，却只能在吴楚大地上泛一叶扁舟。漫自悲歌，伤心地凭吊古人。烟波浩渺无际，边关到底在何处？感叹年华又被虚度了。

赏析

上片写词人过往的军旅生涯及感叹。“壮岁从戎，曾是气吞残虏。阵云高、狼烟夜举。朱颜青鬓，拥雕戈西戍。”这几句是词人对南郑生活的回忆。他那时是多么的意气风发，胸中怀抱着收复西北的凌云壮志，一身戎装，手持剑戈，乘马于胯下，随军止宿，气吞残虏。字里行间洋溢着一股豪气，颇能振奋人心。

但接着词急转直下：“笑儒冠、自来多误。”这一句化用杜甫《奉赠韦左丞丈二十二韵》中“纨绔不饿死，儒冠多误身”而来，感叹自己被儒家忠孝报国的思想所误，一生怀抱此志，时至暮年却仍旧一事无成。看上去，词人有悔意，悔恨自己不该学习儒家思想，执着于仕进报国，但实是对“壮岁从戎”的生活不再的哀叹。

下片写老年家居江南水乡的生活和感慨。“功名梦断，却泛扁舟吴楚。”词人求取功名的愿望落空，被迫隐居家乡。为排遣愁怀，他四处泛舟清游。“漫悲歌、伤怀吊古。”虽身在江湖，但心仍在朝堂之上。词人没有办法真正做到自我宽解。他“泛扁舟吴楚”，吴楚古迹仍旧引发起他无限怀古伤今之意。“烟波无际，望秦关何处。叹流年、又成虚度。”“秦关”，即北国失地。那淼淼的烟波仍不能消除词人对秦关的向往，因壮怀激烈，他至老仍旧不忘收复失地，不甘断送壮志，故闲散的隐居生活使他深感流年虚度。

这首词上片怀旧，慷慨悲壮；下片写今，沉痛深婉。作者强烈的爱国感情在字里行间充分地流露出来，感人至深。

爱国之情在陆游这篇作品里频有表述，且多慷慨激昂，壮怀激烈，而当词人晚年赋闲乡里，鬓白体衰之后回忆往事，更加悲恸万分，却又因无力回天，只落得无奈叹息。

二月二十四日作

【宋】陆游

棠梨花开社[①]酒浓，
南村北村鼓冬冬。
且祈麦熟得饱饭，
敢说谷贱复伤农[②]。
崖州[③]万里窜酷吏，
湖南几时起卧龙[④]？
但愿诸贤集廊庙[⑤]，
书生[⑥]穷死胜侯封。

注释

①社：指社日，古代祭拜社神（土地神）的节日，分春秋两社。

②谷贱伤农：指丰年米多，商人压低米价，农民们因此受到损失。

③崖州：宋代辖境相当于今广东崖县等地，治所在宁远（今崖县崖城镇）。

④卧龙：本指三国时期蜀相诸葛亮，这里借指宋杭金名将张浚。张浚因为主张抗战，屡遭秦桧排挤，绍兴二十五年十二月，秦桧已死，张浚仍谪居湖南郴州。

⑤廊庙：庙堂，指朝廷。

⑥书生：指陆游自己。

译文

棠梨花儿开了，社酒已酿得很浓，四面的村子里，到处是咚咚的鼓声。

只求麦子熟了，能吃上几顿饱饭，又怎敢议论，说谷价贱了会伤我田农！

如今酷吏曹泳被放逐到万里外的崖州去了，可湖南张浚什么时候才能被再度起用？

只愿有众多的忠臣贤士云集在朝廷，我这书生便是穷困而死，也胜过侯王升封！

赏析

这首诗和同期所写的《夜读兵书》等诗一样表现了诗人忧国忧民的情怀。

开头两句生动地描写春社日农村的热闹景象。三四句突然转折，写农民只不过暂且祈求麦熟能吃饱饭，不能再说谷践伤农。这样写，含意深刻，表达了诗人对农民的深厚同情。接着，由此联想到该窜逐那些残害百姓的贪官污吏，同时希望朝廷尽快起用抗战志士张浚，使天下贤才能云集朝廷，让有才能的贤人来治理国家。结尾两句进一步表明诗人的强烈愿望：只要天下贤人都能云集朝廷，国家中兴有日，即使自己穷死山村亦胜于封侯。充分表现了诗人不计一己之穷通崇高的精神境界。

诗人用“棠梨花开”起兴，塑造了一幅春日的美好景象，继而又用“社酒浓”“鼓冬冬”作更细致的描绘，反映春社日农村的、热闹。这种从视觉、嗅觉、听觉三个角度来表现的方法，是古代诗人常用的艺术手法。

十一月四日风雨大作二首

【宋】陆游

一

风卷江湖雨暗村，
四山声作海涛翻。
溪柴[①]火软蛮毡[②]暖，
我与狸奴[③]不出门。

二

僵卧[④]孤村[⑤]不自哀[⑥]，
尚思[⑦]为国戍轮台[⑧]。
夜阑[⑨]卧听风吹雨，
铁马冰河入梦来。

注释

①溪柴：若耶溪所出的小束柴火。
②蛮毡：中国西南和南方少数民族地区出产的毛毡，宋时已能生产。宋范成大《桂海虞衡志·志器》："蛮毡出西南诸番，以大理者为最，蛮人昼披夜卧，无贵贱，人有一番。"
③狸奴：指生活中被人们驯化的猫的昵称。
④僵卧：躺卧不起。这里形容自己穷居孤村，无所作为。僵：僵硬。
⑤孤村：孤寂荒凉的村庄。
⑥不自哀：不为自己哀伤。
⑦思：想着，想到。
⑧戍（shù）轮台：在新疆一带防守，这里指戍守边疆。戍：守卫。轮台：在今新疆境内，是古代边防重地。这里代指边关。
⑨夜阑（lán）：夜残，夜将尽时。

译文

一

天空黑暗，大风卷着江湖上的雨，四周的山上哗哗大雨像巨浪在翻滚。

溪柴烧的小火和裹在身上的毛毡都很暖和，我和猫儿都不愿出门。

二

穷居孤村，躺卧不起，不为自己的处境而感到哀伤，心中还想着替国家戍守边疆。

夜深了，我躺在床上听到那风雨声，就梦见自己骑着披着盔甲的战马跨过冰封的河流出征北方疆场。

赏析

第一首诗主要写十一月四日的大雨和诗人之处境。前两句以夸张之法写大雨瓢泼，其声响之巨，描绘出黑天大风大雨之境，很是生动，波涛汹涌之声正与作者渴望为国出力、光复中原之心相印。后两句转写近处，描写其所处之境，写出作者因天冷而不思出门，其妙处是把作者的主观之感和猫结合在一起写。这首诗也道出了作者处境悲凉。

第二首诗以“痴情化梦”的手法，深沉地表达了作者收复国土、报效祖国的壮志和那种“年既老而不衰”的矢志不渝的精神，向读者展示了一片赤胆忠心。

“僵卧孤村不自哀，尚思为国戍轮台。”“僵卧”，直挺挺地躺着，意思是说年老力衰，作者当时已68岁。“孤村”，荒僻的小村，指作者的故乡山阴。“戍”，是守卫的意思。“轮台”，是汉代西域地名，在今新疆轮台县，这里是借指宋朝北方边防据点。两句的意思是说：我拖着病弱的身体，躺在这荒僻的小村庄里，但是我并不为自己的艰难处境而哀伤，还想着为国家去守卫北方边疆。“僵卧孤村不自哀”叙述了作者的现实处境和精神状态，“尚思为国戍轮台”是对“不自哀”这种精神状态的解释，前后照应，形成对比。“僵、卧、孤、村”四字写出了作者此时凄凉的境遇。“僵”字写年迈，写肌骨衰老，“卧”字写多病，写常在床蓐上；“孤”字写生活孤苦，不仅居处偏僻，而且思想苦闷，没有知音；“村”字写诗人贫困村居，过着荒村野老的凄苦生活。四字写出了作者罢官回乡后处境寂寞、窘迫、冷落的生活现状，笼罩着一种悲哀的气氛，让人十分同情。但接下去“不自哀”三字情绪急转，又现出一种乐观豪放之气。诗人对自己的处境并不感到悲哀，贫病凄凉对他来说没有什么值得悲哀之处；诗人自己尚且“不自哀”，当然也不需要别人的同情。但他需要理解，理解他终生不渝的统一之志，理解他为这个壮志奋斗的一生，理解他的满腔热血、一颗忠心，就是“尚思为国戍轮台”的精神状态。

这两句诗是诗人灵魂和人格的最好说明。山河破碎，国难当头，自有“肉食者谋之”，诗人不必多此一举。诗人正是因为“喜论恢复”、热心抗敌才屡受打击，最后才罢官闲居的。作为一个年近七旬的老人，他一生问心无愧，对国家的前途和命运尽到了自己的责任，而今后国运如何他可以毫不负责。其次，虽说“天下兴亡，匹夫有责”，诗人作为年迈多病的老人也已不能承担报国杀敌的义务了。作为一个既无责任也无义务的七旬老人仍有“为国戍轮台”的壮志，这就让人肃然起敬慷慨扼腕。相比之下，那些屈辱投降的达官贵人和苟且偷生的人，他们承担着责任和义务却无心复国，显得渺小和可鄙。“夜阑卧听风吹雨”紧承上两句。因“思”而夜阑不能成眠，不能眠就更真切地感受到自然界的风吹雨打声，由自然界的风雨又想到国家的风雨飘摇，由国家的风雨飘摇自然又会联想到战争的风云、壮年的军旅生活。这样听着、想着，辗转反侧，幻化出特殊的梦境——“铁马冰河”，而且“入梦来”反映了政治现实的可悲：诗人有心报国却遭排斥而无法杀敌，一腔御敌之情只能形诸梦境。“铁马冰河入梦来”正是诗人日夜所思的结果，淋漓尽致地表达了诗人的英雄气概。这也是一代志士仁人的心声，是南宋时代的民族正气。

诉衷情[①]·当年万里觅封侯

【宋】陆游

当年万里觅封侯[②]，匹马戍[③]梁州[④]。关河梦断[⑤]何处？尘暗旧貂裘[⑥]。

胡[⑦]未灭，鬓先秋[⑧]，泪空流。此生谁料，心在天山[9]，身老沧洲[10]。

注释

①诉衷情：词牌名。
②万里觅封侯：奔赴万里外的疆场，寻找建功立业的机会。
③戍（shù）：守边。
④梁州：治所在南郑。
⑤关河：关塞、河流。一说指潼关黄河之所在。此处泛指汉中前线险要的地方。梦断：梦醒。
⑥尘暗旧貂裘：貂皮裘上落满灰尘，颜色为之暗淡。这里借用苏秦典故，说自己不受重用，未能施展抱负。
⑦胡：古泛称西北各族为胡，亦指来自彼方之物。南宋诗词中多指金人。此处指金入侵者。
⑧秋：秋霜，比喻年老鬓白。
⑨天山：在中国西北部，是汉唐时的边疆。这里代指南宋与金国相持的西北前线。
⑩沧洲：靠近水的地方，古时常用来泛指隐士居住之地。这里是指作者位于镜湖之滨的家乡。

译文

回想当年为了建功立业驰骋万里，单枪匹马奔赴边境戍守梁州。如今防守边疆要塞的从军生活只能在梦中出现，梦一醒不知身在何处？唯有曾穿过的貂裘，已积满灰尘变得又暗又旧。

胡人还未消灭，自己的双鬓却早已白如秋霜，只能任忧国的眼泪白白地流淌。谁能料到我这一生，心始终在前线抗敌，人却老死在沧洲！

赏析

陆游四十八岁时，应四川宣抚使王炎之邀，从夔州前往西北前线重镇南郑（今陕西汉中）军中任职，度过了八个多月的戎马生活。

开篇两句，怀着自豪的心情回忆从戎南郑的生活。起处用“当

年”二字领起，化实为虚，点出所叙系指往事。“觅封侯”，谓寻找杀敌立功以获取封侯的机会。“匹马”既是纪实，也刻画出作者从军时的勃勃英姿。“戍梁州”，具体指出驻守的地方。南郑属古梁州，故曰。那是乾道八年（1172）的春天，陆游接到王炎的邀请书后，便匹马单身离开夔州，风尘仆仆地奔赴前线，去任“四川宣抚使司干办公事兼检法官”。当时他十分兴奋，希望能在万里边防线上找到杀敌报国的机会。来到南郑之后，他身披铁甲，跨上战马，腰悬利剑，手挽长枪，冒着酷暑严寒，踏着崎岖坎坷的山路，奔驰于岐渭蜀陇之间，调查地形，了解敌情，积极为北伐进行准备。他曾向王炎陈进取之策，对收复失地、统一祖国充满了胜利的信心。诗人回忆这段生活，是为了与后文对照，揭示英雄末路的悲哀。

“关河”两句一转，回笔描写现实。杀敌报国的理想破灭了，而今只有在梦中才能重返前线。可是梦醒之后，一切都消失了，那雄伟险峻的关山江河又在什么地方呢？只有当年从军时穿过的那件“旧貂裘”，积满灰尘，还挂在墙上，作为“匹马戍梁州”的纪念。陆游对这件“旧貂裘”十分珍视，因为他曾穿着它在前线冲锋陷阵：“貂裘半脱马如龙，举鞭指麾气吐虹。”（《醉歌》）还穿着它在荒滩上亲手刺死过一只猛虎：“百骑河滩猎盛秋，至今血溅短貂裘。”（《醉歌》）所以当他离开南郑后，一直把它藏在身边保存着。“旧貂裘”是此篇中唯一展现在作者眼前的物象，虽然词中只用一句轻轻带过，但却是理解此词的关键。原来诗人是睹物伤情，因见貂裘而引起对往事的回忆和感慨。也可以说，“旧貂裘”是这首词灵感的触媒。

换头三句，紧承上片结拍，写梦醒后的悲凉心情。“胡未灭”，谓入侵中原的金人尚未被消灭，半壁河山还在敌寇的铁蹄之下；“鬓先秋”，慨叹自己发如秋霜，年迈体衰，不能重返前线；“泪空流”，是说壮志成空，忧国忧民的眼泪等于白流。这里连用“未”“先”“空”三个虚词，表达作者对现实的幻灭感，一唱一叹，感人至深。“未”表达了作者因逆胡（金入侵者）没有消灭，功业没有建成，感到无比遗恨之情；“先”表达了作者岁月不多，两鬓已苍，雄心虽在，壮志难酬的沉痛之情；“空”表达了作者对朝廷的不满和愤慨，及内心的失望和痛苦之情。

最后三句，通过自身的遭遇反映现实和理想的矛盾，抒发对南宋统治集团误国误民政策的无比愤慨。谁会料到，像他这样一生志在恢复中原，时刻准备奔赴疆场，为国献身的人，却落得如此下场！此时被罢官回乡，只得披上渔蓑，去作江边的无名隐士，终老于镜湖之滨了。这种“心在天山，身老沧洲”的矛盾，不仅体现在陆游身上，南宋许多爱国志士同样也有切身的体验。因此陆游所抒发的悲愤之情，具有一定的代表性。梁启超《读陆放翁集》（之二）说：“辜负胸中十万兵，百无聊赖以诗名。谁怜爱国千行泪，说到胡尘意不平。”这首词虽然没有从正面揭露和谴责南宋投降派，仅就个人的身世经历和遭遇而言，但通过诗人饱含热泪的诉说，不难看到投降派迫害爱国志士的罪行，从而激起读者对他们的愤恨。

此篇语言明白晓畅，用典自然，不着痕迹，感情自胸臆流出，不加雕饰，如叹如诉，沉郁苍凉，有较强的艺术感染力，是陆游爱国词作中的名篇之一。

水调歌头·多景楼[1]

【宋】陆游

江左[2]占形胜，最数古徐州[3]。连山如画，佳处缥缈著危楼。鼓角临风悲壮，烽火连空明灭，往事忆孙刘。千里曜戈甲[4]，万灶[5]宿貔貅[6]。

露沾草，风落木，岁方秋。使君[7]宏放[8]，谈笑洗尽古今愁。不见襄阳登览，磨灭游人无数，遗恨黯[9]难收。叔子[10]独千载，名与汉江流。

注释

①多景楼：在镇江北固山上的甘露寺内。1164年10月初，出任镇江府通判的陆游陪同镇江知府方兹（“使君”）登楼游宴，写下此词。时金兵方踞淮北，镇江为江防前线。

②江左：长江最下游流经的地方，即今江苏省等地。

③徐州：指镇江。东晋南渡，置侨州侨郡，曾以徐州治镇江，故镇江又称徐州或南徐州。

④戈甲：兵器和盔甲。

⑤灶：军中炊灶，指代营垒。

⑥貔貅（pí xiū）：猛兽，喻指勇猛的战士。

⑦使君：古代州郡长官，此处指方滋。方滋（1102—1172），字务德，严州桐庐（今属浙江）人。以荫入仕，时知镇江府事。

⑧宏放：通达豪放。

⑨黯（àn）：昏黑。

⑩叔子：西晋大将羊祜（hù），字叔子，镇守襄阳，曾登临兴悲。晋泰始五年（269）以尚书左仆射都督荆州诸军事，出镇襄阳，在镇十年。

译文

江东一带据有险要形势的地方，首先要数像屏障般雄伟的镇江。山挽山，山连山，就像图画一般莽莽苍苍，云渺渺，水隐隐，景色秀丽处耸立着高高的楼房。战事又起，战鼓号角声面对着风显得格外悲壮。烽火连天，明明灭灭，隔江相望，往事如烟，遥想起孙权、刘备在此地共商破曹大事。当年孙刘联军的军容啊，银戈金甲光芒闪耀千里。军士野宿，万灶烟腾，正如同今日的宋军一样。

露珠结在草上，风吹得黄叶飘荡，正当金秋时节。方滋啊，你的气魄真宏大豪放。感今愁，怀古忧，全被你谈笑间一扫而光。君不见羊祜曾登临岘山，观赏襄阳？那无数登山贤士早磨灭了，他们的遗恨难收，令人白白地黯然神伤。独有羊祜千年传扬，他的英名如同浩浩汉江千古流长。

赏析

词的上片追忆历史人物，下片写今日登临所怀，全词发出了对古今的感慨之情，表现了作者强烈的爱国热情。

前四句，从广阔的空间范围、地理方位着笔，由江左而徐州，由群山而北固，然后落在高高的多景楼上。登上高楼，极目远眺，如画山峰相连，历历尽收眼底，四周云雾缥缈，恍若置身仙境。大好江山之形势险要、景色壮丽，乃是出自鬼斧神工，得天地之独厚，用一"占"字，便觉稳重而切实。后四句，由江山形胜、兵家必争转向了悠久的时间进程和残存的历史陈迹——第二句里的"古"字便是预设关捩之所在，而其妙处却是若隐若现，平中寓奇。鼓角悲壮，烽火明灭，再用"临风"与"连空"加以点染，更显出了场面的壮阔和气象的豪雄。写到"往事忆孙刘"一句，把历史上的攻守征战凝聚在孙权、刘备两个人物身上，则是具体的落实，也是总括和结束；然后，再用千里戈甲、万灶貔貅加以补苴收拾，词的韵味就更加饱满而醇厚了。

过片的三个三字短句，用风露草木点明时令，是一种过渡手段，从江山历史过渡到了现实的生活情景，也就是镇江知府方滋邀集僚属登临多景楼的这次游赏盛会。于是，作者就把他的笔墨集中在了使君方公的身上，同时，又凭借方公抒发了自己的心绪，这种笔法是灵活而别致的。"宏放谈笑"，是外在的，于顾盼酬应之间显示了人物的风度神采；"洗尽古今愁"则是内在的，抒写了内心的忧郁与痛苦。字面上，说"洗尽"，实际上是洗之不尽的；说"古今愁"，是总括的、夸张的表述，它们所包含的内容是非常丰富的，也就是说，它们的背后必定要有具体事实的存在。

"不见"二字，引领最后五句，一气贯通，直至终篇，呼应上文的"孙刘"，又写到了另一位功业显赫的历史人物——羊祜。"使君宏放，谈笑洗尽古今愁"两句又重新振起。展开今日俊彦登楼、宾主

谈笑的场面，敷色再变明丽。“古今愁”启下结上。“古愁”启“襄阳登览”，“今愁”慨言当前。君国身世之愁，纷至沓来，但志士并没有因此而灰心——这一层包孕的感情非常复杂，色彩声情错综而富有层次，于苍凉中见明快，在飞扬外寄深沉。“不见襄阳登览，磨灭游人无数，遗恨黯难收”，以古况今，抒发自己壮志难酬，压抑不平的心情。所云“襄阳遗恨”是指羊祜志在灭吴而在生时未能亲手克敌完成此大业的遗恨词，意在这里略作一顿。“叔子独千载，名与汉江流。”然后以高唱转入歇拍，借羊祜劝勉方滋，希望他能像羊祜那样，为渡江北伐作好部署，建万世之奇勋，垂令名于千载，寄予一片希望。

夜泊水村[1]

【宋】陆游

腰间羽箭[2]久凋零，
太息燕然未勒铭[3]。
老子[4]犹堪绝大漠[5]，
诸君何至泣新亭[6]。
一身报国有万死，
双鬓向人无再青[7]。
记取江湖泊船处，
卧闻新雁落寒汀[8]。

注释

①夜泊水村：夜间把船停泊在临水的村庄旁。
②羽箭：箭尾插羽毛，称羽箭。
③太息：叹气。燕然：山名，在今蒙古人民共和国境内。勒铭：刻上铭文。
④老子：陆游自称，犹言老夫。
⑤绝大漠：横渡大沙漠。绝：横渡，跨越。
⑥新亭：在今南京市南。
⑦青：黑色。
⑧新雁：刚从北方飞来的雁。汀：水边平地，小洲。

译文

腰上佩带的羽箭已凋零很久，只叹未到燕然山刻石记功名。

想老夫我尚能横越那大沙漠，诸位何至于新亭落泪空悲鸣。
我虽有万死不辞的报国之志，只可惜双鬓斑白不能再转青。
应牢牢记住常年江湖泊船处，卧闻寒州上新雁到来的叫声。

赏析

此诗写出作者虽怀报国壮志而白发催人的悲愤。古今诗人感叹岁月不居、人生易老者颇多，但大都从个人遭际出发，境界不高。陆游则不同。他感叹双鬓斑白、不能再青，为的是报国之志未酬。因而其悲哀就含有深广的内容，具有崇高壮烈的色彩。首联为“流水对”，但其后关联不是互为因果，而是形成矛盾。读者正是从强烈的矛盾中感到内容的深刻，产生对诗人的崇敬。陆游类似的诗句尚有“塞上长城空自许，镜中衰鬓已先斑”等。

这是一首七言律诗，作于山阴奉祠，时作者已家居九年。山阴是江南水乡，作者常乘小舟出游近村的山水，《夜泊水村》为即景之作。首联写退居乡野、久离疆场、无缘抗敌的落寞怅惘。“羽箭久凋零”，足见其闲居的郁闷。“燕然未勒铭”，典出《后汉书·窦宪传》：“窦宪北伐匈奴，追逐单于，登燕然山（即今蒙古杭爱山），刻石纪功而还”。“燕然未勒”，意谓虏敌未灭，大功未成。这一联用层递手法，“久凋零”，乃言被弃置已久，本就失落、抑郁；“未勒名”，是说壮志难酬，则更愤懑不平。起首就奠定了一种失意、悲愁的感情基调。

颔联抒发了“烈士暮年，壮心不已”的志愿，表达了对那些面临外寇侵凌却不抵抗、无作为的达官贵人的指斥。上句是说大丈夫在神州陆沉之际，本应“捐躯赴国难，誓死忽如归”？“绝大漠”，典出《汉书·卫将军骠骑列传》，是汉武帝表彰霍去病之语。两鬓萧萧，仍然豪气干云，朝思暮想着驰骋大漠、浴血沙场。（另一说是取老子李耳骑青牛出关，绝于大漠之中而悟道的传说）“诸君何至泣新亭”，典出《世说新语·言语》：“过江诸人，每至美日，辄相邀新亭，藉卉饮宴。周侯中坐而叹：‘风景不殊，正有山河之异！’皆相视流泪。唯王丞相愀然变色曰：‘当共同戮力王室，克服神州，何至作楚囚相对！’作者借此典，表达了他对那些高居庙堂的衮衮诸公在国家山河破碎之际要么醉生梦死，要么束手垂泪的懦弱昏庸的精神面貌的不满。

颈联以工稳的对仗，揭示了岁月蹉跎与夙愿难偿的矛盾。“一身报国有万死”，尽管个人力量很渺小，尽管生命短暂，但是为了拯救国难，“我”却甘愿死一万次。“一”与“万”的强烈的对比，鲜明地表达了自己的拳拳爱国心与殷殷报国情。“双鬓向人无再青”，这一句是说，岁月不饶人，满鬓飞霜，无法重获青黑之色，抒发了对华年空掷、青春难再的感伤与悲愤。即便我抱定了“为国牺牲敢惜身”的志向，可是谁能了解我的苦心我的喟叹呢？这两句直抒胸臆，是全诗之眼。

尾联点破诗歌题面，回笔写眼前自己闲泊水村的寂寥景象。你想，一个老翁，处江湖之远，眼看着干戈寥落了，铁马逝去了，战鼓静灭了，大宋江山是任人宰割了，他的心怎不会如刀割一般的苦痛！“夜阑卧听风吹雨，铁马冰河入梦来”，可是梦醒之后呢，所看到的是荒寒的汀州上寻寻觅觅的新雁，哪里有可以安栖的居所！这怎不教人潸然落泪呢？这两句是借象表意，间接抒情。

全诗以夜泊水村所见的景象而写怀遣闷，而落笔却跳转到报国之志上，寄慨遥深。“壮士凄凉闲处老”（陆游《病起》），有心报国却无路请缨，理想与现实的深刻矛盾是这首诗慷慨悲歌的一个根本原因。用典贴切，出语自然，感情充沛，使本诗在悲歌中又显出沉雄的气象。

书　愤

【宋】陆游

早岁[1]那知世事艰，

中原北望气如山[2]。

楼船[3]夜雪瓜洲渡，

注释

①早岁：早年，年轻时。“那”通“哪”。

②“中原”句：北望中原，收复故土的豪迈气概坚定如山。中原北望：“北望中原”的倒文。气：气概。

③楼船：指采石之战中宋军使用的车船。因这种战船高大有楼，故把它称之为楼船。

铁马④秋风大散关⑤。
塞上长城⑥空自许，
镜中衰鬓已先斑。
出师一表真名世，
千载谁堪伯仲间！

④铁马：披着铁甲的战马。

⑤大散关：在今陕西宝鸡西南，是当时宋金的西部边界。

⑥塞上长城：比喻能守边的将领。

译文

年轻时哪里知道世事如此艰难，北望中原，收复故土的豪迈气概坚定如山。

记得在瓜州渡痛击金兵，雪夜里楼船战舰飞奔。秋风中跨战马纵横驰骋，收复了大散关，捷报频传。

自己当年曾以万里长城来自我期许，到如今老鬓垂垂发如霜，盼北伐盼恢复都成空谈。

出师表真可谓名不虚传，有谁像诸葛亮鞠躬尽瘁，率三军复汉室北定中原！

赏析

本诗系宋孝宗淳熙十三年（1186）春陆游居家乡山阴时所作。陆游时年六十有一，这分明是时不待我的年龄。

前四句概括了自己青壮年时期的豪情壮志和战斗生活情景，其中颔联撷取了两个最能体现“气如山”的画面来表现，不用一个动词，却境界全出，饱含着浓厚的边地气氛和高昂的战斗情绪。又妙在对仗工整，顿挫铿锵，且一气贯注，组接无痕，以其雄放豪迈的气势成为千古传诵的名联。

“早岁那知世事艰，中原北望气如山。”当英雄无用武之地时，

他会回到铁马金戈的记忆里去的。想当年，诗人北望中原，收复失地的壮心豪气，有如山涌，何等气魄！诗人何曾想过杀敌报国之路竟会如此艰难？以为我本无私，倾力报国，那么国必成全于我，孰料竟有奸人作梗、破坏以至于屡遭罢黜？诗人开篇自问，问出多少郁愤？

后四句抒发壮心未遂、时光虚掷、功业难成的悲愤之气，但悲愤而不感伤颓废。尾联以诸葛亮自比，不满和悲叹之情交织在一起，展现了诗人复杂的内心世界。

再看尾联。亦用典明志。诸葛亮坚持北伐，虽“出师一表真名世”，但终归名满天宇，“千载谁堪伯仲间”。追慕先贤的业绩，表明自己的爱国热情至老不移，渴望效仿诸葛亮，施展抱负。

回看整首诗歌，虽然没有用一个“愤”字，但是胸中那郁积之“愤”在字里行间仍然表现得淋漓尽致，其爱国之情将永远感染着每一位读者。

九歌·国殇[1]

【先秦】屈原

操吴戈兮被[2]犀甲，
车错毂[3]兮短兵接。
旌[4]蔽日兮敌若云，
矢交坠[5]兮士争先。
凌余阵兮躐[6]余行，
左骖殪[7]兮右刃伤。
霾两轮兮絷四马[8]，
援玉枹兮击鸣鼓[9]。

注释

①国殇：指为国捐躯的人。殇：指未成年而死，也指死难的人。
②被：通“披”，穿着。
③毂（gǔ）：车轮的中心部分，有圆孔，可以插轴，这里泛指战车的轮轴。
④旌：旌旗。
⑤矢交坠：两军相射的箭纷纷坠落在阵地上。
⑥躐（liè）：践踏。
⑦殪（yì）：死。
⑧霾（mái）两轮兮絷（zhí）四马：战车的两个车轮陷进泥土被埋住，四匹马也被绊住了。霾：通“埋”。
⑨枹：鼓槌。鸣鼓：很响亮的鼓。

天时怼兮威灵[10]怒，
严杀[11]尽兮弃原野。
出不入兮往不反，
平原忽[12]兮路超远。
带长剑兮挟秦弓[13]，
首身离兮心不惩[14]。
诚既勇兮又以武，
终刚强兮不可凌[15]。
身既死兮神以灵[16]，
魂魄毅兮为鬼雄[17]！

⑩天时：这里指上天。怼：恨。威灵：威严的神灵。
⑪严杀：严酷地厮杀。一说严壮，指士兵。
⑫忽：渺茫，不分明。
⑬秦弓：指良弓。
⑭惩：悔恨。
⑮凌：侵犯。
⑯神以灵：指死而有知，英灵不泯。
⑰鬼雄：鬼中的豪杰。

作者名片

屈原（约前340—前278），战国时期楚国诗人、政治家。出生于楚国丹阳秭归（今湖北宜昌），名平，字原。楚武王熊通之子屈瑕的后代。少年时受过良好的教育，博闻强识，志向远大。早年受楚怀王信任，任左徒、三闾大夫，兼管内政外交大事。提倡“美政”，对内主张举贤任能、修明法度，对外力主联齐抗秦。因遭贵族排挤诽谤，先后被流放至汉北（在今湖北省内）和沅湘流域。楚国郢都被秦军攻破后，自沉于汨罗江，以身殉国。

译文

手拿干戈啊身穿犀皮甲，战车交错啊刀剑相砍杀。
旗帜蔽日啊敌人如乌云，飞箭交坠啊士卒勇争先。
犯我阵地啊践踏我队伍，左骖死去啊右骖被刀伤。

埋住两轮啊绊住四匹马，手拿玉槌啊敲打响战鼓。
天昏地暗啊威严神灵怒，残酷杀尽啊尸首弃原野。
出征不回啊往前不复返，平原迷漫啊路途很遥远。
佩带长剑啊挟着强弓弩，首身分离啊壮心不改变。
实在勇敢啊富有战斗力，始终刚强啊没人能侵犯。
身已死亡啊精神永不死，你的魂魄啊为鬼中英雄！

赏析

《九歌·国殇》取民间“九歌”之祭奠之意，以哀悼死难的爱国将士，追悼和礼赞为国捐躯的楚国将士的亡灵。乐歌分为两节，先是描写在一场短兵相接的战斗中，楚国将士奋死抗敌的壮烈场面，继而颂悼他们为国捐躯的高尚志节。由第一节“旌蔽日兮敌若云”一句可知，这是一场敌众我寡的殊死战斗。当敌人来势汹汹，冲乱楚军的战阵，欲长驱直入时，楚军将士仍个个奋勇争先。但见战阵中有一辆主战车冲出，这辆原有四匹马拉的大车，虽左外侧的骖马已中箭倒毙，右外侧的骖马也被砍伤，但它的主人——楚军统帅，仍毫无惧色，他将战车的两个轮子埋进土里，笼住马缰，反而举槌擂响了进军的战鼓。一时战气肃杀，引得苍天也跟着威怒起来。待杀气散尽，战场上只留下一具具尸体，静卧荒野。

作者描写场面、渲染气氛的本领是十分高强的。不过十句，已将一场殊死恶战，状写得栩栩如生，极富感染力。底下，则以饱含情感的笔触，讴歌死难将士。有感于他们自披上战甲那日起，便不再想全身而返，此刻他们紧握兵器，安详地、心无怨悔地躺在那里，他简直不能抑制自己的情绪奔迸。他对这些将士满怀敬爱之情，正如他常用美人香草指代美好的人事一样，在诗篇中，他也同样用一切美好的事物来修饰笔下的人物。这批神勇的将士，操的是吴地出产的以锋利闻名的戈、秦地出产的以强劲闻名的弓，披的是犀牛皮制的盔甲，拿的是有玉嵌饰的鼓槌，他们生是人杰，死为鬼雄，气贯长虹，英名永存。

依现存史料尚不能指实这次战争发生的具体时地、敌对一方为谁。但当日楚国始终面临七国中实力最强的秦国的威胁，自怀王当政以来，楚国与强秦有过数次较大规模的战争，并且大多数是楚国抵御秦军入侵的卫国战争。从这一基本史实出发，说此篇是写楚军抗击强秦入侵，大概没有问题。而在这种抒写中，作者那热爱家国的炽烈情感，表现得淋漓尽致。

楚国灭亡后，楚地流传过这样一句话："楚虽三户，亡秦必楚。"屈原此作在颂悼阵亡将士的同时，也隐隐表达了对洗雪国耻的渴望，对正义事业必胜的信念，从此意义上说，他的思想是与楚国广大人民息息相通的。作为中华民族贡献给人类的第一位伟大诗人，他所写的绝不仅仅是个人的些许悲欢，那受诬陷被排挤，乃至流亡沅湘的壈坎遭际；他奉献给人的是那颗热烈得近乎偏执的爱国之心。他是楚国人民的喉管，他所写一系列作品，道出了楚国人民热爱家国的心声。

此篇在艺术表现上与作者其他作品有些区别，乃至与《九歌》中其他乐歌也不尽一致。它不是一篇想象奇特、辞采瑰丽的华章，然其"通篇直赋其事"（戴震《屈原赋注》），挟深挚炽烈的情感，以促迫的节奏、开张扬厉的抒写，传达出了与所反映的人事相一致的凛然亢直之美，一种阳刚之美，在楚辞体作品中独树一帜，读罢实在让人有气壮神旺之感。

六州歌头[①]·少年侠气

【宋】贺铸

少年侠气，交结五都雄[②]。肝胆洞，毛发耸。立谈中，死生同，一诺千金[③]重。推翘勇，矜豪纵。轻盖[④]拥，联飞鞚[⑤]，斗城[⑥]东。轰饮酒垆，春色浮寒瓮，吸海垂虹。闲呼鹰嗾[⑦]犬，白羽摘雕弓，狡穴俄空。乐匆匆。

似黄粱梦，辞丹凤；明月共，漾孤篷。官冗从[8]，怪偬[9]；落尘笼，簿书丛。鹖弁[10]如云众，供粗用，忽奇功。笳鼓[11]动，渔阳[12]弄；思悲翁，不请长缨，系取天骄种，剑吼西风。恨登山临水，手寄七弦桐[13]，目送归鸿。

注释

①六州歌头：词牌名。

②少年侠气，交结五都雄：化用李白“结发未识事，所交尽豪雄”及李益“侠气五都少”诗句。五都：泛指北宋的各大城市。

③一诺千金：喻一言既出，驷马难追，诺言极为可靠。语出《史记·季布列传》“得黄金百斤，不如得季布一诺。”

④盖：车盖，代指车。

⑤飞：飞驰的马。鞚（kòng）：有嚼口的马络头。

⑥斗（dǒu）城：汉长安故城，这里借指汴京。

⑦嗾（sǒu）：发出声音来指使犬。

⑧冗（rǒng）从：散职侍从官。

⑨倥（kǒng）偬（zǒng）：事多、繁忙。

⑩鹖（hé）弁（biàn）：本义指武将的官帽，这里代指武官。

⑪笳鼓：都是军乐器。

⑫渔阳：安禄山起兵叛乱之地。此指侵扰北宋的少数民族。

⑬七弦桐：即七弦琴。桐木是制琴的最佳材料，故以“桐”代“琴”。

作者名片

贺铸（1052—1125），北宋词人，字方回，号庆湖遗老。汉族，卫州（今河南卫辉）人。宋太祖贺皇后族孙，所娶亦宗室之女。自称远祖本居山阴，是唐贺知章后裔，以知章居庆湖（即镜湖），故自号庆湖遗老。

译文

少年时一腔侠气，结交各大都市的豪雄之士。待人真诚，肝胆照人，遇到不平之事，便会怒发冲冠，具有强烈的正义感。站立而谈，生死与共。许下的诺言有千金的价值。我们推崇的是出众的勇敢，狂放不羁傲视他人。轻车簇拥联镳驰逐，出游京郊。在酒店里豪饮，酒坛浮现出诱人的春色，我们像长鲸和垂虹那样饮酒，顷刻即干。间或带着鹰犬去打猎，刹那间便荡平了狡兔的巢穴。虽然欢快，可惜时间太过短促。

就像卢生的黄粱一梦，很快就离开京城。驾孤舟漂流于水中，唯有明月相伴。散职侍从官品位卑微，事多繁忙，情怀愁苦。陷入了污浊的官场仕途，担任了繁重的文书工作。像我这样的成千上万的武官，都被支派到地方上去打杂，劳碌于文书案牍，不能杀敌疆场、建功立业。笳鼓敲响了，渔阳之兵乱起来了，战争爆发了，想我这悲愤的老兵啊，却无路请缨，不能为国御敌，生擒西夏酋帅，就连随身的宝剑也在秋风中发出愤怒的吼声。怅恨自己极不得志，只能满怀惆怅游山临水，抚瑟寄情，目送归鸿。

赏析

此词上片回忆青少年时期在京城的任侠生活。“少年侠气，交结五都雄”，是对这段生活的总括。以下分两层来写：“肝胆洞……矜豪纵”是一层，着重写少年武士们性格的“侠”。他们意气相投，肝胆相照，三言两语，即成生死之交；他们正义在胸，在邪恶面前，敢于裂眦耸发，无所畏惧；他们重义轻财，一诺千金；他们推崇勇敢，以豪侠纵气为尚。这些都从道德品质、做人准则上刻画了一班少年武士的精神面貌。由于选取了典型细节：“立谈中，死生同。一诺千金重”等，写得有声有色，并不空泛。“轻盖拥……狡穴俄空”是又一层，侧重描写少年武士们日常行为上的“雄”。他们驾轻车，骑骏马，呼朋唤友，活跃在京城内外。他们随时豪饮于酒肆，且酒量极大，如长虹吸海。“春色”此处指酒。有时，他们又携带弓箭，“呼鹰嗾犬”，到郊外射猎，各种野兽的巢穴顿时被搜捕一空。武艺高强，更衬托出他们的雄壮豪健。这两层互相映衬，写品行的“侠”寓含着行为的“雄”，而写行为的“雄”时又体现了性情的“侠”，非自身经历难写得如此真切传神。笔法上极尽铺叙，如数家珍，接着仅用“乐匆匆”三字即轻轻收束上片，贺铸不愧大手笔。

下片开头“似黄粱梦”过渡自然。既承接了上片对过去的回忆，又把思绪从过去拉回到今天的现实中来。过去的生活虽快乐，然过于匆匆，如梦一样短暂。离开京城已经十多年了，如今已是中年，自己的境况又不如意。长期担任相当于汉代冗从的低微官职，为了生存，孤舟漂泊，只有明月相伴。岁月倥偬，却像落入囚笼的雄鹰，一筹莫展。每天只能做些案头打杂的粗活，其保家卫国的壮志，建立奇功的才能完全被埋没了。而且像这样郁郁不得志的下层武官并非词人一个，“鹖弁如云众”。这就找出了造成这种现象的社会原因，指责了浪费人才、重文轻武的北宋当权者。“笳鼓动，渔阳弄”，点明宋朝正面临边关危机。“思悲翁”，一语双关，既是汉代有关战事的乐曲名，又道出词人自称。四十岁不到，他却感到自己老了，一个“思”字，写尽了对自己被迫半生虚度、寸功未立的感慨。当年交结豪杰、志薄云天的少年武士，如今锐气已消磨许多，然而也成熟许多。其内心深处仍蕴藏着报国壮志，连身上的佩剑也在西风中发出怒吼。然而，在一派主和的政治环境中，他“请长缨，系取天骄种”的心愿只能落空。不是“不请”，而是“不能请”，或“请而不用”。于是词人只有满怀悲愤，恨恨地登山临水，将忧思寄于琴弦，把壮志托付给远去的鸿雁。词人的万千感慨都寄托在这有声的琴韵和无声的目光之中了，其哀、其愤非常幽深。因为这是一个忧国忧民、报国无门的志士的无奈与悲愤，这是那个时代的悲哀。

此词塑造的游侠壮士形象，在唐诗中屡见不鲜，但在宋词中则是前所未有的。此词第一次出现了一个思欲报国而请缨无路的“奇男子”形象，是宋词中最早出现的真正称得上抨击投降派、歌颂杀敌将士的爱国诗篇，起到了上继苏词、下启南宋爱国词的过渡作用。

全词风格苍凉悲壮，叙事、议论、抒情结合紧密，笔力雄健劲拔，神采飞扬，而且格律谨严，句短韵密，激越的声情在跳荡的旋律中得到体现，两者臻于完美的统一。

咏煤炭

【明】于谦

凿开混沌得乌金①，
藏蓄阳和意最深②。
爝火燃回春浩浩③，
洪炉④照破夜沉沉。
鼎彝⑤元赖生成力，
铁石犹存死后心。
但愿苍生⑥俱饱暖，
不辞辛苦出山林。

注释

①混沌（dùn）：古代指世界未开辟前的原始状态。这里指未开发的煤矿。乌金：指煤炭，因黑而有光泽，故名。
②阳和：原指阳光和暖。这里借指煤炭蓄藏的热力。意最深：有深层的情意。
③爝（jué）火：小火，火把。浩浩：广大无际貌。
④烘炉：大火炉。
⑤鼎彝（yí）：原是古代的饮食用具，后专指帝王宗庙祭器，引申为国家、朝廷。
⑥苍生：老百姓。

作者名片

于谦（1398—1457），字廷益，号节庵，官至少保，世称于少保。汉族，明朝浙江杭州钱塘县人。因参与平定汉王朱高煦谋反有功，得到明宣宗器重，担任山西、河南巡抚。明英宗时期，因得罪王振下狱，后释放，起为兵部侍郎。土木之变后英宗被俘，郕王朱祁钰监国，擢兵部尚书。于谦力排南迁之议，决策守京师，与诸大臣请郕王即

位。瓦剌兵逼京师，督战，击退之。论功加封少保，总督军务，终迫也先遣使议和，使英宗得归。天顺元年因“谋逆”罪被冤杀。谥曰忠肃。有《于忠肃集》。于谦与岳飞、张煌言并称“西湖三杰”。

译文

凿开混沌之地层，获得煤炭是乌金。蕴藏无尽之热力，心藏情义最深沉。

融融燃起之炬火，犹如浩浩之春风。熊熊洪炉之烈焰，照破灰沉之夜空。

钟鼎彝器之制作，全靠原力之生成。铁石虽然已死去，仍然保留最忠心。

只是希望天下人，都能吃饱又穿暖。不辞辛劳与艰苦，走出荒僻之山林。

赏析

这首咏物诗，是作者以煤炭自喻，托物明志，表现其为国为民的抱负。于写物中结合着咏怀。

第一联：咏煤炭点题。“藏蓄阳和意最深”从正面抒怀，说这里蕴藏着治国安民的阳和布泽之气。“意最深”，特别突出此深意。

第二联：“春浩浩”承接“阳和”，与“夜沉沉 ”对照着写，显示除旧布新的力量。古人称庙堂宰相为鼎鼐，这里说宰相的作为，有赖于其人具有生成万物的能力，仍从煤炭的作用方面比喻。

第三联：“铁石”句表示坚贞不变的决心，也正是于谦人格的写照。

第四联：“但愿苍生俱饱暖”，从煤炭进一步生发，即杜甫广厦万间大庇天下寒士之意而扩大之。末句绾结到自己出山济世，一切艰辛在所甘心历之的本意，即托物言志。

综上所述，前四句描写煤炭的形象，写尽煤炭一生。后四句有感而发，抒发诗人为国为民，竭尽心力的情怀。全诗以物喻人，托物言志。诗人一生忧国忧民，以兴国为己任。其志向在后四句明确点出，其舍己为公的心志在后两句表现得尤为明显。综合全诗，诗人在诗中表达了这样的志向：铁石虽然坚硬，但依然存有为国为民造福之心，即使历尽千辛万苦，他也痴心不改，不畏艰难，舍身为国、为民效力。

贺新郎·送胡邦衡待制赴新州

【宋】张元干

梦绕神州路。怅秋风、连营画角，故宫离黍。底事[1]昆仑倾砥柱[2]，九地黄流乱注[3]。聚万落千村狐兔[4]。天意从来高难问，况人情老易悲难诉！更南浦，送君去。

凉生岸柳催残暑。耿[5]斜河，疏星淡月，断云微度。万里江山知何处？回首对床夜语。雁不到，书成谁与？目尽青天怀今古，肯儿曹恩怨相尔汝！举大白[6]，听金缕。

注释

①底事：为什么。
②昆仑倾砥柱：古人相信黄河源出昆仑山，《淮南子·地形训》中说“河水出昆仑东北陬”。传说昆仑山有铜柱，其高入天，被称为天柱。此以昆仑天柱、黄河砥柱连类并书。
③九地黄流乱注：喻金兵的猖狂进攻。
④聚万落千村狐兔：形象描写中原经金兵铁蹄践踏后的荒凉景象。
⑤耿：明亮。
⑥大白：酒杯。

作者名片

张元干（1091—约1161），字仲宗，号芦川居士、真隐山人，晚年自称芦川老隐。芦川永福（今福建永泰嵩口镇月洲村）人。历任太学上舍生、陈留县丞。金兵围汴，秦桧当国时，入李纲麾下，坚决抗金，力谏死守。曾赋《贺新郎》词赠李纲，后秦桧闻此事，以他事追赴大理寺除名削籍。元干尔后漫游江浙等地，客死他乡，卒年约七十，归葬闽之螺山。张元干与张孝祥一起号称南宋初期“词坛双璧”。

译文

我辈梦魂经常萦绕着未光复的祖国中原之路。在萧瑟的秋风中，一方面，金兵营垒相连，军号凄厉；另一方面，故都汴京的皇宫宝殿已成废墟，禾黍充斥，一片荒凉，真是令人惆怅呵！为什么黄河之源昆仑山的天柱和黄河的中流砥柱都崩溃了，黄河流域各地泛滥成灾？如今，中原人民国破家亡，流离失所。人口密聚的万落千村都变成了狐兔盘踞横行之地。杜甫句云：“天意高难问，人情老易悲。”从来是天高难问其意。如今我与君都老了，也容易产生悲情，我们的悲情能向谁倾诉呢?我只能默默地相送到南浦。送君远去！

别后，我仍然会伫立江边眺望，不忍离去。见柳枝随风飘起，有些凉意，残暑渐消。夜幕降临，银河横亘高空，疏星淡月，断云缓缓飘动。万里江山，不知君今夜流落到何处？回忆过去与君对床夜语，畅谈心事，情投意合，这情景已不可再得了。俗话说雁断衡阳，君去的地方连大雁也飞不到，写成了书信又有谁可以托付？我辈都是胸襟广阔，高瞻远瞩之人，我们告别时，看的是整个天下，关注的是古今大事，岂肯像小儿女那样只对彼此的恩恩怨怨关心？让我们举起酒杯来，听我唱一支《金缕曲》，送君上路！

赏析

“贺新郎”是这首词的词牌，“送胡邦衡谪新州”是这首词的题目，亦可看作是小序，作者在这里交代了词的写作背景、原因和主题。

上阕的安排，突出了作者同友人共同的忧国思想，而把个人的伤离放在了次要地位，使作者与友人的惜别之情不同于一般，这就与那些只写离情别绪的俗套之作有明显的区别。突出了共同的爱国思想，也就把词的境界，提到了新的高度。故词的下阕转写友谊与慰勉，叙别情。

下阕有三层意思：

第一层：“凉生岸柳催残暑。耿斜河、疏星淡月，断云微度。”换头四句紧扣上阕结尾送君“南浦”之意，通过景物描写，说明送别的时间与地点。

首句“凉生岸柳催残暑”点明季节，说明作者写词时，是在夏末秋初之夜。初秋的凉风从岸边烟柳丛里吹来，驱散了残余的暑气，这是地面景象。而夜空中，则是“耿斜河、疏星淡月，断云微度”。在横斜的银河里，散布着稀疏的星星，月亮洒着淡淡的月光，不时，偶有一两片云彩轻轻地缓缓地漂荡在空中。这里作者以凄清的夜景衬托离别时的气氛和心情。此时此刻，有何感受呢？心里想了些什么呢？

第二层：“万里江山知何处。回首对床夜语。雁不到、书成谁与。”设想分别后的情形，表达怀恋的深情。

“万里江山知何处”极言今后相隔万里，不知道他在何处。

“回首对床夜语。”“对床夜语”指两人对躺在床上谈话到深夜，说明友谊之深。

这几句曲曲折折抒写留恋之情，既反映了他们深厚的友情，也表达了他们对国事的感慨：君此去道路茫茫，国家前途亦茫茫。

“雁不到、书成谁与。”相传雁能传书，但北雁南飞止于衡阳回雁峰，故民间有“大雁飞不到岭南，书信难以寄出”的说法，新州在衡阳之南，“雁不到”，为假托而已。

这几句是先从眼前的分别写起，次忆旧情，复叹别后悲伤。由眼前的送别，想到了今后可能书信难通，只能回忆以前的友情，这就更深入一层地表达了作者留恋友人，心里很悲伤。

以上几句，格调悲沉。词的结尾，作者劝慰友人，调子转而激昂：“目尽青天怀今古，肯儿曹恩怨相尔汝。举大白，听金缕。”

这是第三层：遣愁致送别意。

通观全词，可以看出，这是一首不寻常的送别词，它打破了以往送别词的旧格调，把个人之间的友情放在了民族危亡这样一个大背景中来咏叹，既有深沉的家国之感，又有真切的朋友之情；既有悲伤的遥想，又有昂扬的劝勉。作者慷慨悲凉的笔调，所抒发的不是缠绵悱恻的离愁别恨，而是忧念国事艰危的愤慨之情。作者连梦中都思念着被金军蹂躏的中原河山，表现了对南宋投降路线的不满与愤恨，特别是词的结尾所表白的与友人共勉的磊落胸襟和远大的抱负，在当时的艰难困境中，是十分可贵的。

贺新郎·寄李伯纪[1]丞相

【宋】张元干

曳杖危楼去。斗垂天、沧波万顷，月流烟渚。扫尽浮云风不定，未放扁舟夜渡。宿雁落、寒芦深处。怅望关河空吊影，正人间、鼻息鸣鼍鼓[2]。谁伴我，醉中舞。

十年一梦扬州路[3]。倚高寒、愁生故国，气吞骄虏[4]。要斩楼兰[5]三尺剑，遗恨琵琶旧语[6]。谩暗涩铜华尘土[7]。唤取谪仙平章看，过苕溪、尚许垂纶否。风浩荡，欲飞举。

注释

①李伯纪：即李纲。

②鼻息鸣鼍鼓：指人们熟睡时，鼾声有如击打用猪婆龙的皮做成的鼓发出的声音，即有鼾声如雷之意。鼍鼓：用鼍皮蒙的鼓。鼍：水中动物，俗称猪婆龙。

③十年一梦扬州路：化用杜牧诗“十年一觉扬州梦”，借指十年前，即建炎元年，金兵分道南侵。宋高宗避难至扬州，后至杭州，而扬州则被金兵焚烧。十年后，宋金和议已成，主战派遭迫害，收复失地已成梦想。

④骄虏：指金人。《汉书·匈奴传》中说匈奴是“天之骄子”，这里是借指。

⑤要斩楼兰：用西汉傅介子出使西域斩楼兰王的故事。

⑥琵琶旧语：用汉代王昭君出嫁匈奴事。她善弹琵琶，曾弹奏《昭君怨》。琵琶旧语即指此曲。

⑦谩暗涩铜华尘土：叹息当时和议已成定局，虽有宝剑也不能用来杀敌，只是使它生铜花（即铜锈），放弃于尘土之中。暗涩：形容宝剑上布满铜锈，逐渐失去光彩，失去作用。

译文

拖着手杖，独上高楼。仰望北斗星低低地垂挂在夜天中，俯视沧江正翻起波浪万顷，月亮流泻在烟雾弥漫的洲渚上。浮云被横扫净尽，寒风飘拂不定，不能乘坐小船连夜飞渡。栖宿的鸿雁已经落在萧索的芦苇深处。怀着无限惆怅的心情，怅望祖国分裂的山河，徒劳无益地相吊形影。这时只听到人间发出的鼾声像敲打鼍鼓，还有谁肯陪伴我乘着酒兴起舞？

事隔十年好像一场噩梦，我已走尽了扬州路。独倚高楼，夜气十分冷寒，一心怀愁为的是祖国，恨不得一气吞下骄横的胡虏。要用这把三尺的宝剑亲手杀死金的统治者，莫要留下像王昭君弹出的琵琶怨语那样的怨恨。可叹的是宝剑暗淡无光，白白地生锈化为尘土。我请你来看看，经过苕溪时，还能允许我们垂纶放钓否？大风浩荡，不停地吹着，我雄心勃发，要乘风飞举。

赏析

上片写词人登高眺望江上夜景，并引发出孤单无侣、众醉独醒的感慨。此处显示出自己的真实用意。

起首四句写自己携着手杖登上高楼，只见夜空星斗下垂，江面宽广无边，波涛万顷，月光流泻在蒙着烟雾的洲渚之上。“扫尽”两句，是说江风极大，将天上浮云吹散，江面因风大而无人乘舟夜渡。“宿雁落”这一句，写沉思间又见雁儿飞落在芦苇深处夜宿，并由此引起无限感触。

“怅望”两句，写怅望祖国山河，徒然吊影自伤；这时正值深夜，“鼻息鸣鼍鼓”，这里以之喻苟安求和之辈，隐有众人皆醉我独醒之慨。“谁伴我”两句，承上。“月流烟渚”“怅望关河空吊影”，用李白《月下独酌》“我歌月徘徊，我舞影零乱”诗意，自伤孤独（辛弃疾《贺新郎·别茂嘉十二弟》结句之“谁共我，醉明月”，与此意同）。李纲与己志同道合，而天各一方，不能在此月下同舞。同舞当亦包括共商恢复中原之事，至此才转入寄李纲本题。

下片运用典故以暗示手法表明对宋朝屈膝议和的强烈不满，并表达了自己对李纲的敬仰之情。

“十年”这一句，是作者想到十年前，高宗在应天府（今河南商丘）即位，当时为建炎元年（1127），不久高宗南下，以淮南东路的扬州为行都；次年秋金兵进犯，南宋小朝廷又匆匆南逃，扬州被金人攻占，立刻被战争摧为一片空墟，昔日繁华现在犹如一梦，此处化用杜牧“十年一觉扬州梦”（《遣怀》）诗句。而此时只剩残破空城，使人怀想之余，不觉加强了作者对高宗屈膝议和的不满之情，也加强了作者坚决抵抗金人南下的决心。“倚高寒”两句，继续写作者夜倚高楼，但觉寒气逼人，远眺满目疮痍的中原大地，不由愁思满腔，但又感到自己壮心犹在，豪气如潮，足以吞灭敌人。“要斩”两句，运用两个典故反映出对宋金和议的看法。前一句是期望朝廷振作图强，像汉代使臣傅介子提剑斩楼兰（西域国名）王那样对付金人。

词中以楼兰影射金国，以傅介子比喻李纲等主战之士。后一句是借汉嫁王昭君与匈奴和亲事，影射和议最终是不可行的，必须坚决抵抗。杜甫《咏怀古迹》诗云："千载琵琶作胡语，分明怨恨曲中论。"作者在此用杜甫诗意，说明在琵琶声中流露出对屈辱求和的无穷遗恨与悲愤，以此暗示南宋与金人议和也将遗恨千古。"谩暗涩"句运用比喻，以宝剑被弃比喻李纲等主战人物受到朝廷罢斥压制。"唤取"两句，先以"谪仙"李白来比喻李纲，兼切李姓，这是对李纲的推崇。李纲自己也曾在《水调歌头》中说："太白乃吾祖，逸气薄青云。"接着作者请他评论，面对和议已成定局的形势，爱国之士能否就此隐退苕溪（浙江吴兴一带）垂钓自遣而不问国事。结尾振起，指出要凭浩荡长风，飞上九天，由此表示自己坚决不能消沉下去，而是怀着气冲云霄的壮志雄心，对李纲坚持主战、反对和议的主张表示最大的支持，这也就是写他作此词的旨意。

杜工部蜀中离席①

【唐】李商隐

人生何处不离群②？

世路干戈惜暂分。

雪岭③未归天外使④，

松州⑤犹驻殿前军⑥。

座中醉客延⑦醒客⑧，

江上晴云杂雨云⑨。

美酒成都堪送老，

当垆⑩仍是卓文君。

注释

①杜工部蜀中离席：表明模仿杜诗风格。

②离群：分别。

③雪岭：即大雪山，一名蓬婆山，在今四川西部康定县境内。

④天外使：唐朝往来于吐蕃的使者。

⑤松州：唐设松州都督府，属剑南道。

⑥殿前军：本指禁卫军，此处借指戍守西南边陲的唐朝军队。

⑦延：请，劝。

⑧醒客：指作者自己。

⑨晴云杂雨云：明亮的晴云夹杂着雨云，比喻边境军事的形势变幻不定。

⑩当垆：面对酒垆，指卖酒者。

作者名片

李商隐（约813—858），字义山，号玉溪（谿）生、樊南生，唐代著名诗人，祖籍河内（今河南省焦作市）沁阳，出生于郑州荥阳。他擅长诗歌写作，骈文文学价值也很高，是晚唐最出色的诗人之一，和杜牧合称“小李杜”，与温庭筠合称为“温李”，因诗文与同时期的段成式、温庭筠风格相近，且三人都在家族里排行第十六，故并称为“三十六体”。其诗构思新奇，风格秾丽，尤其是一些爱情诗和无题诗写得缠绵悱恻，优美动人，广为传诵。但部分诗歌过于隐晦迷离，难于索解，致有“诗家总爱西昆好，独恨无人作郑笺”之说。因处于牛李党争的夹缝之中，一生很不得志。死后葬于家乡沁阳（今河南焦作市沁阳与博爱县交界之处）。作品收录为《李义山诗集》。

译文

人生在世，在什么地方能够不经历离别？在战乱年代，短暂的分离也让人依依惜别。

远处雪岭那边朝廷的使臣还稽留天外未归，近处松州一带也还驻扎着朝廷的军队。

座中的醉客们邀请我这清醒的人喝酒。江水上空明亮的晴云夹杂着雨云，风雨欲来。

成都城里的美酒可以用来度过晚年，更何况有像卓文君这样的美女当垆卖酒。

赏析

此诗乃诗人于宣宗大中六年时所写，当时李商隐要离开成都，返回梓州，于是在饯别宴席上写下此诗。诗歌描绘了战乱时候与朋友惜别的感伤，同时也表达了诗人忧国忧民、感时伤势的思想感情。而且，该诗是李商隐模仿杜甫的风格所写的诗，《唐贤清雅集》中点评“此是拟作，气格正相肖，非但袭面貌者”。

“人生何处不离群？世路干戈惜暂分。”这句的前半句泛言人生离别的普遍和平常，让读者在诘问中有所思考：人生有多少悲欢离合，个人的命运又是怎样身不由己。诗人虽然有着无尽的感叹，但是调子并不悲伤。细细体味，诗中还隐含着这样的意思：既然人生离别在所难免，不如以旷达处之。后半句笔锋一转，转到“世路干戈”这个大背景上，道出在干戈中离别的沉重感伤，思路跳跃奔腾，“大开大合，矫健绝伦”。如此读来，不仅曲折顿挫、气势雄放，而且自然地引出下文的伤时感世之情，可谓落笔不凡。

“雪岭未归天外使，松州犹驻殿前军。”这两句紧承上文，写出了当前的动荡局势。然而诗人并未将剑拔弩张的战争场景白描出来，而是从侧面含蓄地指出时局的纷乱，足以让人感到局势一触即发。这两句诗气象阔大，感慨深沉，不仅简洁醒目地勾勒出西北边境历年战乱的紧张局面，更饱含着诗人无限忧国伤时之情。

“座中醉客延醒客，江上晴云杂雨云。”这两句从时事转入眼前。看着人们只顾互相劝酒，诗人不免感慨万端。诗人用“醉客”来指饯行席上的醉者，同时暗喻其为浑浑噩噩、不关心国事的庸碌之辈。此时此刻，有谁能够理解自己忧国伤乱的心情呢，这些忧虑只能自己慢慢地咀嚼了。

“晴云”“雨云”不仅仅是指天气的变幻不定，还更是比喻社会局势的动荡不安，透露出诗人的无限忧虑。“醉客”对“醒客”，“晴云”对“雨云”，不仅使诗句工整巧妙，富有音韵之美，还运用了一语双关的修辞手法，使诗句显得意义丰厚。除此以外，这还是“当句对”，即不但上下句互相对仗，而且每句当中又自为对仗。李商隐的诗歌中有大量的类似之作，如“纵使有花兼有月，可堪无酒又无人”。

“美酒成都堪送老，当垆仍是卓文君。”末联紧扣“蜀中离席”

的诗题，话题仍回到饯别。有人说这是主人留客之语，如此美好的成都生活，何忍远离。“美酒”“卓文君”这些陈述，看似宽慰却反衬出诗人生活漂泊、家国无依的沉重心情，同时又暗指时事堪悲，一些人却沉迷于酒色，流连忘返，着实让人不齿。从表面看是赞美，但实际上蕴含着诗人对“醉客”的婉讽。另外，在最后一句中用上“卓文君卖酒”这个典故，也隐约表达了诗人希望在仕途上被重用的思想感情。

诗歌体现了李商隐关怀国事、忧虑时局的政治热情。诗人以矫健凄婉的笔力表达了一种深沉凝重的思想。诗歌的艺术也颇显精密，世路干戈，朋友离别是总起，接着写因“干戈”而感伤时势，结尾回到饯别，却因浓重的忧时情怀而超越了个人的离群之别。全诗脉络精细，变化重重，颇具韵味。这也是李商隐极意学习杜诗的地方。

幽居冬暮

【唐】李商隐

羽翼摧残[①]日，
郊园[②]寂寞时。
晓鸡[③]惊树雪，
寒鹜[④]守冰池。
急景忽云暮，
颓年浸已衰。
如何匡国分[⑤]，
不与夙心[⑥]期。

注释

①羽翼摧残：鸟儿的翅膀被折断。
②郊园：城外的园林。唐张九龄《酬王履震游园林见贻》诗：“宅生惟海县，素业守郊园。”
③晓鸡：报晓的鸡。唐孟浩然《寒夜张明府宅宴》诗：“醉来方欲卧，不觉晓鸡鸣。”
④鹜（wù）：鸭子。
⑤匡（kuāng）国：匡正国家。汉蔡邕《上封事陈政要七事》：“夫书画辞赋，才之小者；匡国理政，未有其能。”分（fèn）：职分。
⑥夙（sù）心：平素的心愿。《后汉书·文苑传下·赵壹》：“惟君明睿，平其夙心。”

译文

是鸟翅膀被摧残的日子，在郊外园林寂寞的时节。

晨鸡因树上雪光而惊啼，鸭子在严寒中苦守冰池。

白天短促很快便到夜晚，垂暮之年身体渐已变衰。

我本有匡救国家的职分，再不能与我的夙愿相期？

赏析

第一联，诗人概括自己一生受挫、晚年困顿的实况，点出幽居题意。李商隐入仕后到处受人猜忌排挤，甚至被诬为“诡薄无行”“放利偷合”（《新唐书·文艺传》）、“为当途者所薄，名宦不进，坎终身”（《旧唐书·文苑传》）。大中六年（852）作者四十岁时写给杜悰的《献相国京兆公启》中说：“若某者，幼常刻苦，长实流离。乡举三年，才沾下第；宦游十载，未过上农。”此时他感到身心交瘁，如羽翼摧铩之鸟，无力奋飞了，只能退守“郊园”（在郑州的家园），忍受这寂寞无聊、郁郁寡欢的晚景。实际上，他才四十六岁。

第二联，以晓鸡和寒鹜自喻。诗意有两种解说。一、晓鸡（晨鸡）因树雪之光而惊鸣（误以为天明），喻不忘进取之心；以寒池之鸭表现自己不改操守。（刘学锴等《李商隐诗选》）二、鸡栖树上则有雪，鸭守池中则结冰，极写处境的寒苦。（周振甫《李商隐选集》）如能合此二解，辨其因果，可得其全：不忘进取报效，是因；终遭困顿寒苦，是果。晨鸡报天晓，喻进取；寒鹜守冰池，喻退处。两句诗极其形象地描绘出作者不谙世务、进退两难的处境，其中有哀怨，有酸楚，而且扣紧了诗题的“冬”字，即景抒情。李商隐极其擅长托物寓怀。他的咏物诗，如《蝉》“本以高难饱，徒劳恨费声”，又如《流莺》中“流莺飘荡复参差，度陌临流不自持”。蝉之高栖悲鸣，莺之漂泊不定，可与此篇晓鸡寒鹜参照体味，从中想象作者的思想情怀与遭遇。

第三联，照应诗题“冬暮”。“暮”字双关，所以第一句写时序，第二句写年岁。冬季日短，暮色很快来临；随着时光的流逝，自己也进入了衰颓的晚景。这是为下一联的抒愤寄慨蓄势的。人到晚年，“羽翼摧残”，不可能再有作为了。

第四联，紧应上联，发出内心的呼喊：为什么匡国济世的抱负，不能与早年的心愿相合呢？这呼喊是充满愤慨的，因为商隐明明知道“为什么”。这呼喊同时又充满凄凉的感伤，因为它毕竟出自一个性格不算坚强而又经历过太多打击的诗人。

此诗和李商隐多数作品一样，感伤的情调笼罩全篇，从“羽翼摧残”到“急景”“颓年”，尤其是晓鸡寒鹫的具体形象，都是如此。不过这首诗与李商隐其他的很多脍炙人口的名句的作品有所不同，纪昀评之曰：“无句可摘，自然深至。”没有刻意锤炼和精心藻饰，没有运用作者本来擅长的组织故事的手法，也没有警策深微、使人猛省或沉思的寓意，所以无句可摘；但它能恰如其分地、真实具体地表达此时此刻的感受与心情，读之动容，所以说自然深至。当然，它仍然谨守平仄格律，注意对偶工整（四联中有三联对偶），用词造句都力求避免粗疏随意，因此和某些标榜自然平淡而流为枯淡俚浅的作品不同。在《李商隐集》中，它别具一格，又包含着商隐固有的特质，包含着多样化中的某种统一性。

曲　江[①]

【唐】李商隐

望断[②]平时翠辇[③]过，
空闻子夜鬼悲歌。
金舆[④]不返倾城色，
玉殿[⑤]犹分下苑[⑥]波。

注释

①曲江：唐代著名的皇家园林。
②望断：向远处望直至看不见。
③翠辇：饰有翠羽的帝王车驾。
④金舆：帝王乘坐的车轿。
⑤玉殿：宫殿的美称。
⑥下苑：本指汉代的宜春下苑。唐时称曲江池。

死忆华亭闻唳鹤[7]，
老忧王室泣铜驼[8]。
天荒地变心虽折，
若比伤春[9]意未多。

⑦华亭闻唳鹤：感慨生平、悔入仕途之典。
⑧铜驼：铜铸的骆驼。多置于宫门寝殿之前。
⑨伤春：为春天的逝去而悲伤。这里特指伤时感乱，为国家的衰颓命运而忧伤。

译文

望不见平时帝王的翠辇经过，只能在夜半聆听冤鬼的悲歌。
宫妃金舆不返难见到倾城色，只有曲江的流水被玉殿分波。
临死时才想念在华亭听鹤唳，老臣忧念王室命运悲泣铜驼。
经过天荒地变虽使人心摧折，若比伤春的哀恸此意不算多。

赏析

曲江的兴废，和唐王朝的盛衰密切相关。杜甫在《哀江头》中曾借曲江今昔抒写国家残破的伤痛。面对经历了另一场“天荒地变”——甘露之变后荒凉满目的曲江，李商隐心中自不免产生和杜甫类似的感慨。只是他的感慨已经寓有特定的现实内容，带上了更浓重的悲凉的时代色彩。

一开始就着意渲染曲江的荒凉景象。这里所蕴含的并不是吊古伤今的历史感慨，而是深沉的现实政治感喟。“平时翠辇过”，指的是事变前文宗车驾出游曲江的情景；“子夜鬼悲歌”，则是事变后曲江的景象，荒凉中显出凄厉，正暗示出刚过去不久的那场“流血千门，僵尸万计”的残酷事变。两者对比鲜明，从正反两个方面暗喻了一场“天荒地变”。

三四句承“望断”句。其中“不返”“犹分”对比鲜明，显现出一幅荒凉冷寂的曲江图景，蕴含着无限的沧桑感。文宗修缮曲江亭馆，游赏下苑胜景，本想恢复升平故事。甘露事变一起，受制家奴，形同幽囚，翠辇金舆遂绝迹于曲江。这里，正寓有升平不返的深沉感慨。下两联的“铜驼”之悲和“伤春”之感都从此生出。

第五句承“空闻”句。这里用西晋陆机“华亭鹤唳”典故，用以暗示甘露事变期间大批朝臣惨遭宦官杀戮的情事，回应次句“鬼悲歌”。第六句承“望断”句与颔联。这里用西晋索靖“泣铜驼”典故，借以抒写对唐王朝国运将倾的忧虑。这两个典故都用得非常精切，不仅使不便明言的情事得到既微而显的表达，而且加强了全诗的悲剧气氛。两句似断实连，隐含着因果联系。

末联是全篇结穴。在诗人看来，“流血千门，僵尸万计”的这场天荒地变——甘露之变尽管令人心摧，但更令人伤痛的却是国家所面临的衰颓没落的命运。痛定思痛之际，诗人没有把目光局限在甘露之变这一事件本身，而是更深入地去思索事件的前因后果，敏锐地觉察到这一历史的链条所显示的历史趋势。这正是此篇思想内容比一般的单纯抒写时事的诗深刻的地方，也是它的风格特别深沉凝重的原因。

这首诗在构思方面有一个显著的特点：既借曲江今昔暗喻时事，又通过对时事的感受抒写“伤春”之情。就全篇来说，“天荒地变”之悲并非主体，“伤春”才是真正的中心。尽管诗中正面写“伤春”的只有两句（六、八两句），但实际上前面的所有描写都直接间接地围绕着这个中心，都透露出一种浓重的“伤春”气氛，所以末句点明题旨，仍显得水到渠成。

水调歌头·秋色渐将晚

【宋】叶梦得

秋色渐将晚，霜信报黄花①。小窗低户②深映，微路绕欹斜③。为问山翁④何事，坐看流年轻度，拼却⑤鬓双华⑥。徙倚⑦望沧海⑧，天净水明霞。

念平昔，空飘荡，遍⑨天涯⑩。归来三径重扫，松竹本吾家。却恨悲风时起，冉冉云间新雁，边马怨胡笳。谁似东山老，谈笑静胡沙[11]。

注释

①秋色渐将晚，霜信报黄花：暮秋景物渐呈苍老深暗之色，菊花开时报来了将要降霜的信息。
②小窗低户：指简陋的房屋。
③攲（qī）斜：倾斜，歪斜。
④山翁：据《晋书·山简传》载，山简好酒易醉。作者借以自称。
⑤拚（pàn）却：甘愿。
⑥华：同“花”，指在闲居中白了鬓发。
⑦徙（xǐ）倚：徘徊，流连不去。
⑧沧海：此处指临近湖州的太湖。作者时居汴山，在太湖南岸。
⑨遍：这里是走遍的意思。
⑩天涯：天边，喻平生飘荡之远。
⑪谁似东山老，谈笑净胡沙：化用李白《永王东巡歌》中的“但用东山谢安石，为君谈笑净胡沙”。胡沙：指代胡人发动的战争。

作者名片

叶梦得（1077—1148），宋代词人。字少蕴。苏州吴县人。绍圣四年（1097）登进士第，历任翰林学士、户部尚书、江东安抚大使等官职。晚年隐居湖州弁山玲珑山石林，故号石林居士，所著诗文多以石林为名，如《石林燕语》《石林词》《石林诗话》等。绍兴十八年卒，年七十二。死后追赠检校少保。在北宋末年到南宋前半期的词风变异过程中，叶梦得是起到先导和枢纽作用的重要词人。

译文

秋色日渐变浓，金黄的菊花传报霜降的信息。小窗低户深深掩映在菊花丛中。小路盘山而上，曲折倾斜。询问山公到底有什么心事，（原来是不忍心）坐看时光轻易流逝而双鬓花白。在太湖边上徘徊凝望，天空澄澈，湖水映照着明丽的彩霞。

追忆往日，漂泊不定，走遍天涯海角，却毫无建树。归来后重新打扫庭院中的小路，松竹才是我的家。却恨悲凉的秋风不时吹起，南归的大雁缓缓地飞行在云间，哀怨的胡笳声和边马的悲鸣声交织在一起。谁能像东晋谢安那样，谈笑间就扑灭了胡人军马扬起的尘沙。

赏析

这是作者告老，隐居湖州弁山后写的作品。梦得随高宗南渡，陈战守之策，抗击金兵，深得高宗亲重。绍兴初，被起为江东安抚大使，曾两度出任建康知府（府治在今南京市），兼总四路漕计，以给馈饷，军用不乏，诸将得悉力以战，阻截金兵向江南进攻。高宗听信奸相秦桧，向金屈膝求和，抗金名将岳飞、张宪被冤杀，主战派受到迫害，梦得被调福建安抚使，兼知福州府，使他远离长江前线，无所作为，他于1144年被迫上疏告老，隐退山野。眼看强敌压境，边马悲鸣，痛感流年轻度，白发徒增，很想东山再起，歼灭敌军，但却已经力不从心，思欲效法前贤谢安而不可得了。因写此词，抒发自己内心的悲慨和对时局的忧虑。

上片起首四句先写晚年生活的环境和乐趣。秋色已深，菊花开放，霜降来临，词人所住的房子掩映在花木深处，小路盘山蜿蜒而上。这是一幅山居图景，清丽而幽静。下面用自问自答的方式写自己生活的乐趣：若问我为什么就白白地看着那岁月流逝，毫不顾及双鬓已经斑白？我会回答是因为留恋如沧海般辽阔美丽的太湖，它映出了青天云霞，明媚绚烂。

下片写自己的生活和老来的怀抱。漂泊了一生，足迹遍于天涯，现在回到家里，扫净已荒芜的道路，那松竹茂盛的地方就是我的家园。词人回到家中感到喜悦和安慰，所以笔下的家园也显得十分静谧、优美。但在那个国土沦丧、河山破碎的时代，一个胸怀抱国之心的抗金志士，又怎能终老于隐居的山林呢？“却恨”三句，笔锋一转，在隐居之后，词人却时常听到“悲风时起”，这悲风是自然界之风，更是人间悲风，南宋朝廷苟安求和，不愿力战敌人，前线频传战败消息，对他来说，也就是“悲风”。再看到归雁南飞，金兵南下，愤怒之火又在胸中烧起，所以句首着一“恨”字，力敌千钧，倾注了词人的满腔忧愤。这种爱国激情，使他对自己不能像谢安那样从容破敌感到惭愧，也对南宋将无良才感到深深的忧虑。虽然退居且愿一享隐居之乐，但他又挂念抗金大计，时刻关注前线，所以一首抒写晚年怀抱之词就表现得感情激越、悲凉、慷慨，充满了爱国忧民之情。

水调歌头[①]·九月望日

【宋】叶梦得

九月望日，与客习射西园，余偶病不能射，客较胜相先。将领岳德，弓强二石五斗，连发三中的，观者尽惊。因作此词示坐客。前一夕大风，是日始寒。

霜降碧天静，秋事[②]促西风。寒声隐地，初听中夜入梧桐。起瞰高城回望，寥落关河千里，一醉与君同。叠鼓闹清晓，飞骑引雕弓。

岁将晚，客争笑，问衰翁[③]。平生豪气安在，沈领为谁雄。何似当筵虎士[④]，挥手弦声响处，双雁落遥空。老矣真堪愧，回首望云中[⑤]。

注释

①水调歌头：词牌名，双调，上片九句，押四平韵，下片十句，押四平韵。上下片中的两个六言句，宋人常兼押仄声韵，也可平仄互韵或句句押韵。
②秋事：指秋收、制寒衣等事。
③衰翁：作者自称。
④虎士：勇士，指岳德。
⑤云中：指云中郎，为汉代北方边防重镇，以此代指边防。

译文

九月十五日，宾客们在西园练习射箭，我却因病不能练习，客人明显可以取胜。岳德将领，弓的力量比二石五斗还要多，仍能三发连中，观看的宾客都很吃惊。因此写下此词展示给宾客，前一天晚上还是大风，第二天就开始寒冷了。

九月霜降，碧天澄静，秋气回旋催促西风活动。半夜初听隐隐轻寒的风声，摇撼着萧萧落叶梧桐。强支病体登上高高的城墙上俯视顾望，唯见萧瑟的关山河水无边无际，拼上一醉与君辈豪饮同乐。阵阵战鼓闹醒了清晓，练兵场上骏马飞奔驰突，矫健的骑士个个拉满雕弓。

时光易逝，诸位缘何都笑问老翁。平生的豪气如今在哪儿？纵横驰骋，谁才是真正的英雄？我怎比席间如龙似虎的猛士，挥手处，弦声响，箭贯双雁坠落在遥远的蓝空。年华老大真感惭愧，但身衰心未老，回头望，心在北方的云中。

赏析

上片，首四句写与客习射西园的时间及当时的自然环境：深秋霜降，望天清澄，西风暂起，寒意阵阵，夜半时分，直入梧桐。西风凄紧，冬之将至，词人不由自主地想起前方将士，该是为他们准备过冬的粮饷，赶制棉衣御寒的时候了。他曾兼总四路漕计补给馈响，军用不乏，全力支持抗战，冬季来临，自然使他因关切前方而心绪不宁。“起瞰高城”三句，是说心事重重的词人起身离座，登上城楼，向中原望去，却见千里关河、寂寥冷落；他虽致力于抗战，无奈宋廷坚持苟和，抗金事业沉寂无着，面对冷落的关河，山河破碎、国土沦亡之悲涌上心头，沉痛难耐，只能借酒浇愁。宴饮之后，天将晓，军中鼓声响起，习武场上，武士们手持雕弓，走马飞驰，好一派习武驰射的豪壮场面，令人振奋不已。

下片写西园习射。面对众人驰驱习射，六十开外的词人深感自己年老力衰，当年的豪气现在已经消失，哪能像虎士岳德那样，挥手弦响，双箭落地。这里有对虎士的赞许，更有对自己衰老的感叹。敌虏未灭而己身已老，不能驰骋疆场，使他深感遗憾，最后以“老矣真堪愧，回首望云中”作结，直抒胸臆。词人虽因无力报国而惭愧，但他身老志不衰，心系“云中”，情结边防，在垂暮之年，还以抗击金兵，收复中原为己任，表现了一个老年抗金志士的壮伟胸怀。

本篇笔力雄杰，沉郁苍健，具有豪放风格。

赠梁任父母同年

【清】黄遵宪

寸寸山河寸寸金，
侉离[1]分裂力谁任。
杜鹃再拜忧天泪，
精卫[2]无穷填海心。

注释

①侉（kuǎ）离：分割。
②精卫：上古神话传说中，女娃是炎帝最小的女儿，后化作精卫。

作者名片

黄遵宪（1848—1905），晚清诗人，外交家、政治家、教育家。字公度，别号人境庐主人，汉族客家人。生于广东省梅州，光绪二年举人，历充师日参赞、旧金山总领事、驻英参赞、新加坡总领事，戊戌变法期间署湖南按察使，助巡抚陈宝箴推行新政。工诗，喜以新事物熔铸入诗，有“诗界革新导

师”之称。作有《人镜庐诗草》《日本国志》《日本杂事诗》，被誉为“近代中国走向世界第一人”。

译文

国家的每一寸土地我们都把它当成一寸黄金般去珍惜，如今被列强瓜分，谁才能担当起救国于危难的重任？

我便如杜鹃一样呼唤祖国东山再起，要学习精卫填海的精神，不把东海填平誓不罢休。

赏析

《赠梁任父同年》这首诗是1896年黄遵宪邀请梁启超到上海办《时务报》时写给梁的一首诗。诗中表现了作者为国献身，变法图存的坚强决心和对梁启超的热切希望。

诗题中梁任父即指梁启超，梁启超号任公，父是作者对梁的尊称，旧时“父”字是加在男子名号后面的美称。“同年”，旧时科举制度中，同一榜考中的人叫同年。

首句“寸寸山河寸寸金”。作者起笔便饱含深情地赞美祖国的大好河山，蕴涵着对大好河山的珍爱之情。如果联系当时的历史背景我们又会体会出作者内心的几多痛楚，这么好的河山却被列强瓜分殆尽，此种局面又怎不让人扼腕叹息、痛恨。

次句“侉离分裂力谁任”。侉（kuǎ）离，这里是分割的意思，意指当时中国被列强瓜分的现实。面对着山河破碎，风雨飘摇的受灾受难的国家，作者不禁仰天长问：什么人才能担当起救国于危难之中的重任。一片爱国激情溢于言表。

第三句“杜鹃再拜忧天泪”。杜鹃，传说中古代蜀国的国王望帝所化。望帝把帝位传给丛帝，丛帝后来有点腐化堕落，望帝便和民众一起前去劝说丛帝，丛帝以为望帝回来夺取皇位，就紧闭城门，望帝没有办法，但他誓死也要劝丛帝回头，最后化成一只杜鹃进入城里，对着丛帝苦苦哀哀地叫，直到啼出血来死去为止。丛帝也因此受到感动，变成了一个爱民如子的好皇帝。据传说望帝始终在叫着这样的话："民为贵，民为贵"。这里作者自比为杜鹃，表达了深切的忧国之情，表明自己愿意为国家像杜鹃一样啼叫哀求，呼唤国家栋梁之材，共同为国家出力。"再拜"，古代的一种礼节，先后拜两次，表示隆重，此处体现的是作者的拳拳爱国之心。

最后一句"精卫无穷填海心"。"精卫"，中国古代传说中的神鸟，本是炎帝的女儿，因游东海淹死在那里，灵魂便化为精卫鸟，不停地衔来西山之木石，誓把东海填平。后来用精卫填海这个典故作为力量虽然微弱，斗志却极坚强的象征。这句诗歌借精卫填海这一典故表达了自己——同时也勉励梁氏要像精卫那样，为挽救国家民族的危亡而鞠躬尽瘁，死而后已。

诵读此诗，觉字字含情，句句蕴泪，作者那一腔忧国报国之情，跃然纸上。其殷殷之心，皇天可鉴。

杜陵叟

【唐】白居易

杜陵①叟②，杜陵居，
岁种薄田③一顷余。
三月无雨旱风起，
麦苗不秀多黄死。
九月降霜秋早寒，
禾穗未熟皆青乾④。
长吏明知不申破⑤，
急敛暴征求考课⑥。

注释

①杜陵：西汉后期宣帝刘询的陵墓，所在地（今西安市三兆村南）原来是一片高地，滈、浐两河流经此地，宣帝断位后在此建造陵园。
②叟：年老的男人。
③薄田：贫瘠的田地。
④乾：通"干"。
⑤申破：申报。
⑥考课：古代指考查政绩。

典[7]桑卖地纳[8]官租，
明年衣食将何如？
剥我身上帛[9]，
夺我口中粟[10]。
虐人害物即豺狼[11]，
何必钩爪锯牙食人肉？
不知何人奏皇帝，
帝心恻隐[12]知人弊[13]。
白麻纸上书德音，
京畿[14]尽放今年税。
昨日里胥[15]方[16]到门，
手持敕牒[17]榜乡村。
十家租税九家毕，
虚受吾君蠲[18]免恩。

⑦典：典当。
⑧纳：交付。
⑨帛：丝织品。
⑩粟：小米，也泛指谷类。
⑪豺狼：豺和狼，比喻凶恶残忍的人。
⑫恻隐：见人遭遇不幸而有所不忍。
⑬弊：衰落；疲惫。
⑭京畿（jī）：国都及其行政官署所辖地区。
⑮里胥：古代指地方上的一里之长，负责管理事务。
⑯方：才，刚刚。
⑰牒（dié）：文书。
⑱蠲（juān）：除去，免除。

作者名片

白居易（772—846），字乐天，号香山居士，又号醉吟先生，祖籍太原，到其曾祖父时迁居下邽，生于河南新郑。唐代伟大的现实主义诗人，唐代三大诗人之一。白居易与元稹共同倡导新乐府运动，世称“元白”，与刘禹锡并称“刘白”。白居易的诗歌题材广泛，形式多样，语言平易通俗，有“诗魔”和“诗王”之称。官至翰林学士、左赞善大夫。公元846年，白居易在洛阳逝世，葬于香山。有《白氏长庆集》传世，代表诗作有《长恨歌》《卖炭翁》《琵琶行》等。

译文

杜陵老头居住在杜陵，每年种贫瘠的田地一顷多。

三月份没有雨刮着旱风，麦苗不开花多枯黄死。

九月份降霜秋天寒冷早，禾穗没熟都已经干枯。

官吏明明知道但不报告真相，急迫收租、凶暴征税以求通过考核得奖赏。

典当桑园、出卖田地来缴纳官府规定的租税，明年的衣食将怎么办？

剥去我们身上的衣服，夺掉我们口中的粮食。

虐害人伤害物的就是豺狼，何必爪牙像钩、牙齿像锯一样地吃人肉！

不知什么人报告了皇帝，皇帝心中怜悯、了解人们的困苦。

白麻纸上书写着施恩布德的诏令，京城附近全部免除今年的租税。

昨天里长才到门口来，手里拿着公文张贴在乡村中。

十家缴纳的租税九家已送完，白白地受了我们君王免除租税的恩惠。

赏析

诗歌的前半部分，作者的内心是很沉痛的。而诗歌后半部分一一开始，苦不堪言的“农夫”的命运似乎出现了一丝转机，“不知何人奏皇帝，帝心恻隐知人弊。白麻纸上书德音，京畿尽放今年税。”古时诏书用白纸颁布，唐高宗上元年间（674—676）改用“白麻纸”，因为白纸容易被虫蛀蚀。“书德音”，宣布恩诏，即下文所言减免赋税的诏令。“京畿”，古时用来称国都周围的地区。杜陵所在地属国都长安的郊区。白居易在诗里只说了“不知何人”，其实这位关心民生疾苦、视民如子的“何人”，根据史料记载正是白居易“本人”，是他上书宪宗，痛陈灾情之重，才使深居九重的皇帝动了恻隐之心，大笔一挥，居然免去了京城附近的灾区当年的赋税。读者看到这里，也会为颗粒无收的“杜陵叟”的命运松一口气。可是令作者万万没有想到的是，这一切只不过是障眼法而已，不管皇帝的免税是否出于真心，官吏是绝不肯照章办事的，因为这样一来，他们的政绩就要受到影响，他们的官路也会不再亨通。所以，他们自有一套阳奉阴违的“锦囊妙计”，那就是拖延不办，对此，白居易也是无可奈何的。

“昨日里胥方到门，手持敕牒榜乡村。”“里胥”是乡镇中的低级官吏，“榜”是张贴的意思。皇帝的免税诏书才刚刚由那班“里胥”们神气活现地公布到家家户户，可这一切已经无济于事了，因为“十家租税九家毕，虚受吾君蠲免恩。”一直要到绝大多数人家都“典桑卖地”，纳完租税之后，才将已经成为“一纸空文”的“敕牒”在乡村中张贴公布，这已经没有意义了。“里胥”们原本没有那么大的胆量，敢于欺上瞒下到如此地步，其实是由于朝廷上下沆瀣一气，朋比为奸。白居易对此心知肚明。吃苦的还是那些无依无靠的贫苦百姓。他们一苦天灾，二苦黑官，正所谓“苛政猛于虎”。

这首诗体现了作者视民如子的情怀，揭露了封建社会的黑暗与腐败。作者在《轻肥》诗中曾一针见血地控诉“是岁江南旱，衢州人食人！”在这首《杜陵叟》中，他更写到“虐人害物即豺狼，何必钩爪锯牙食人肉！”白居易在义愤填膺地写下上述的控词时，并没有意识到，他实际上已经触及了封建社会那人吃人的凶残野蛮的社会本质。事实上，每当灾荒严重之际，皇帝下诏蠲免租税，而地方官照样加紧盘剥勒索，不过是封建社会经常上演的双簧戏而已。宋代诗人范成大《后催租行》中提到：“黄纸放尽白纸催，卖衣得钱都纳却。”说的也是一回事。在宋代，皇帝的诏书用黄纸写，而地方官的公文用白纸写。而在封建社会中，能够对这种免的白免、催的照催的吃人双簧戏进行最早、最有力的批判的，正是唐代新乐府运动的旗手——白居易。

登新平[①]楼

【唐】李白

去国登兹楼[②]，
怀归伤暮秋。
天长落日远，
水净寒波流[③]。
秦云[④]起岭树，
胡雁[⑤]飞沙洲[⑥]。
苍苍[⑦]几万里，
目极[⑧]令人愁。

注释

①新平：唐朝郡名，即邠州，治新平县（今陕西彬县）。
②“去国”二句：谓思归终南隐居之处，即所谓“松龙旧隐”。去国：离开国都。兹楼：指新平楼。兹：此。
③寒波流：指泾水。
④秦云：秦地的云。新平等地先秦时属秦国。
⑤胡雁：北方的大雁。胡：古代北方少数民族的通称，这里指北方地区。
⑥洲：水中可居之地。
⑦苍苍：一片深青色，这里指旷远迷茫的样子。
⑧目极：指放眼远望。

作者名片

李白（701—762），字太白，号青莲居士，唐朝浪漫主义诗人，被后人誉为“诗仙”。祖籍陇西成纪（待考），出生于西域碎叶城，4岁再随父迁至剑南道绵州。李白存世诗文千余篇，有《李太白集》传世。762年病逝，享年61岁。其墓在今安徽当涂，四川江油、湖北安陆有纪念馆。

译文

离开国都登上这新平城楼，面对寥落暮秋怀归却不得归使我心伤。

天空辽阔，夕阳在远方落下；寒波微澜，河水在静静流淌。

云朵从山岭的树林上升起，北来的大雁飞落沙洲。

茫茫苍苍的几万里大地，极目远望使我忧愁。

赏析

李白怀着愤懑、失望的心情离开了长安。他登上新平城楼，远望深秋景象，时值暮秋，天高气爽，落日时分，登楼西望，目极之处，但见落日似比平日遥远；溪水清净，水波起伏，寒意袭人。此情此景，不禁引起了李白的怀归之情。他虽然壮志未遂，但并不甘心放弃自己的政治理想。他多么想重返长安，干一番事业。然而，希望是渺茫的。他望着那“苍苍几万里”的祖国大地，联想起在唐玄宗统治集团的黑暗统治下，一场深刻的社会危机正在到来，他为祖国的前途命运深深忧虑。因此，诗人发出了“极目使人愁”的感叹。

“去国登兹楼，怀归伤暮秋。”诗人通过交代事件发生的背景和情感，用铺叙手法描绘一幅离开长安登新平城楼、时值暮秋想念长安的伤感景致，以“怀”“归”“伤”“暮秋”等诗词烘托气氛，能起到点明题旨、升华主题的作用。

“天长落日远，水净寒波流。秦云起岭树，胡雁飞沙洲”写诗人登新平城楼时的所见所闻，借有巨大气势的事物和表现大起大落的动词，如“天”“日”“水”“云”“落”“寒”“流”“起”“飞”等，使得诗意具有飞扬跋扈又不失唯美伤感的气势。而“落日”“寒波”“秦云”“胡雁”则勾画出一副凄凉的暮秋景色，这正是诗人怀归忧国，但又无可奈何的渺茫心情的反映。

“苍苍几万里，目极令人愁”写诗人登新平城楼远眺后的感受，借景抒情，情含景中，既暗寓自己极度思念帝都长安的心情，又突显诗人为祖国的前途命运而产生“愁”绪，抒发自己的感叹，把情与景关联得十分紧密。结尾的“令人愁”和第二句的“伤暮秋”，遥相呼应，构成了全诗的统一情调。

诗体在律古之间，李白虽能律，却不是律之所能律。其诗是从古乐府古风一路行来，自成体势，不一定只限于律古。全诗语言精练，不失迅猛阔大的气势，极富韵味，寥寥数笔，却情意深长，流露出诗人因壮志未酬、处境困窘而忧伤的情怀。

猛虎行[①]

【唐】李白

朝作猛虎[②]行，
暮作猛虎吟。
肠断非关陇头水[③]，
泪下不为雍门琴[④]。
旌旗缤纷[⑤]两河道[⑥]，
战鼓惊山欲倾倒。
秦人[⑦]半作燕地囚，
胡马翻衔洛阳草。
一输一失关下兵，
朝降夕叛幽蓟[⑧]城。
巨鳌[⑨]未斩海水动，
鱼龙奔走安得宁。
颇似楚汉[⑩]时，
翻覆无定止。
朝过博浪沙[⑪]，

注释

①猛虎行：乐府旧题。《乐府诗集》卷三十一列入《相和歌辞·平调曲》。古辞云："饥不从猛虎食，暮不从野雀栖。野雀安无巢，游子为谁骄。"晋人陆机、谢惠连都赋有《猛虎行》诗，都表现行役苦辛，志士不因艰险改节。

②猛虎：多喻恶人，此喻安禄山叛军。

③陇头水：古乐府别离之曲《陇头歌辞》说"陇头流水，鸣声呜咽。遥望秦川，心肝断绝。"

④雍门琴：战国时鼓琴名家雍门子周所鼓之琴。

⑤缤纷：繁多而凌乱。

⑥两河道：谓唐之河北道和河南道，即现在的河南省、山东省、河北省和辽宁省部分地区。此二道于天宝十四载十一月已先后被安禄山叛军所攻陷。

⑦秦人：指秦地（今陕西一带）的官军和百姓。

⑧幽蓟：幽州和蓟州。在今北京市和河北省一带。

⑨巨鳌：此指安禄山。

⑩楚汉：楚和汉是两个国家名称，

暮入淮阴市。

张良[12]未遇韩信[13]贫，

刘项存亡在两臣。

暂到下邳受兵略，

来投漂母[14]作主人。

贤哲栖栖[15]古如此，

今时亦弃青云士。

有策不敢犯龙鳞[16]，

窜身南国避胡尘[17]。

宝书长剑挂高阁，

金鞍骏马散故人。

昨日方为宣城客，

掣铃交通二千石[18]。

有时六博[19]快壮心，

绕床三匝[20]呼一掷。

楚人每道张旭奇，

心藏风云[21]世莫知。

三吴邦伯多顾盼，

四海雄侠皆相推。

萧曹曾作沛中吏，

攀龙附凤[22]当有时。

指秦汉之际，项羽、刘邦分据称王的两个政权。

⑪博浪沙：在今河南省原阳县东南。

⑫张良：张良（？—前189），字子房，颍川城父人。秦末汉初杰出谋臣，西汉开国功臣，政治家，与韩信、萧何并称为“汉初三杰”。

⑬韩信：韩信（约前231—前196），淮阴（在今江苏淮安）人。西汉开国功臣、军事家、淮阴侯，兵家四圣之一，中国军事思想“兵权谋家”的代表人物。

⑭漂母：漂洗衣絮的老妇人。此用韩信典故。

⑮栖栖：急迫不安貌。

⑯龙鳞：本指皇帝的龙袍，这里代指皇帝。

⑰胡尘：指安史之乱战尘。

⑱二千石：指太守、刺史类的官员。汉代郡守俸禄为二千石，故以二千石称郡守。

⑲六博：古代的一种博戏。共有十二棋，六黑六白。

⑳匝：圈。

㉑风云：比喻韬略。

㉒攀龙附凤：此指君臣际遇。

溧阳[23]酒楼三月春，
杨花漠漠愁杀人。
胡人绿眼吹玉笛，
吴歌白纻[24]飞梁尘。
丈夫相见且为乐，
槌牛[25]挝鼓会众宾。
我从此去钓东海，
得鱼笑寄情相亲[26]。

㉓溧阳：即今江苏省溧阳市。
㉔白纻：即《白纻歌》，乐府曲名，为吴地歌舞曲。
㉕槌牛：此处槌牛谓宰牛。
㉖情相亲：谓知己。

译文

早上吟《猛虎行》，晚上也吟《猛虎行》。

我之所以潸然泪下与听《陇头歌》的别离之辞无关，也并非是因为听了雍门子周悲切的琴声。

河南河北战旗如云，咚咚的战鼓声震得山动地摇。

秦地的百姓半为燕地的胡人所虏，东都沦陷，胡人的战马已在洛阳吃草。

抗敌的官兵败退守至渔关之下，将帅被诛，实是大大的失策。幽蓟之地的城池朝降夕叛。

安禄山这只翻江倒海的巨鳌未除，朝野上下君臣百姓奔走不暇，不得安静。

这就和楚汉相争时的情况一样，双方翻来覆去，胜负不见分晓。

我到过博浪沙和淮阴市，想起了张良和韩信这两位决定楚汉命运的人物。

那时张良未遇，韩信穷苦潦倒。张良在下邳受了黄石公的兵书时，韩信还在淮南依靠漂母的接济为生。

自古以来贤哲之士都栖栖惶惶，不得其所。而如今也是如此，将青云之士弃而不用。

我胸有灭胡之策，但不敢触怒皇帝，只好逃奔南国以避战乱。

却敌的宝书和玉剑，只好束之高阁、挂在壁间，杀敌的金鞍宝马也只好送给了朋友。

昨日还在宣城作客，与宣州太守交游。

心中的郁愤无从发泄，只好玩玩赌博游戏，绕床三匝，大呼一掷，以快壮心。

楚人都说张旭是位奇士，胸怀韬略而世人不晓。

三吴的官长都特别垂青他，四海的英侠们都争相追随他。

萧何和曹参也作过沛中的小吏，他们后来都有了际遇风云的机会。

阳春三月，在溧阳酒楼相会，楼前的杨花茫茫，使人惆怅。

楼上酒筵上绿眼的胡儿在吹玉笛，瓯女唱着吴歌《白纻》，余音绕梁。

大丈夫相见应饮酒行乐，宰牛擂鼓，大会众宾。

我从此就要去东海垂钓，钓得大鱼即寄予诸位知己，与你们共享知交之情。

赏析

全诗共分三段。从开始至“鱼龙奔走安得宁”为第一段，叙述安禄山攻占东都洛阳，劫掠中原的暴行及诗人眼见河山破碎，社稷危亡，生灵涂炭，忧心如焚的思想感情。诗中将安禄山叛军比作吃人的猛虎。对安史叛乱，大唐帝国危在旦夕的局势，诗人十分焦虑。他肠断泪下，为国家的安危、人民的灾难痛哭。以下八句写胡兵掳掠洛阳，时局混乱、国衰民亡的惨状，亦即诗人伤心的原因。“旌旗缤纷两河道，战鼓惊山欲倾倒。”安禄山叛乱时，河北道、河南道相继陷落，被胡人所占领。安禄山攻破洛阳后，朝廷派大将高仙芝率兵至陕州（今河南三门峡市）抵抗，被安史乱军所败，成了安禄山的俘虏，因为他的部下多是关中人（即秦人），禄山的军队多是燕人，因此说“秦人半作燕地囚”；东都陷落，胡骑遍于市郊，故而说“胡马翻衔洛阳草”。第一段将洛阳沦陷后敌焰猖狂，天下遭乱的情景及诗人忧心如焚的心情，生动形象地刻画出来。

从“颇似楚汉时”至“绕床三匝呼一掷”为第二段。此段借张良、韩信未遇的故事，抒发诗人身遭乱世，不为昏庸的统治者任用，虽胸怀“王霸大略”、匡世济民之术，也无处施展，无奈地随逃难的人群“窜身南国”的感慨。安史乱军来势凶猛，东都洛阳很快沦陷，战争的局势颇似楚汉相争时，呈拉锯状态。这使李白联想起历史上决定汉朝命运的杰出的谋臣和大将——张良和韩信。他们在未遇之时，境况也与自己目前的状况差不多。张良在博浪沙槌击秦始皇，误中副车，被秦追捕，他只能更名改姓，亡命下邳（今江苏邳州市），在下邳桥上遇黄石公，授他《太公兵法》。韩信最初在淮阴（今江苏淮阴）市曾受市井无赖的胯下之辱，无以为生，钓于城下。受漂絮的老妇的饭食充饥。后来韩信投汉，汉高祖一开始也未重用他，他月夜逃亡，演了一出“萧何月下追韩信”。

像张良和韩信这样的贤才智士尚且有困顿不遇之时，像汉高祖那样的明君还有不明之时，“今时亦弃青云士”就不足为怪了。李白在安史之乱未发前，就曾单身匹马闯幽州，探安禄山虚实。公元754年（天宝十三年）曾三入长安，欲向朝廷报告安禄山欲反叛的情状，无奈唐玄宗十分昏聩，凡是告安禄山欲反的人，都被送给安禄山发落。李白因此“有策不敢犯龙鳞，窜身南国避胡尘”了。传说龙的颈下有逆鳞径尺，若触动他的逆鳞，则必怒而伤人，这里以此喻皇帝喜怒无常，不喜听批评意见。愤慨之余，诗人只好“宝书长剑挂高阁，金鞍骏马散故人”。表面上看起来是很旷达，其实所表达的是对朝廷不用贤才的深切愤懑。诗人无事可做，只好在诸侯门里做客。刚刚在宣城太守家里做筵上客，此时又在溧阳府上当座上宾。自己的满腔豪情和壮志无处抒发，唯有在赌博场中吆五喝六，搏髀大呼，以快壮心，一吐愤懑。

从“楚人每道张旭奇”至诗末为第三段。前六句盛赞大书法家张旭的才能和为人，后六句写在溧阳酒楼和众宾客及张旭饮宴的情景，最后两句写自己欲钓鳌东海的胸襟和抱负，表达自己壮志未已，仍旧伺机报国立功的思想。

《庄子·外物篇》中所说的任公子所钓的“大鱼”“白波若山，海水震荡，声侔鬼神，惮赫千里”，就是指此诗开头所说的使得海水震动的“巨鳌”，或诗中屡次提起的“长鲸”。“巨鳌”和“长鲸”在李白的很多诗中都是指安史叛军的。因此，东海钓鳌，当喻指寻找平叛报国机会。

金陵新亭

【唐】李白

金陵风景好，
豪士[①]集新亭[②]。
举目山河异[③]，
偏伤周顗情。
四坐楚囚[④]悲，
不忧社稷倾[⑤]。
王公[⑥]何慷慨，
千载仰雄名。

注释

①豪士：指西晋灭亡后，从中原逃到江南的豪门士族、王公大臣。
②新亭：又名中兴亭，三国时吴建，故址在今江苏省南京市南。
③山河异：指西晋灭亡，晋元帝司马睿逃到金陵建立了东晋王朝，山河已经改变。
④楚囚：据《左传·成公九年》载，楚国的钟仪被俘，晋人称他为楚囚。后世用楚囚指俘虏或者窘迫无法的人。这里指穷困丧气的东晋士族官吏。
⑤社稷倾：国家灭亡。西晋末年，五胡为乱，刘曜攻陷长安，晋愍帝被俘，西晋灭亡。
⑥王公：即王导。

译文

金陵风光优美，豪强会聚到新亭。

放眼中原，满目疮痍，河山不复繁荣如旧，周颐情结大伤。

大家坐在这里如同楚囚一样悲怨，谁真正为国家的命运着想。

王导公何其慷慨激昂，千秋万代留下美名。

赏析

李白在《金陵新亭》中，怀想东晋王导的爱国壮语，无限感慨，不禁对王导的英雄气概，表示由衷的赞美。作品首二句“金陵风景好，豪士集新亭”，说明金陵的豪士们在游览胜地新亭聚会。中间四句“举目山河异，偏伤周顗情。四坐楚囚悲，不忧社稷倾”用极其简练的语言，概括了历史上的具体事实。周顗眼看新亭风景没有变化而社会动乱，山河易色，悲从中来，大为哀叹。参加饮宴的人都像被拘禁的楚囚那样，忧伤流泪，只有王导激愤地说：“我们应当共同努力建功立业，光复神州，怎么能如楚囚一般相对哭泣!”这些爱国壮语，李白并未写入诗中，却在末二句融合成真诚颂扬的话：“王公何慷慨，千载仰雄名。”大诗人不轻易给人以高度赞语，这两句人物总评，是很有分量的。

诗的主线和核心是歌颂爱国志士王导。构成这一历史事件的矛盾的焦点，是爱国思想和消极、悲观情绪的斗争。诗歌如果按照历史事件原型，全盘托出，那就成为平板叙述，缺乏艺术光彩。李白选取了周额绝望哀鸣，众人相对哭泣这一典型场景，微妙地熔铸成为四行具有形象性的诗句：“举目山河异，偏伤周颉情。四坐楚囚悲，不忧社稷倾。”篇末把王导的爱国壮语“当共勤力王室，克复神州，何至作楚囚相对泣耶”曲折地化用成高度赞美爱国志士的诗句“王公何慷慨，千载仰雄名”。可以看出李白在诗歌取材典型化上的功力。

这首怀古诗在感情的抒发方面，不是平铺直叙的，如果直白自述，则易陷入板滞。作品感情显现的节奏是：首联淡淡引出，次联接触矛盾，三联矛盾有深化，末联解决矛盾，达到审美高潮。可以看出李白在诗歌内在思维布局上的功力。

秋 望

【明】李梦阳

黄河水绕汉宫墙①，
河上秋风雁几行。
客子过壕②追野马，
将军弢箭③射天狼。
黄尘古渡迷飞挽④，
白月横空冷战场。
闻道朔方⑤多勇略，
只今谁是郭汾阳⑥。

注释

①汉宫墙：实际指明朝在大同府西北所修的长城，它是明王朝与鞑靼部族的界限。

②客子：指离家戍边的士兵。过壕：指越过护城河。

③弢（tāo）箭：将箭装入袋中，就是整装待发之意。

④飞挽：快速运送粮草的船只，是“飞刍挽粟”的省说，指迅速运送粮草。

⑤朔方：唐代方镇名，治所在灵州（今宁夏灵武西南），此处泛指西北一带。

⑥郭汾阳：即郭子仪，唐代名将，曾任朔方节度使，以功封汾阳郡王。

作者名片

李梦阳（1472—1530），字献吉，号空同，汉族，庆阳府安化县（今甘肃省庆城县）人，迁居开封，工书法，得颜真卿笔法，精于古文词，提倡“文必秦汉，诗必盛唐”，强调复古，《自书诗》师法颜真卿，结体方整严谨，不拘泥规矩法度，学卷气浓厚。明代中期文学家，复古派前七子的领袖人物。

译文

滚滚黄河水环绕着长安，河上秋风阵阵，几行大雁从空中飞过。

戍边的士兵越过护城河时尘沙阵阵，将军整装待发，准备抗击敌军。

黄河渡口尘土飞扬，运输粮草的车队、船队一派繁忙。明月当空，战场格外空寂、悲凉。

听说北方有许多英勇善战而又富于谋略的将军，只是再也没有郭子仪那样的人物。

赏析

明代弘治年间，鞑靼屡扰，西北边境多有战事。李梦阳出使前线，有感而发，遂成此诗。首联以黄河、长城、秋风、飞雁等，构成北方边陲特有的景象，气象开阔而略带萧瑟之感。颔联写前方将士踌躇满志的勇武形象，与首联相映衬，烘托战事将起的紧张气氛。颈联分别选取战前紧张忙碌的场面与冷月当空的凄清之境，对比强烈，引人遐思。尾联由此生发，借助郭子仪之典，表达诗人深深的隐忧与热切期待，情感复杂而耐人寻味。

全诗紧扣诗题"秋望"二字落笔。诗中之景，无非"望"中所见，无不透出凄清肃杀的秋的气息。从首联两句都写到黄河来判断，诗人登临眺望的地点，很可能是在黄甫川堡。这里，边墙在侧，地近黄河，故水绕边墙之景首先映入诗人的视野。次句写秋雁南飞，既点明了节令，也使诗的境界愈见空阔、苍凉。

"客子过壕追野马，将军弢箭射天狼"。写备战中的士卒与将军。"追野马"与"射天狼"对举，不必作如实的理解，这两句只是说，战士过壕越沟，纵马驰骋，其快若风，如追野马；将军则全副戎装，弯弓搭箭，满引待发。这一联写出了训练场上将士们的活动，表现了他们情绪饱满、意气风发的精神风貌，还揭示出他们行为的思想基础——"射天狼"以保国安民的崇高理想。

颈联上句"黄尘古渡迷飞挽"所写，是诗人视线从训练场移开后在黄河渡口见到的景象。这里，尘土飞扬，运输粮草的车队、船队一派繁忙。

颈联下句"白月横空冷战场"所写，时、地都已转换。其时月

亮升起来了。诗人的目光从熙来攘往的黄河渡口移到了洒满月光的寂无人声的清冷的古战场上。这是战争爆发前的沉寂，练兵场上的紧张与黄河渡口的繁忙预示着战争即将来临，诗人的心不觉收紧了。一个“冷”字虽是专用以描写古战场的清冷，但也隐隐透出诗人心上的那份寒意。

尾联抒情，从前三联望到的景象中自然转出。诗人深知，战斗的交败，主帅起着决定性的作用。他经常听人说北方多有英勇善战而又富于谋略的将军，在唐代平定安史之乱、大破吐蕃的郭子仪便是其中最为杰出的一个。诗人感慨当时统兵的将军中再也没有郭子仪那样的人物，不禁为战争的前途充满了忧虑和担心。

李梦阳不希望再见到劳师动众、师老兵疲、战火连绵的情况，对于朝廷用人不当、指挥失宜也十分不满，故而在《秋望》等诗中一再呼唤郭子仪式的人物再世。

新秋夜寄诸弟

【唐】韦应物

两地俱秋夕，
相望共星河[①]。
高梧一叶下，
空斋[②]归思多。
方用[③]忧人瘼[④]，
况自抱微痾[⑤]。
无将别来近，
颜鬓[⑥]已蹉跎。

注释

①星河：银河。
②空斋：萧条的居室。
③用：因为。
④人瘼（mò）：即民瘼，民生疾苦。因避唐太宗李世民之讳而不用“民”。
⑤微痾：小病。
⑥颜鬓：容颜，鬓发。

作者名片

韦应物（737—792），唐代诗人，汉族，长安（今陕西西安）人。今传有10卷本《韦江州集》、两卷本《韦苏州诗集》、10卷本《韦苏州集》。散文仅存一篇。因出任过苏州刺史，世称“韦苏州”。诗风恬淡高远，以善于写景和描写隐逸生活著称。

译文

我与诸弟相隔于两地，在这秋天的夜晚，能与诸弟共望的，只有天上星河而已。

高高的梧桐树飘下一片枯叶。我独坐在空空的书斋里，思念着故乡亲人。

朝廷刚刚重用我，我生怕不能解除人民的灾难和忧患，况且自己的身体本来就不太好。

虽然十分思念诸弟，但毕竟分别时间不算太久，还是不要过于在意这短期的分别，以至颜鬓苍老，岁月失时。

赏析

首二句言新秋，但从中已流露思弟之苦：“两地俱秋夕，相望共星河。”这两句，“俱秋夕”的“俱”字，从两地落笔，点出与弟相思难会之苦；而秋风萧索之夕，更从季候中烘衬出一层悲凉之色。“共星河”的“共”字，反衬出“星河”之外，其他别无可共。从而使人由今夕而想到已往。昔日在京，家庭欢聚，同桌共餐，携手同游，文津共渡，诗文同赏，无话不论，何等欢欣；而今“共望”的，却只是“星河”在天。一个“共”字，反衬出诗人极其寂寞之感，透出诗人极其忆昔之情。

如果说首二句把兄弟的相思和思归之心还暗藏于字面之后，那么，次二句的这种感情表现得就更加明显了：“高梧一叶下，空斋归思多。”俗话说“一叶落而知天下秋”。这高大的梧桐树上，秋风偶吹黄叶落地，便引起诗人无限的思归之情。“高梧”对“空斋”，虽是衙署中实有之景，却正契合了诗人心境空寂的情愫；“一叶下”对“归思多”，表面是因果关系的对仗，好像因“叶下”而生“归思”之想，实则是因“归思多”才更注意节候的变化，由此衬出诗人思念诸弟之殷切。念弟思归毕竟是个人小事，从政爱民才是职责大事。作为清正的官吏，诗人在这一点上是看得很清楚的。因而接下去写道：“方用忧人瘼，况自抱微痾。”为递进之语，为尾联内容转折作铺垫。“无将别来近，颜鬓已蹉跎。”两句的言下之意是一定要好好从政爱民，切不可因思念诸弟而使岁月蹉跎。劝勉自己不要因念诸弟而变得苍老，正说明思弟情深，难于忘怀。

这首诗语言浅近，感情深挚，诗人能把个人小事置于从政大事之下，体现了一位清正官吏应有的思想品格。诗虽是古体，但有些诗句却清丽而又对仗工稳，情深而又不独溺于己情，表现了诗人娴熟的写作技巧。

河　湟[①]

【唐】杜牧

元载[②]相公曾借箸，
宪宗皇帝亦留神[③]。
旋见衣冠就东市[④]，
忽遗弓剑[⑤]不西巡。
牧羊[⑥]驱马虽戎服，
白发丹心尽汉臣。

注释

①河湟：指今青海省和甘肃省境内的黄河和湟水流域，唐时是唐与吐蕃的边境地带。

②元载：字公辅，唐代宗时为宰相，曾上书代宗，对西北边防提出一些建议。

③留神：指关注河湟地区局势。

④东市：代指朝廷处决罪犯之地。

⑤遗弓剑：指唐宪宗死。古代传说黄帝仙去，只留下弓剑。

⑥“牧羊”两句：这里是借苏武来比喻河湟百姓身陷异族而忠心不移。

唯有凉州⑦歌舞曲，
流传天下乐闲人。

⑦凉州：原本是唐王朝西北属地，安史之乱中，吐蕃乘乱夺取。李唐王室出自陇西，所以偏好西北音乐。

作者名片

杜牧（803—约852），字牧之，号樊川居士，汉族，京兆万年（今陕西西安）人，唐代诗人。杜牧人称“小杜”，以别于杜甫。与李商隐并称“小李杜”。因晚年居长安南樊川别墅，故后世称“杜樊川”，著有《樊川文集》。

译文

元载相公曾具体筹划过收复河湟，宪宗皇帝对此事关心也格外留神。

不久却见大臣身穿朝服就刑东市，皇上也突然驾崩来不及实施西巡。

河湟百姓虽然穿着戎服牧羊驱马，可是他们白发丹心仍是唐朝臣民。

只有产生于凉州的动人的歌舞乐曲，流传天下让富贵闲人都感到快乐。

赏析

此诗可分为两层。前四句一连使用了三个典故。“借箸”，用张良的故事，不仅用来代“筹划”一词，而且含有将元载比作张良的意思，从而表明诗人对他的推重。“衣冠就东市”，是用晁错的故事，意在说明元载的主张和遭遇与晁错颇为相似，暗示元载留心边事，有经营的策略。杜牧用晁错做比较，表现出对晁错的推重和惋惜。“忽遗弓剑”采用黄帝乘龙升仙的传说，借指宪宗之死，并暗指宪宗喜好

神仙，求长生之术。这里，诗人对宪宗被宦官所杀采取了委婉的说法，流露出对他猝然逝世的叹惋。以上全用叙述，不着议论，但诗人对河湟迟迟不能收复的感慨却溢于言表。

后四句用强烈的对照描写，表达了诗人鲜明的爱憎。河湟百姓尽管身着异族服装“牧羊驱马”，处境十分艰难屈辱，但他们的心并没有被征服，白发丹心，永为汉臣。至于统治者，诗人不用直接描写的手法，而是抓住那些富贵闲人陶醉于原先从河湟传入京城的轻歌曼舞这样一个细节，便将他们的醉生梦死之态揭露得淋漓尽致。

这首诗的写法有两个特点。一是用典故影射时事。元载、宪宗、张良、晁错、苏武等皆已作古，而其故事各具内涵。二是用转折和对比。前四句在意思上即为两组转折，突出壮志难酬的历史遗憾；后四句是将白发丹心的汉臣与沉迷歌舞的“闲人”对比，这里的“闲人”又与前四句中有安边之志的元载、宪宗形成对比。全诗寄寓了很深的讽刺含义。

这首诗的前四句叙元载、宪宗事，采用分承的方法，第三句承首句，第四句承次句。这样写不仅加强了慨叹的语气，而且显得跌宕有致。第三联正面写河湟百姓的浩然正气。“虽”和“尽”两个虚字用得极好，一抑一扬，笔势拗峭劲健。最后一联却又不直抒胸臆，而是将满腔抑郁不平之气故意以旷达幽默的语气表达出来，不仅加强了讽刺的力量，而且使全诗显得抑扬顿挫，余味无穷。这首诗，写得劲健而不枯直，阔大而显深沉，正如明代杨慎《升庵诗话》所说：“律诗至晚唐，李义山而下，惟杜牧之为最。宋人评其诗豪而艳，宕而丽，于律诗中特寓拗峭，以矫时弊。”这首《河湟》鲜明地体现出这种艺术特色。

将赴吴兴登乐游原[1]一绝

【唐】杜牧

清时[2]有味是无能，

注释

①吴兴：即今浙江省湖州市。乐游原：在长安城南，地势高敞，可以眺望，是当时的游览胜地。

②“清时”句：意谓清平无所作为

闲爱孤云静爱僧。
欲把一麾[3]江海去，
乐游原上望昭陵[4]。

之时，自己方有此闲情。
③一麾（huī）：旌旗。
④昭陵：唐太宗的陵墓。

译文

天下太平之时，像我这般无大才的过得很有兴味，闲时喜欢如孤云般逍遥悠闲，静时就如老僧般静空恬淡。

我将手持旌麾，远去江海，临去之前，到乐游原上去西望那位文治武功煊赫一时的明君唐太宗的陵墓。

赏析

此诗先说自己才华平庸，喜欢如孤云般自在，如和尚般清净，表达了一种闲适的生活意趣；然后写自己临上任前对长安的不舍，回望唐太宗的昭陵，表达了想出守外郡为国出力，又不忍离京的忠君爱国之情。全诗以登乐游原起兴，以望昭陵戛止，是一篇难得的佳作。

杜牧这首诗采用了“托事于物”的兴体写法，表达了爱国之情，称得上是一首“言在此而意在彼”“言已尽而意有余”的名篇。

杜牧不但长于文学，而且具有政治、军事才能，渴望为国家做出贡献。当时他在京城里任吏部员外郎，投闲置散，无法展其抱负，因此请求出守外郡。对于这种被迫无所作为的环境，他当然是很不满意的。诗从安于现实写起，反言见意。武宗、宣宗时期，牛李党争正烈，宦官擅权，中央和藩镇及少数民族政权之间都有战斗，根本算不上“清时”。诗的起句不但称其时为“清时”，而且进一步指出，既然如此，没有才能的自己，倒反而可以借此藏拙，这是很有意趣的。次句承上，点明“闲”与“静”就是上句所指之“味”。而以爱孤云之闲见自己之闲，爱和尚之静见自己之静，这就把闲静之味这样一种抽象的感情形象地显示了出来。

第三句一转。汉代制度，郡太守一车两幡。幡即旌麾之类。唐时刺史略等于汉之太守。这句是说，由于在京城抑郁无聊，所以想手持旌麾，远去江海。（湖州北面是太湖和长江，东南是东海，故到湖州可云去江海。）第四句再转。昭陵是唐太宗的陵墓，在长安西边礼泉县的九嵏山。古人离开京城，每每多所眷恋。但此诗写登乐游原，独望昭陵，则是别有深意的。唐太宗是唐代、也是我国封建社会中杰出的皇帝。他建立了大唐帝国，知人善任，唯贤是举。诗人登高纵目，西望昭陵，就不能不想起当前国家衰败的局势及自己娴静的处境来，而深感生不逢时之可悲可叹了。诗句虽然只是以登乐游原起兴，说到望昭陵，戛然而止，不再多写一字，但其对祖国的热爱，对盛世的追怀，对自己无所施展的悲愤，无不包括在内。写得既深刻，又简练；既沉郁，又含蓄，真所谓“称名也小，取类也大”。

登乐游原①

【唐】杜牧

长空澹澹②孤鸟没，
万古销沉向此中。
看取汉家何事业，
五陵③无树起秋风。

注释

①乐游原：古地名，遗址在今陕西省西安市内大雁塔东北，是当时有名的游览胜地。

②澹澹：广阔无边的样子。

③五陵：汉代五个皇帝的陵墓，分别为汉高祖刘邦的长陵、汉惠帝刘盈的安陵、汉景帝刘启的阳陵、汉武帝刘彻的茂陵、汉昭帝刘弗陵的平陵。

译文

天空广阔无边，鸟儿消失在天际，古时的遗迹消失在这荒废的乐游原里。

想要报效祖国建功立业。那五陵的树木都在那萧瑟的秋风中。

赏析

“长空澹澹孤鸟没，万古销沉向此中。”上联描写了乐游原的景色，渲染了凄凉的气氛。登临乐游原，只见孤鸟远飞，沧海桑田，人事变迁，唯有长空永在。寓情于景，情景交融，体现了诗人对物是人非、夕盛今衰的感慨之情，及对执政者的劝勉忠告。诗人在此展示了永恒的宇宙对有限的人事的销蚀，深感兴亡迭代，终在无限的宇宙中归于寂灭，可见诗人感慨之深。

“看取汉家何事业，五陵无树起秋风。”下联萧瑟凄凉，衰败的景色使诗人对历史的风云变幻、人世沧桑发出由衷的感慨。诗人从纵横两方面，即地理和历史的角度，分别进行观览与思考，从而表达出登楼远眺时的感受。用典的修辞手法，凝练含蓄，反用汉武帝《秋风辞》“秋风起兮白云飞”，言汉朝之英雄伟业皆已成历史陈迹，自己想报效祖国，建功立业，驱除侵略者，抱有崇高的爱国热情，感喟之情极深。

题青泥市萧寺①壁

【宋】岳飞

雄气堂堂贯斗牛②，
誓将直节报君仇③。
斩除顽恶还车驾，
不问登坛万户侯④。

注释

①青泥市萧寺：在今江西省新干县。
②贯斗牛：形容胆气极盛，直冲云霄。斗（dǒu）牛：二十八宿中的斗宿和牛宿，星座名，这里指天空。
③君仇：宋徽宗、宋钦宗被金人掠到五国城（今黑龙江依兰）。
④登坛：升登坛场。古代帝王即位、祭祀、会盟、拜将，多设坛场，举行隆重仪式。这里指拜将封侯得高官。万户侯：食邑万户的侯官。这里指获厚禄。

译文

我的杀敌之气直冲霄汉，发誓凭坚贞的气节为君王报仇。斩除金人迎回君王的车驾，不图谋拜将封侯、高官厚禄。

赏析

读该诗，自然想到作者《满江红》词中“怒发冲冠”“靖康耻，犹未雪；臣子恨，何时灭。驾长车，踏破贺兰山缺”的描写，两相比较，皆直抒胸臆，气势健举，可互为诠解。本诗中作者表达必将一雪靖康之耻，迎接君王车驾还朝的忠君之情，是一种报效祖国，誓死捍卫国家尊严的爱国之情。同时需要指出的是，在古代，忠君与爱国在一般人眼里是同一的，岳飞也不例外，这是时代的局限。

该诗开头“雄气”之“气”，即为诗眼，诗人之怨气、将军之怒气、爱国者的浩然正气，直冲云霄。“君仇”未报，如何报仇？作者要斩除敌人迎回君王，为民族大义，非一己利益。末句掷地有声，振聋发聩，凸现出诗人的形象与品格。结合诗人的人生行事，鉴赏者读此诗自不会因其平直显露，而否认其特有的艺术感染力。

从另一个角度来说，第一句是全诗的主旋律，这种直冲霄汉的英雄之气，使岳飞义无反顾，勇往直前。第二句的“君仇”，指金兵掳掠徽、钦二帝北去一事，他鞍马征战的目的就是要收复失地，雪靖康之耻。因此接下来，第三句表示要迎接二帝还朝。最后一句展示了岳飞的思想境界。作为一员战将，出生入死，不为拜将封侯、高官厚禄，只是为了忠君王，一雪国耻。这种“功成不受爵，长揖归田庐”的理想，是中国古代高尚士人们的人生追求。

文学史上，岳飞的诗名不显，但这首诗却豪气流贯，激昂壮烈，具有鲜明的个性和强烈的感染力。

送紫岩张先生[1]北伐

【宋】岳飞

号令风霆[2]迅，

天声[3]动北陬[4]。

注释

①紫岩张先生：指抗金名将张浚，诗人朋友。

②风霆：疾风暴雷。形容迅速。

③天声：指宋军的声威。

④北陬（zōu）：大地的每个角落。

长驱渡河洛[5]，
直捣向燕幽。
马蹀[6]阏氏[7]血，
旗枭可汗[8]头。
归来报明主，
恢复旧神州。

⑤河洛：黄河、洛水，这里泛指金人占领的土地。
⑥蹀（dié）：踏。
⑦阏氏（yān zhī）：代指金统治者。匈奴的王后，这里代指金朝侵略者。
⑧可汗（kè hán）：古代西域国的君主，这里借指金统治者。

译文

军中的号令好似疾风暴雷，官军的声威震动了大地的每个角落。

军队长驱直入，必将迅速收复河洛一带，一直攻打到幽燕一带。

战马踏着入侵之敌的血迹，旗杆上悬挂着敌国君主的头颅。

官军胜利归来，把好消息报告皇帝："收复了失地，祖国又得到了统一。"

赏析

这首诗颂扬张浚指挥有方，号令畅达，致使宋军的声威震撼天下（包括北方原境内外的各个角落）。这首诗不是一般的赠送酬答之作，而是一首雄伟嘹亮的进行曲，一首爱国主义的佳作。

"号令风霆迅，天声动北陬"，号令是北伐出师的号令，天声是大宋天朝的声音，这声音，北方遗民父老盼了好久好久。范成大《州桥》诗云："州桥南北是天街，父老年年等驾回。忍泪失声询使者，几时真有六军来?"有了这样的基础，北伐号令一出，即如飓风雷霆迅速传播，很快震动了最北边的角落。用这种天风海雨之势超笔，充分衬出民心士气的雄壮和誓复故土的决心，使全诗充溢着高昂亢奋的情调。

“长驱渡河洛，直捣向燕幽”，预言战事，充满必胜信心。“长驱”“直捣”，势如破竹。渡黄河是为了恢复宋朝旧疆，“向燕幽”则是要收复后晋石敬瑭割让给契丹的燕云十六州，这乃是大宋自太祖、太宗而下历代梦寐以求、念念不忘的天朝基业！

“马蹀阏氏血，旗枭可汗头”，用马蹄践踏阏氏的血肉，把可汗的人头割下来挂在旗杆上示众。“阏氏”“可汗”这里指金朝侵略者。这种必欲置之死地而后践踏之的痛愤，不正是《满江红》中“壮志饥餐胡虏肉，笑谈渴饮匈奴血”的另一种说法。

“归来报明主，恢复旧神州。”想象凯旋的情景，其发自内心的喜悦，也正与“待从头、收拾旧山河，朝天阙”相似，表达了岳飞长期的夙愿，也是他和张浚的共同理想。

全诗气势高昂，声调铿锵，充满着浓厚深沉的爱国主义情感和豪迈雄壮的英雄主义气概。

酹江月①·秋夕兴元②使院作，用东坡赤壁韵

【宋】胡世将

神州沉陆，问谁是、一范一韩③人物。北望长安④应不见，抛却关西半壁。塞马晨嘶，胡笳夕引，赢得头如雪。三秦⑤往事，只数汉家三杰⑥。

试看百二山河⑦，奈君门万里，六师不发。阃外⑧何人，回首处、铁骑千群都灭。拜将台⑨欹，怀贤阁⑩杳，空指冲冠发。阑干拍遍，独对中天明月。

注释

①酹（lèi）江月：词牌名。又名《大江东去》《念奴娇》《赤壁词》《百字令》

《壶中天》等。有平韵、仄韵两体。仄韵体多见，正体为双调百字，上下阕皆十句四人韵。平韵正体唯改仄韵为平韵。
②兴元：秦时名南郑，为汉中郡治所，在今天的陕西汉中市。
③一范一韩：范指范仲淹，韩指韩琦。范韩二人曾主持陕西边防，西夏不敢骚扰。
④长安：借指汴京，代表已被金人占领的中原大地。
⑤三秦：当年项羽入咸阳后，把关中分封给秦降将章邯、司马欣、董翳，为三秦。
⑥汉家三杰：指汉初名臣张良、萧何、韩信。
⑦百二山河：形容关中形势险要，二人扼守，敌百人。
⑧阃（kǔn）外：指朝廷之外，或指边关。“阃外”句指高宗建炎四年（1130年）浚合五路兵马与金兀术战于富平（甘肃灵武），诸军皆败之事。
⑨拜将台：指刘邦拜韩信为大将之台，在陕西西部。
⑩怀贤阁：是宋代为追怀诸葛亮而建的阁，在陕西凤翔东南。

作者名片

胡世将（1085—1142），字承公，宋朝名臣、诗人。宋徽宗崇宁五年（1106）登进士第。在绍兴十年（1140）任川陕宣抚副使期间，面对金军的大举进攻，调兵遣将，屡挫金兵，使分屯各地的西北宋军“得全师而返”，为保卫西北边陲做出了贡献。绍兴十二年（1142），胡世将病逝，年五十八。初谥为“忠献”，后改谥“忠烈”。有《胡忠献集》六十卷，今已散佚。《全宋诗》《全宋词》《陕西通志》等录有其诗词作品。

译文

我神州大地沦丧，试问谁会成为范仲淹、韩琦式的人物来保家卫国。中原已失，连函谷关以西的大半儿土地也抛弃了。在边塞，我清晨骑在嘶鸣的马背上出营，晚上伴着胡笳声宿营，所赢得的不过是满头的白发。收复“三秦”，只有仰仗汉初三杰再世了。

关中易守难攻，怎奈朝廷远在万里之外，又不肯发兵抗敌。主张议和的人谁还记得边关的耻辱——诸路兵马都几乎被灭。拜将台歪在一边，怀贤阁不见踪影，我怒发冲冠又有什么用。拍遍栏杆，只能独自仰望天空中的明月。

赏析

宋高宗绍兴十年（1140），胡世将任川陕宣抚副使，积极抗金，刘琦、岳飞、韩世忠等也在中原重击金兵，抗金形势大好。但不久，朝廷任用秦桧，力主和议，罢斥一批抗战人士，把淮河至大散关以北土地拱手让给敌人，本词作于同年秋季。作者痛感朝廷失计、和议误国，满腔愤懑发之于词。上片以眼看神州沦丧，哪有范仲淹、韩琦式的英雄人物来保卫河山起句，极度愤慨溢于言词。“北望”二句，意为中原已沦丧，连函谷关以西的大半土地也失陷了，语含讥讽，情极沉痛。“晨嘶”三句，写自己清晨骑马出营，傍晚伴着胡笳宿营，因为订了和议，结果任凭岁月流逝，闲白了头发，却不见抗战杀敌。“三秦”二句，宕开一笔，回顾历史。收复陕西，在历史上有过，那是汉初三杰的故事。言下之意，表明今天仍可以收复失地，关键在于实行抗战政策和任用贤才。

下片紧承上片写不能收复失地的原因。“试看”三句，写关中形势险要可以坚守，但朝廷在千里之外，又力主和议，不肯发兵。这里，他把矛头直接对准秦桧一帮卖国贼，进行谴责，愤怒地揭发了投降派的罪行。“阃外”二句，回顾高宗建炎四年（1130）张浚合五路兵马与金兀术战于富平（甘肃灵武），诸军皆败之事，但今天人们忘记耻辱，又谈和议。“拜将”三句，写几处历史文物被破坏和被遗忘，表现了当时人们不重人才和糟蹋人才。能守而不守，忘记耻辱，糟蹋人才而侈谈和议，这些现实都促使充满爱国激情的作者激愤难当，但又无可奈何，他只有仰天长叹。最后以“阑干拍遍，独对中天明月”作结。全词充满政治色彩，论事透彻，用典恰当；感情饱满，激昂慷慨；风格沉郁悲壮，洒脱豪放。

此词为感时而发所作，斥责和议之非，期待有抱负才能的报国之士实现恢复中原的大业。因它用东坡赤壁怀古韵，故此词亦可称“兴元怀古”。全词忧怀国事，着眼大局。

秋日山中寄李处士[1]

【唐】杜荀鹤

吾辈道何穷，
寒山细雨中。
儿童书懒读，
果栗树将空。
言论关时务[2]，
篇章见国风[3]。
升平[4]犹可用，
应不废为公。

注释

①李处士：疑为李昭象。处士：古代称有才德而隐居不仕的人。
②关时务：牵涉到国计民生的世事。关：牵连，涉及。
③国风：《诗经》的组成部分。包括“二南”（《周南》《召南》）和《邶风》《鄘风》《卫风》《王风》《郑风》《齐风》《魏风》《唐风》《秦风》《陈风》《桧风》《曹风》《豳风》，称十五国风。共一百六十篇。大抵是周至春秋中叶的作品，对当时社会政治生活作了广阔的反映，有些作品直接揭露了统治阶级的罪恶。
④升平：太平丰足之世。

作者名片

杜荀鹤（846—904），唐代诗人。字彦之，号九华山人。汉族，池州石埭（今安徽石台）人。大顺进士，以诗名，自成一家，尤长于宫词。大顺二年，第一人擢第，复还旧山。宣州田頵遣至汴通好，朱全忠厚遇之，表授翰林学士、主客员外郎、知制诰。恃势侮易缙绅，众怒，欲杀之而未及。天祐初卒。自序其文为《唐风集》十卷，今编诗三卷。事迹见孙光宪《北梦琐言》、何光远《鉴诫录》、《旧五代史·梁书》本传、《唐诗纪事》及《唐才子传》。

译文

我辈的大道怎么会走到尽头，就像寒山还在细雨中巍然耸立

一样。

孩子们都对读书没什么兴趣，很贪玩，把树上的果实都快摘完了。

我们的言论要牵涉到国计民生的世事，文章要能体现国风的标准。

（我辈的学识）在太平丰足之世还是有用的，不应该（因为乱世而）丢掉报国之心。

赏析

首联以“吾辈”开头，“吾辈”即是“我们”，开篇便点明诗作主体，先入为主，给予读者一种对诗歌的认同感。接下来所书的“道何穷”便体现了“吾辈”的现状，若说这一句只是平平无奇，那么接下来第二句的“寒山细雨”则是将第一句中朴实的语言一下子升华，“吾辈”之道正是如处“寒山细雨”之中，凄冷悲凉，却又屹立不倒，诗人用客观景象来对“道”的形势作出一种生动的描述。

颔联则是列举了几个常见的意象，如“儿童”“果栗树”，但就是这样普普通通的意象，却最富有代表性。“儿童”是国家未来之希望，却从小将大道放之一旁，不以读书为业，反而去玩耍嬉戏、荒废时间，就连“果栗树”也即将被他们摘空。诗人不仅仅是简单地将这些意象列举出来，而是通过这种写实的手法，表达了自己对国家大道深深的担忧。

颈联则是以教育式的语气来为读者提出要求。两句工整相对，“言论”对“篇章”，“时务”对“国风”，表达了诗人心中的期望。杜荀鹤正是在这两句诗中明确向读者宣告了自己创作诗歌的根本目的，表明了他继承《诗经》现实主义传统的鲜明态度。杜荀鹤将自己的诗集命名为《唐风集》，其用意即以“唐风”继“国风”，用他那“主箴刺”之文，来讽喻和裨补社会的弊废缺失。

尾联则是对颈联内容的一种补充，颈联提出了具体要求，尾联则表明为达到这个要求坚定信心。“犹”，是“还，仍然”的意思，在这里，这个字用得恰到好处，世人都以为学识毫无作用，可诗人诗风在这个“犹”字上一转，立刻体现出一种警示的语气，他要提醒世人，他们的想法是荒谬的，也体现了诗人对自己想法的肯定，对实现目标充满信心，他用呼告的语气告诫人们不要荒废学问，因为学问在这个太平年代是有很大用武之地的。“每与人言，多询时务，每读书史，多求道理。”古之人，不言文学则罢，言文学则必要把“道”摆在首位，体现出强烈的政治功利观和用世精神。这种心态，也可说是价值观和思维方式，已凝冻在诗歌里，难以剔除，成为表达上必有的一种“程式”。反之，缺失了倒觉得极不舒服，便是所谓“离经叛道”吧。故哪怕是言不由衷，心不在焉，用来作点缀、装饰，也是不可或缺的。这首诗便体现出这样一种“教化加牢骚”的程式。

穆陵关①北逢人归渔阳

【唐】刘长卿

逢君穆陵②路，
匹马向桑乾③。
楚国苍山④古，
幽州⑤白日寒。
城池百战⑥后，
耆旧⑦几家残。
处处蓬蒿遍，
归人掩泪看。

注释

①穆陵关：古关隘名，又名木陵关，在今湖北麻城北。
②穆陵：指穆陵关。
③桑乾：河名。今永定河之上游。源出山西，流经河北，相传每年桑葚成熟时河水干涸，故名。
④楚国：指穆陵关所在地区，并用以概指江南。穆陵关本是吴地，春秋后属楚。苍山：青山。
⑤幽州：即渔阳，也用以概指北方。幽州原是汉武帝所置十三部刺史之一。今北京一带。
⑥百战：多次作战。这里指安史之乱。
⑦耆（qí）旧：年高望重者。此指经历兵乱的老人。

作者名片

刘长卿（709—789），字文房，汉族，宣城（今属安徽）人，唐代诗人。后迁居洛阳，河间（今属河北）为其郡望。唐玄宗天宝年间进士。肃宗至德中官监察御史，苏州长洲县尉，代宗大历中任转运使判官，知淮西、鄂岳转运留后，又被诬再贬睦州司马。因刚而犯上，两度迁谪。德宗建中年间，官终随州刺史，世称刘随州。

译文

与你相逢在穆陵关的路上，你只身匹马就要返回桑乾。
楚国的青山依然苍翠古老，幽州的太阳发出阵阵凄寒。
城里经历上百次战乱之后，还有几家老人活在世上呢？
到处是残垣断壁飞蓬杂蒿，你定会流着眼泪边走边看。

赏析

此诗首联写相逢地点和行客去向。诗人见归乡客单身匹马北去，就料想他流落江南已久，急切盼望早日回家和亲人团聚。次联借山水时令，含蓄深沉地指出南北形势，暗示他此行之前景，为国家忧伤，替行客担心。“苍山古”是即目，“白日寒”是遥想，两两相对，寄慨深长。“幽州白日寒”，不仅说北方气候寒冷，更暗示北方人民的悲惨处境。这两句，诗人运用比兴手法，含蕴丰富，有意会不尽之效。接着，诗人又用赋笔作直接描写。经过长期战乱，到处是废墟，长满荒草，使回乡的人悲伤流泪，不忍目睹。三、四联的描述，充实了次联的兴寄，以诫北归行客，更令人深思。

这是一篇痛心的宽慰语，恳切的开导话，寄托着诗人忧国忧民的无限感慨。手法以赋为主而兼用比兴，语言朴实而饱含感情。尤其是第二联：“楚国苍山古，幽州白日寒”，不唯形象鲜明，语言精炼，概括性强，而且承上启下，扩大境界，加深诗意，是全篇的关键和警策，是全篇的主线。它具有不语而悲的效果，也许正由于此，它才成为千古流传的名句。

建 康

【宋】文天祥

金陵古会府[①]，
南渡旧陪京。
山势犹盘礴[②]，
江流已变更。
健儿徒幽土[③]，
新鬼哭台城[④]。
一片清溪月，
偏于客有情。

注释

①会府：都会。
②盘礴：也写作盘薄，据持牢固的样子。
③幽土：即远土。
④台城：又名苑城，故址在今南京市玄武湖畔，晋成帝曾于其地筑建康宫。

译文

建康古时的大都会，宋高宗南渡时的陪都。
四周群山依旧，山势磅礴，而江流却已改变，已非往昔。
曾经居于城中的人迁至远土，含冤的鬼魂哭于台城。
只有这一片清溪上的月亮，还情偏于我这远来的客人。

赏析

这首诗是诗人被俘后路过建康（今南京）所作。前六句主要写了

建康的历史地位、变化以及人民的不幸。最后两句对月抒怀，表达祖国河山为外敌所占的无奈和沉痛。

“金陵古会府，南渡旧陪京”点明建康地位，很有王勃《滕王阁序》开头“豫章故郡，洪都新府”的意味。不过这两句并非在泛泛地介绍建康的历史，而是把它放在“会府”“陪京”的位置上，使之越发显示出同国家兴亡的关系来，进而说明作者所以一入建康便感慨系之的原因。同时，句中的一个“旧”字，还仿佛表示：陪京之事，已为陈迹，只可追抚，不得而再了。

“山势犹盘礴，江流已变更”继言建康的变化。山势既然盘礴，江流也当依旧，这才是生活的真实，因为改朝换代并不能使山河改观。然而，国家变了，人事变了，作者的感情也变了，所以在诗人看来山势依旧，而江流已非，这种用艺术的真实“破坏”生活的真实而成的句子，古人叫做“无理语”。“无理语”有极强的表现力，清人贺裳称之为“无理而妙”（《皱水轩词筌》），并说：“理实未尝碍诗之妙……但是千理多一曲折耳”（吴乔《围炉诗话》引）。之所以能够“多一曲折”，是由于感情的作用；反过来又因为有了这一曲折，感情被表达得更集中、更突出了。

“健儿徒幽土，新鬼哭台城”则是说这里变化最大的是人。元人入主中原后，宋朝的忠臣良将非迁即死。“健儿”“新鬼”包括了忠于宋室的一切人；“徒幽土”“哭台城”则是他们最有可能的归宿。本应居于城中的人偏徒幽土，含冤的鬼魂竟哭于往日繁华的台城，这里叙写的是建康的现实，也泣诉了作者的情怀。从写法上看，中间四句采用两两相对的形式：三、五句真事直写，朴素、有力；四、六句虚事实描，强烈、感人。

“一片清溪月，偏于客有情”写对月伤怀。大约是山河供愁、人事催泪，所以不堪回首的时候，作者只能掉头去看“清溪月”。也只有这月“偏于客有情”。有何情，作者不说，但从亡国以后的陪京“月”，同被俘以后解送北上的“客”的联系中不难得出答案。这里，诗篇以欲言又止的姿态刹尾，是有意留以广阔的想象天地。无言的结果，可能敌得过万语千言。

扬子江[1]

【宋】文天祥

几日随风北海[2]游，
回从[3]扬子大江头。
臣心一片磁针石，
不指南方[4]不肯休。

注释

①扬子江：长江在南京一带称扬子江。
②北海：这里指北方。
③回从：曲意顺从。
④南方：这里指南宋王朝。

译文

自镇江逃脱，绕道北行，在海上漂流数日，费尽千辛万苦回到扬子江头。

我的心就像那一根磁针，不指向南方誓不罢休。

赏析

诗的首二句纪行，叙述他自镇江逃脱，绕道北行，在海上漂流数日后，又回到长江口的艰险经历。首句的“北海游”，指绕道长江口以北的海域。次句“回从扬子大江头”，指从长江口南归，引出三、四两句。

末二句抒情，以“磁针石”比喻忠于宋朝的一片丹心，表明自己一定要战胜重重困难，回到南方，再兴义师，重整山河的决心。“臣心一片磁针石，不指南方不肯休”，表现了他不辞千难万险，赶到南方去保卫南宋政权的决心。忠肝义胆，昭若日月。

诗人运用比兴手法，触景生情，抒写了自己心向南宋，不到南方誓不罢休的坚强信念，真实地反映了作者对祖国的热爱之情。

酹江月·和友[1]驿中言别

【宋】文天祥

乾坤能大，算蛟龙元不是池中物。风雨牢愁无著处，那更寒蛩[2]四壁。横槊题诗[3]，登楼作赋[4]，万事空中雪。江流如此，方来还有英杰。

堪笑一叶漂零，重来淮水，正凉风新发。镜里朱颜都变尽，只有丹心难灭。去去龙沙[5]，江山回首，一线青如发[6]。故人应念，杜鹃枝上残月。

注释

①酹江月：词牌名，即“念奴娇”。友：指邓剡，文天祥的同乡好友。
②寒蛩（qióng）：深秋的蟋蟀。
③横槊题诗：用曹操典故。
④登楼作赋：用王粲典故。
⑤龙沙：指北方沙漠。据《后汉书·班超传赞》记载，定远慷慨，专功西遐。坦步葱雪，咫尺龙沙。
⑥一线青如发：语出苏轼《澄迈驿通潮阁》“青山一发是中原”。

译文

大地如此广阔。你我都是胸怀大志的英雄豪杰，现在虽然如同蛟龙被囚禁在池中，但是蛟龙终当脱离小池，飞腾于广阔的天地间。秋风秋雨翻愁煞人，再加上牢房的蟋蟀叫个不停，我心烦意乱愁肠百结。你我像曹操横槊题诗那样的英雄气概，王粲登楼作赋那样的名士风流，都成了空中的雪花。眼前长江滚滚，后浪推前浪，将来肯定还有英雄豪杰起来完成未竟的事业。

现在，你我像落叶随风飘零，又来到秦淮河畔，正是凉风吹来的那一刻，镜中的你我两鬓已白，但是我们的英雄之心不会改变。我就要离开故都，被放逐到沙漠之地，回望故国的江山，一片青色。希望老朋友以后怀念我的时候，就听听树枝上杜鹃的悲啼吧！那是我的灵魂归来看望我的祖国。

赏析

文天祥此词起势颇为雄壮。起首两句以不凡的气势写出天地乾坤的辽阔，英雄豪杰决不会低头屈服，一旦时机成熟，就会像蛟龙出池，腾飞云间。“乾坤能大”，“能”同“恁”，如许、这样之意。虽身陷囚笼，但壮志未更，深信人民反抗意志并没消沉，光复大业终会来临。“算蛟龙元不是池中物”，出自《三国志·吴书·周瑜传》“恐蛟龙得云雨，终非池中物也”，写出自己信心，还与友人共勉，期冀他早脱牢笼，再干一番宏图伟业。“风雨”二句借写眼前景象，烘托囚徒的凄苦生活，抒发沉痛情怀，民族浩劫，所到之处皆已易手，长夜难寐，令人愁肠百结。他感叹自己身陷牢笼，无法收拾河山，重振乾坤。“横槊”五句，笔锋一转，虽然像曹操横槊题诗气吞万里、王粲登楼作赋风流千古的人物都已逝去，但眼前滚滚长江、后浪推前浪的壮阔气势，却使他重振精神，他相信，肯定有英雄继起，完成复国大业，词人情绪由悲转壮，对国家民族的前途充满信心。

下片言别。“堪笑”三句嘲笑自己和邓剡身不由己，随秋风流落在秦淮河畔，既点明时间、地点，又写出自己身陷囹圄的悲哀。宋德祐二年（1276），文天祥出使元营，因痛斥敌帅伯颜，被拘押至镇江，伺机脱逃，在淮水之间和敌骑数次相遇，历尽艰难才得南归。这次，又抵金陵一带，故称“重来淮水”。“镜里”二句以自己矢志不渝、坚贞不屈的决心回答邓剡赠词中坚持操守的勉励。“去去”三句，写他设想此去北国，在沙漠中依依回首中原的情景。收尾两句，更表达了词人的一腔忠愤：即使为国捐躯，也要化作杜鹃归来，生为民族奋斗，死后魂依故国，他把自己的赤子之心和满腔血泪都凝聚在这结句之中。

此词作于被俘北解途中，不仅没有绝望、悲哀的叹息，反而表现了激昂慷慨的气概，忠义之气，凛然纸上，炽热的爱国情怀，令人肃然起敬。文天祥的词是宋词最后的光辉。在词坛充满哀叹和悲观气氛的时候，他的词宛如沉沉夜幕中的一道闪电和一声惊雷，让人们在绝望中看到一丝希望之光。此词欢畅淋漓，不假修饰，无齐蓬之痕，绝无无病呻吟之态，直抒胸臆，苍凉悲壮。王国维《人间词话》曰："文山词，风骨甚高，亦有境界。"文天祥用生命和鲜血为"燃料"照亮了宋末词坛，可谓当时词坛中一颗耀眼的星辰，给人们留下了无比壮烈和崇高的印象。

沁园春·题潮阳张许二公庙

【宋】文天祥

为子死孝，为臣死忠，死又何妨。自光岳气分[①]，士无全节；君臣义缺[②]，谁负刚肠[③]。骂贼张巡[④]，爱君许远，留取声名万古香。后来者[⑤]，无二公之操，百炼之钢。

人生翕欻云亡[⑥]。好烈烈轰轰做一场。使当时卖国，甘心降虏，受人唾骂，安得流芳。古庙[⑦]幽沉，仪容[⑧]俨雅，枯木寒鸦几夕阳。邮亭[⑨]下，有奸雄过此，仔细思量。

注释

①光岳气分：指国土分裂，即亡国。光岳：高大的山。
②君臣义缺：指君臣之间欠缺大义。
③刚肠：指坚贞的节操。这四句是说自宋室沦丧以来，士大夫不能保全节操，君臣之间欠缺大义，是谁辜负了凛然不屈、刚正不阿的品德。
④张巡：与睢阳（今河南商丘市）太守许远共守危城，城陷后两人先后被害，他们英勇抗敌，宁死不屈的精神受到后人敬仰。
⑤后来者：指以后的士大夫。操：操守。
⑥翕欻：即倏忽，如火光之一现。云亡：死去。“云”字无义。
⑦古庙：即张、许公庙。
⑧仪容：指张、许两人的塑像。
⑨邮亭：古代设在沿途、供给公家送文书及旅客歇宿的会馆。这三句是对卖国投降的宋末奸臣的警告。

译文

做儿子的能死节于孝，做臣子的能死节于忠，那就是死得其所。安史乱起，正气崩解，不见尽忠报国之士，反多无耻降敌之徒，士风不振，大义不存。张巡骂贼寇直到双眼出血，许远温文尔雅爱君能守死节，他们都留下万古芳名。后来的人已经没有他们那样的操守，那种如百炼精钢似的精诚。

人生短促，转眼生离死别。更应该轰轰烈烈做一番为国为民的事业。如果他们当时甘心投降卖国，则必受人唾骂，以至遗臭万年，又怎么能够流芳百世呢？双庙幽邃深沉，二公塑像庄严典雅。夕阳下寒鸦枯木示万物易衰，而古庙不改。邮亭下，如有奸雄经过，面对先烈，则当仔细思量、反躬自省。

赏析

“为子死孝，为臣死忠，死又何妨。”起笔突兀，如两个擎天大柱。子死于孝，臣死于忠，此二句蕴含儒家思想本原。“死又何

妨，”视死如归。以一段震古烁今之绝大议论起笔，下边遂开始盛赞张许。“自光岳气分，士无全节；君臣义缺，谁负刚肠”，四句扇对，笔力精锐。光有三光，岳为五岳。天祥《正气歌》云：“天地有正气，杂然赋流形。在地为河岳，在天为日星”，与此文旨意相通。安史乱起，降叛者众，其情痛极。然有张许，堂堂正气，令人振奋。

“骂贼张巡，爱君许远，留取声名万古香。”张许二公，血战睢阳，至死不降，“时穷节乃见，一一垂丹青”。张许性格不同而节义同一，仅此三句，刻画简练有力。“留取声名万古香”，张许肉躯虽死，但精神长存。语意高迈积极，突出张许取义成仁的精神。“香”字下得亦好，表达出天祥对二公无限钦仰之情。“后来者，无二公之操，百炼之钢”，“后来者”三字，遂将词情从唐代一笔带至今日，用笔颇为裕如。当宋亡之际，叛国投降者不胜枚举，上自“臣妾佥名谢太清”之谢后，下至贾余庆之流，故天祥感慨深沉如此；“二公之操，百炼之钢”，对仗歇拍，笔力精健。

“人生翕欻云亡。好烈烈轰轰做一场。”紧承上意，更以绝大议论，衬出儒家人生哲学，和起笔相辉映。儒家重生命而不重死，尤重精神生命之自强不息。“使当时卖国，甘心降虏，受人唾骂，安得流芳。”假使当时张许二公贪生怕死，卖国降虏，将受人唾骂，遗臭万年，焉能流芳百世？《孟子·告子上》云：“生，亦我所欲也；义，亦我所欲也。二者不可得兼，舍生而取义。”天祥在此段中对张许二公之赞许正如此意。

“古庙幽沉，仪容俨雅，枯木寒鸦几夕阳。”让世人油然而生人生易老之哀感。天祥却以之写出精神生命之不朽。枯木虽枯，夕阳将夕，自然物象之易衰易变，却可反衬出古庙之依然不改，仪容之栩栩如生，可见世事自有公道，忠臣孝子虽死犹荣。文氏此词重在议论但情寓于景，反衬主题，词情便觉神致超逸，真神来之笔也。“邮亭下，有奸雄过此，仔细思量。”而对浩然之二公，如有奸雄路过双庙，当愧然自省。结笔寓意深刻，盼横流巨恶，良知应未完全泯灭，有可悟之时。但亦可见其对当时滔滔者天下皆是卖国贼痛愤之巨。

这首词在艺术上也达到很高境界。全词以议论立意，同抒情结体，既有具体形象之美，又有抽象之美。在抒情中蕴含从容娴雅和刚健之美。文中多用对句，句句整齐，笔笔精锐。情景交融，融景入情，极为优美。正如王国维在《人间词话》中所评价的那样："文山词，风骨甚高，亦有境界，远在圣与、叔复、公谨诸公之上。"其论甚为公允。

南安军

【宋】文天祥

梅花南北路①，
风雨湿征衣。
出岭同谁出？
归乡如此归！
山河千古在，
城郭②一时非。
饿死真吾志，
梦中行采薇③。

注释

①梅花南北路：大庾岭上多植梅花，故名梅岭，南为广东南雄市，北为江西大庆县。
②城郭：城池。指城墙和护城河，也可以泛指城市。
③采薇：当周武王伐纣时，商末孤竹君之子伯夷、叔齐，扣马而谏，商亡，逃入首阳山，誓不食周粟，采薇而食，饿死。

译文

由南往北走过大庾岭口，一路风雨打湿衣裳。
想到去南岭时有哪些同伴，回到家乡却身为俘囚。
祖国的河山千年万世永存，城池只是暂时落入敌手。
绝食而死是我真正的意愿，梦中也学夷齐，吃野菜充饥等死。

赏析

这首诗前两联叙述了行程中的地点和景色，以及作者的感慨，抒写了这次行程中的悲苦心情。颈联以祖国山河万世永存与城郭一时沦陷进行对比，突出诗人对恢复大宋江山的信念和对元人的蔑视。尾联表明自己的态度：决心饿死殉国，完成“首丘”之义的心愿。

“梅花南北路，风雨湿征衣。”略点行程中的地点和景色。作者至南安军，正跨越了大庾岭（梅岭）的南北两路。此处梅花不是实景，而是因梅岭而说到梅花，借以和“风雨”对照，初步显示了行程中心情的沉重。梅岭的梅花在风雨中摇曳，濡湿了押着兵败后就擒、往大都受审的文天祥的兵丁的征衣，此时一阵冰袭上了他的心头。

“出岭同谁出？归乡如此归！”两句，上句是说行程的孤单，而用问话的语气写出，显得分外沉痛。下句是说这次的北行，本来可以回到故乡庐陵，但身系拘囚，不能自由，虽经故乡而犹如不归。这两句抒写了这次行程中的悲苦心情，而两“出”字和两“归”字的重复对照，更使得声情激荡起来。

“山河千古在，城郭一时非。”文天祥站在岭上，遥望南安军的西华山，以及章江，慨叹青山与江河是永远存在的，而城郭则由出岭时的宋军城郭，变成元军所占领的城郭了，所悬之旗也将随之更易了。这一句暗用杜甫的“国破山河在”和丁令威的“去家千年今始归，城郭犹是人民非”。

“饿死真吾志，梦中行采薇。”诗人文天祥宁愿绝食饿死在家乡，也不与元兵合作。诗人常常梦见自己像伯夷、叔齐一样在首阳山采野菜为生。这句诗用了伯夷、叔齐故事，商朝亡国后，宗室伯夷、叔齐二人，不食周粟，逃进首阳山，采野菜充饥，终于饿死在山上。从广东开始，文天祥就开始绝食，准备饿死在家乡，绝食八日依然没事，就继续进食。就在文天祥写《南安军》这年十月初一晚上，文天祥被押送到元大都，作了三年两个月零九天的囚徒后壮烈牺牲。

这首诗化用杜甫诗句，抒写自己的胸怀，表现出强烈的爱国感情，显示出民族正气。这首诗逐层递进，声情激荡，不假雕饰，而自见功力。作者对杜甫的诗用力甚深，其风格亦颇相近，即于质朴之中见深厚之性情，可以说是用血和泪写成的作品。

白马篇[①]

【汉】曹植

白马饰金羁[②]，
连翩[③]西北驰。
借问谁家子，
幽并[④]游侠儿。
少小去乡邑[⑤]，
扬声沙漠垂[⑥]。
宿昔秉[⑦]良弓，
楛矢何参差[⑧]。
控弦破左的[⑨]，
右发摧月支[⑩]。
仰手接飞猱[⑪]，
俯身散马蹄[⑫]。
狡捷[⑬]过猴猿，
勇剽若豹螭[⑭]。
边城多警急，
虏骑数迁移[⑮]。

注释

①白马篇：又名“游侠篇”，是曹植创作的乐府新题，属《杂曲歌·齐瑟行》，以开头二字名篇。

②金羁（jī）：金饰的马笼头。

③连翩（piān）：连续不断，原指鸟飞的样子，这里用来形容白马奔驰的俊逸形象。

④幽并：幽州和并州。在今河北、山西、陕西一带。

⑤去乡邑：离开家乡。

⑥扬声：扬名。垂：同“陲”，边境。

⑦宿昔：早晚。秉：执、持。

⑧楛（hù）矢：用楛木做成的箭。何：多么。参差（cēn cī）：长短不齐的样子。

⑨控弦：开弓。的：箭靶。

⑩摧：毁坏。月支：箭靶的名称。左、右是互文见义。

⑪接：接射。飞猱（náo）：飞奔的猿猴。猱：猿的一种，行动轻捷，攀缘树木，上下如飞。

⑫散：射碎。马蹄：箭靶的名称。

⑬狡捷：灵活敏捷。

⑭勇剽（piāo）：勇敢剽悍。螭（chī）：传说中形状如龙的黄色猛兽。

⑮虏骑（jì）：指匈奴、鲜卑的骑兵。数（shuò）迁移：指经常进兵入侵。数：经常。

羽檄[16]从北来，
厉马[17]登高堤。
长驱蹈[18]匈奴，
左顾凌鲜卑[19]。
弃身[20]锋刃端，
性命安可怀[21]？
父母且不顾，
何言子与妻！
名编壮士籍[22]，
不得中顾私[23]。
捐躯赴国难，
视死忽如归！

⑯羽檄（xí）：军事文书，插鸟羽以示紧急，必须迅速传递。

⑰厉马：扬鞭策马。

⑱长驱：向前奔驰不止。蹈：践踏。

⑲顾：看。凌：压制。鲜卑：中国东北方的少数民族，东汉末年成为北方强族。

⑳弃身：舍身。

㉑怀：爱惜。

㉒籍：名册。

㉓中顾私：心里想着个人的私事。中，内心。

作者名片

曹植（192—232），字子建，沛国谯（今安徽省亳州市）人。三国曹魏著名文学家。魏武帝曹操之子，魏文帝曹丕之弟，生前曾为陈王，去世后谥号“思”，因此又称陈思王。后人因他文学上的造诣而将他与曹操、曹丕合称为“三曹”，南朝宋文学家谢灵运更有“天下才有一石，曹子建独占八斗”的评价。王士祯尝论汉魏以来两千年间诗家堪称“仙才”者，曹植、李白、苏轼三人耳。

译文

白色的战马，饰着金黄的笼头，直向西北飞驰而去。

请问这是谁家的孩子？是幽州和并州的游侠骑士。

年纪轻轻就离开了家乡，到边塞显身手建立功勋。

楛木箭和强弓从不离身，下苦功练就了一身武艺。

拉开弓如满月左右射击，一箭箭中靶心不差毫厘。

抬手就能射中飞驰而来的东西，俯身就能打碎箭靶。

他灵巧敏捷赛过猿猴，又勇猛轻疾如同豹螭。

听说国家边境军情紧急，侵略者一次又一次进犯内地。

告急信从北方频频传来，游侠儿催战马跃上高堤。

随大军平匈奴直捣敌巢，再回师扫鲜卑驱逐敌骑。

上战场面对着刀山剑树，从不将安和危放在心里

连父母也不能孝顺服侍，更不能顾念那儿女妻子。

名和姓既列于战士名册，早已经忘掉了个人私利。

为国家解危难奋勇献身，把死亡看得像回家一样平常。

赏析

此诗以曲折动人的情节描写边塞游侠儿捐躯赴难、奋不顾身的英勇行为，塑造了边疆地区一位武艺高超、渴望卫国立功甚至不惜牺牲生命的游侠少年形象，表达了诗人建功立业的强烈愿望。

开头两句以奇警飞动之笔，描绘出驰马奔赴西北战场的英雄身影，显示出军情紧急，扣动读者心弦；接着以"借问"领起，以铺陈的笔墨补叙英雄的来历，说明他是一个什么样的英雄形象；"边城"六句，遥接篇首，具体说明"西北驰"的原因和英勇赴敌的气概。末八句展示英雄捐躯为国、视死如归的崇高精神境界。全诗风格雄放，气氛热烈，语言精美，称得上是情调兼胜，诗中的英雄形象，既是诗人的自我写照，又凝聚和闪耀着时代的光辉。

"白马饰金羁，连翩西北驰。"诗一开头就使人感到气势不凡。"白马""金羁"，色彩鲜明。从表面看，只见马，不见人，其实这里写马，正是为了写人，用的是烘云托月的手法。这不仅写出了壮士

骑术娴熟，而且也表现了边情的紧急。这好像是一个电影特写镜头，表现出壮士豪迈的气概。清代沈德潜说，曹植诗“极工起调”，这两句就是一例。这样的开头是喷薄而出，笼罩全篇。

“借问谁家子？幽并游侠儿。少小去乡邑，扬声沙漠垂。”诗人故设问答，补叙来历。那些救人于患难，助人于穷困，不失信、不背言的人，才能具备“游侠”的条件。而曹植笔下的游侠与此不同，成了为国家效力的爱国壮士。“借问”四句紧承前二句，诗人没有继续写骑白马的壮士在边塞如何冲锋陷阵、为国立功，而是一笔宕开，补叙壮士的来历，使诗歌气势变化，富于波澜。

“宿昔秉良弓，楛矢何参差。控弦破左的，右发摧月支。仰手接飞猱，俯身散马蹄。狡捷过猴猿，勇剽若豹螭。”刻意铺陈“游侠儿”超群的武艺。这是补叙的继续。诗人使用了一连串的对偶句使诗歌语言显得铿锵有力，富于气势。

“控弦”四句，选用“破”“摧”“接”“散”四个动词，从左、右、上、下不同方位表现游侠的高超武艺。“矫捷”二句，以形象的比喻描写游侠的敏捷灵巧，勇猛轻疾，都很生动。这些描写说明了游侠“扬声沙漠垂”的重要原因，也为后面所写的游侠为国效力的英勇行为做好铺垫。

“边城多警急，虏骑数迁移。羽檄从北来，厉马登高堤。长驱蹈匈奴，左顾凌鲜卑。”这里是写游侠驰骋沙场，英勇杀敌的情景。因为游侠的武艺高超，前面已详写，这里只用“长驱蹈匈奴，左顾凌鲜卑”二句，就十分精炼地把游侠的英雄业绩表现出来了。这种有详有略的写法，不仅节省了笔墨，而且突出了重点。可见其剪裁的恰当。

“弃身锋刃端，性命安可怀？父母且不顾，何言子与妻？名编壮士籍，不得中顾私。捐躯赴国难，视死忽如归。”这最后八句揭示游侠儿的内心世界。游侠儿之所以能够克敌制胜，不仅是由于他武艺高超，还由于他具有崇高思想品德，这更重要。这种思想品德和他的高超武艺结合起来，使这个英雄形象有血有肉，栩栩如生，给人以深刻的印象。

唐多令[1]·芦叶满汀洲

【宋】刘过

安远楼[2]小集[3]，侑觞歌板[4]之姬黄其姓者，乞词于龙洲道人[5]，为赋此《唐多令》。同柳阜之、刘去非、石民瞻、周嘉仲、陈孟参、孟容。时八月五日也。

芦叶满汀洲[6]，寒沙带浅流。二十年[7]重过南楼。柳下系船犹未稳，能几日，又中秋。

黄鹤断矶头[8]，故人今在否？旧江山浑是新愁。欲买桂花同载酒，终不似，少年游。

注释

①唐多令：词牌名，也写作《糖多令》，又名《南楼令》，双调，六十字，上下片各四平韵，亦有前片第三句加一衬字者。

②安远楼：在今武昌黄鹄山上，又称南楼。姜夔《翠楼吟》词序云："淳熙十三年（1186）冬，武昌安远楼成。"当时武昌是南宋和金人交战的前方。

③小集：此指小宴。

④侑（yòu）觞歌板：指酒宴上劝饮执板的歌女。侑觞：劝酒。歌板：执板奏歌。

⑤龙洲道人：刘过自号。

⑥汀洲：水中小洲。

⑦二十年句：南楼初建时期，刘过曾漫游武昌，过了一段"黄鹤楼前识楚卿，彩云重叠拥娉婷"（《浣溪沙》）的豪纵生活。南楼，指安远楼。

⑧黄鹤断矶：黄鹤矶，在武昌城西，上有黄鹤楼。断矶：形容矶头荒凉。

作者名片

刘过（1154—1206），南宋文学家，字改之，号龙洲道人。吉州太和

（今江西泰和县）人，长于庐陵（今江西吉安），去世于江苏昆山，今其墓尚在。四次应举不中，流落江湖间，布衣终身。曾为陆游、辛弃疾所赏，亦与陈亮、岳珂友善。词风与辛弃疾相近，抒发抗金抱负狂逸俊致，与刘克庄、刘辰翁享有“辛派三刘”之誉，又与刘仙伦合称为“庐陵二布衣”。有《龙洲集》《龙洲词》传世。

译 文

同一帮友人在安远楼聚会，酒席上一位姓黄的歌女请我作一首词，我便当场创作此篇。时为八月五日。

芦苇的枯叶落满沙洲，浅浅的寒水在沙滩上无声无息地流过。二十年光阴似箭，如今我又重新登上这旧地南楼。柳树下的小舟尚未系稳，我就匆匆忙忙重回故地。因为过不了几日就是中秋。

早已破烂不堪的黄鹤矶头，我的老朋友有没有来过？我眼前满目是苍凉的旧江山，又平添了无尽的绵绵新愁。想要买上桂花，带着美酒一同去水上泛舟逍遥一番。但却没有了少年时那种豪迈的意气。

赏 析

这是一首名作，后人誉为“小令中之工品”。工在哪里？此词写秋日重登二十年前的旧游地武昌南楼，所见所思，缠绵凄怆。在表层山水风光乐酒流连的安适下面，可以感到作者心情沉重的失落，令人酸辛。畅达流利而熟练的文辞描写，和谐工整而圆滑的韵律，都好似在这酒酣耳热纵情声色的场面中不得不挂在脸上的笑容——有些板滞不太自然的笑容。

这淡淡而深深的哀愁，如满汀洲的芦叶，如带浅流的寒沙，不可胜数莫可排遣。面对大江东去黄鹄断矶竟无豪情可抒！“大抵物真则贵，真则我面不能同君面，而况古人之面貌乎？”读此《唐多令》

应该补充一句："真则我面不能同我面"。初读谁相信这是大声镗鞳的豪放词人刘过之作？王国维《人间词话》说："能写真景物、真感情者，谓之有境界。"《唐多令》情真、景真、事真、意真地写出又一个具有个性独创性的刘改之，此小令之"工"，首在这新境界的创造上。

论者多说此词暗寓家国之愁，怎么见得？请看此词从头到尾在描写缺憾和不满足："白云千载空悠悠"的黄鹤山头，所见只是芦叶汀洲、寒沙浅流，滔滔大江不是未见，无奈与心境不合；柳下系舟未稳，中秋将到未到；黄鹤矶断，故人不见；江山未改，尽是新愁；欲纵情声色诗酒，已无少年豪兴……恢复无望，国家将亡的巨大哀感遍布华林，不祥的浓云压城城欲摧。这一灰冷色调的武昌蛇山巅野望抒怀，真使人肝肠寸断，不寒而栗。

韩昌黎云："欢愉之词难工，穷苦之音易好。"其实，忧郁之情，达之深而近真亦属不易。如果过于外露倾泻，泪竭声嘶，反属不美，故词写悲剧亦不可无含蓄，一发不可收形成惨局。此《唐多令》，于含蓄中有深致，于虚处见真事、真意、真景、真情。情之深犹水之深，长江大河，水深难测，万里奔流，转无声息。此词何以不刻画眼前之大江矣？愁境入情，江流心底。"问君能有几多愁？恰似一江春水向东流。"

武昌为当时的抗金前线，了解这一点，对词中外松内紧和异常沉郁的气氛当更有所体会。

别云间[1]

【明】夏完淳

三年羁旅[2]客，
今日又南冠[3]。
无限山河泪，

注释

①云间：上海松江区古称云间，1647年作者在这里被逮捕。
②羁旅：寄居他乡，辗转不定。
③南冠（guān）：被囚禁的人。语出《左传》。楚人钟仪被俘，晋侯见他戴着楚国的帽子，问

谁言天地宽。
已知泉路④近，
欲别故乡难。
毅魄⑤归来日，
灵旗⑥空际看。

左右的人：“南冠而絷者，谁也？”后世以“南冠”代被俘。
④泉路：黄泉路，死路。泉：黄泉，指人死后埋葬的地穴。
⑤毅魄：坚强不屈的魂魄。
⑥灵旗：古代招引亡魂的旗子。这里指后继者的队伍。

作者名片

夏完淳（1631—1647），原名复，字存古，号小隐、灵首（一作灵胥），乳名端哥，汉族，明松江府华亭县（现上海市松江）人，明末著名诗人，少年抗清英雄，民族英雄。夏允彝子。七岁能诗文。十四岁从父及陈子龙参加抗清活动。鲁王监国授中书舍人。事败被捕下狱，赋绝命诗，遗母与妻，临刑神色不变。著有《南冠草》《续幸存录》等。

译文

为抗清兵辗转飘零三年，今天兵败被俘成为阶下囚。

山河破碎，感伤的泪水流不断；国土沦丧，谁还能说天地宽？

已经知道生命即将走到尽头，想到永别故乡心实在犯难。

等到我魂魄归来的那一天，定要在空中看后继者的队伍抵抗清军。

赏析

此诗是作者诀别故乡之作。起笔叙艰苦卓绝的飘零生涯，承笔发故土沦丧、山河破碎之悲愤慨叹，转笔抒眷念故土、怀恋亲人之深情，结笔盟誓志恢复之决心。既表达了此去誓死不屈的决心，又对行将永别的故乡流露出无限的依恋和深切的感叹。全诗思路流畅清晰，感情跌宕豪壮，格调慷慨豪壮，读来令人荡气回肠，禁不住对这位富有强烈民族意识的少年英雄充满深深的敬意。

“三年羁旅客，今日又南冠”叙事。其中“羁旅”一词对诗人的抗清斗争生活作了高度简洁的概括。诗人起笔自叙抗清斗争经历，似乎平静出之，然细细咀嚼，自可读出诗人激越翻滚的情感波澜，自可读出平静的叙事之中深含着诗人的满腔辛酸与无限沉痛。

“无限山河泪，谁言天地宽！”抒写诗人按捺不住的满腔悲愤。身落敌手被囚禁的结局，使诗人恢复壮志难酬，复国理想终成泡影，令诗人悲愤不已，故有此感。大明江山支离破碎，满目疮痍，衰颓破败，面对这一切，诗人泪流不止。诗人一直冀盼明王朝东山再起，可最终时运不济，命途多舛，恢复故土、重整河山的爱国宏愿一次次落空，他禁不住深深地失望与哀恸，忍不住向上苍发出“谁言天地宽”的质问与诘责。

“已知泉路近，欲别故乡难”坦露对故乡、亲人的依恋不舍之情。无论怎样失望、悲愤与哀恸，诗人终究对自己的人生结局非常清醒：“已知泉路近”。生命行将终结，诗人该会想些什么呢？“欲别故乡难”，诗人缘何难别故乡呢？原来，涌上他心头的不仅有国恨，更兼有家仇。父起义兵败，为国捐躯。而自己是家中唯一的男孩，此次身落敌手，自是凶多吉少，这样，家运不幸，恐无后嗣。念及自己长年奔波在外，致使嫡母“托迹于空门”，生母“寄生于别姓”，自己一家“生不得相依，死不得相问”，念及让新婚妻子在家孤守两年，自己未能尽为夫之责任与义务，妻子是否已有身孕尚不得而知。想起这一切，诗人内心自然涌起对家人深深的愧疚与无限依恋。

“毅魄归来日，灵旗空际看”盟恢复之志。尽管故乡牵魂难别，但诗人终将恢复大志放在儿女私情之上，不以家运后嗣为念。“已知泉路近”的诗人坦然做出“毅魄归来日”的打算，抱定誓死不屈、坚决复明的决心，生前未能完成大业，死后也要亲自看到后继者率部起义，恢复大明江山。诗作以落地有声的铮铮誓言作结，鲜明昭示出诗人坚贞不屈的战斗精神、精忠报国的赤子情怀，给后继者以深情的勉励，给读者树立起一座国家与民族利益高于一切的不朽丰碑。

相见欢·金陵[1]城上西楼[2]

【宋】朱敦儒

金陵城上西楼，倚清秋[3]。万里夕阳垂地大江流。

中原乱[4]，簪缨[5]散，几时收[6]？试倩[7]悲风吹泪过扬州[8]。

注释

①金陵：南京。
②城上西楼：西门上的城楼。
③倚清秋：倚楼观看清秋时节的景色。
④中原乱：指宋钦宗靖康二年（1127）金人侵占中原的大乱。
⑤簪缨：当时官僚贵族的冠饰，这里代指他们本人。
⑥收：收复国土。
⑦倩：请。
⑧扬州：地名，今属江苏，是当时南宋的前方，屡遭金兵破坏。

作者名片

朱敦儒（1081—1159），字希真，洛阳人。历兵部郎中、临安府通判、秘书郎、都官员外郎、两浙东路提点刑狱，致仕，居嘉禾。绍兴二十九年（1159）卒。有词三卷，名《樵歌》。朱敦儒获得“词俊”之名，与“诗俊”陈与义等并称为“洛中八俊”。

译文

独自登上金陵西门上的城楼，倚楼观看清秋时节的景色。看着这万里长的大江在夕阳下流去。

因金人入侵，中原大乱，达官贵族们纷纷逃散，什么时候才能收复国土？请悲风将我的热泪吹到扬州前线。

赏析

古人登楼、登高，每多感慨。王粲登楼，怀念故土。杜甫登楼，感慨“万方多难”。许浑登咸阳城西楼有“一上高城万里愁”之叹。李商隐登安定城楼，有“欲回天地入扁舟”之感。尽管各个时代的诗人遭际不同，所感各异，然而登楼抒感则是一致的。

这首词一开始即写登楼所见。在词人眼前展开的是无边秋色，万里夕阳。秋天是冷落萧条的季节。宋玉在《九辩》中写道：“悲哉，秋之为气也，萧瑟兮，草木摇落而变衰。”杜甫在《登高》中也说：“万里悲秋常作客。”所以古人说“秋士多悲”。当离乡背井，作客金陵的朱敦儒独自一人登上金陵城楼，纵目远眺，看到这一片萧条零落的秋景，悲秋之感自不免油然而生。又值黄昏日暮之时，万里大地都笼罩在恹恹的夕阳中。“垂地”，说明正值日薄西山，余晖黯淡，大地很快就要被淹没在苍茫的暮色中了。这种景物描写带有很浓厚的主观色彩。王国维说：“以我观物，故物皆着我之色彩。”朱敦儒就是带着浓厚的国亡家破的伤感情绪来看眼前景色的。他用象征手法使人很自然地联想到南宋的国事亦如词人眼前的暮景，也将无可挽回地走向没落、衰亡。作者的心情是沉重的。

下片忽由写景转到直言国事，似太突然，其实不然。上片既已用象征手法暗喻国事，则上下两片暗线关联，意脉不露，不是突然转折，而是自然衔接。“簪缨”，是指贵族官僚们的帽饰。簪用来连结头发和帽子，缨是帽带。此处代指贵族和士大夫。中原沦陷，北宋的世家贵族纷纷逃散。这是又一次“衣冠南渡”。“几时收？”这是作者提出的一个无法回答的问题。这种“中原乱，簪缨散”的局面何时才能结束呢？表现了作者渴望早日恢复中原，还于旧都的强烈愿望，同时也是对朝廷苟安旦夕，不图恢复的愤慨和抗议。

结句“试倩悲风吹泪过扬州”。“悲风”，当然也是作者的主

观感受。风，本身无所谓悲，因为词人主观心境悲，才感到风也是悲的。风悲、景悲、人悲，不禁潸然泪下。这不只是悲秋之泪，更是忧国之泪。作者要请悲风吹泪到扬州去，扬州是抗金前线的重镇，国防要地，这表现了词人对前线战事的关切。

全词由登楼入题，从写景到抒情，表现了词人强烈的亡国之痛和深厚的爱国精神，感人至深。

水龙吟①·放船千里凌波去②

【宋】朱敦儒

放船千里凌波去。略为吴山留顾③。云屯水府④，涛随神女⑤，九江⑥东注。北客翩然⑦，壮心偏感，年华将暮。念伊嵩⑧旧隐，巢由⑨故友，南柯梦、遽如许⑩。

回首妖氛⑪未扫，问人间、英雄何处。奇谋报国，可怜无用，尘昏白羽⑫。铁锁横江，锦帆冲浪，孙郎良苦。但愁敲桂棹⑬，悲吟梁父，泪流如雨。

注释

①水龙吟：词牌名。又名“龙吟曲”“庄椿岁”“小楼连苑”。一百二字，前后片各四仄韵。

②凌波去：乘风破浪而去。凌：渡，逾越。

③略为：稍微，形容时间短暂。吴山：泛指江南之山。留顾：停留瞻望。

④水府：星官名。谓天将下雨。

⑤神女：指传说中朝为行云、暮为行雨的巫山神女。

⑥九江：诸水汇流而成的大江。九：极言其多。长江由众多支流汇聚而成，故曰九江。

⑦北客：北方南来之人，作者自称，因其家在洛阳，故曰北客。翩然：指舟行迅疾如飞。

⑧伊嵩：伊水与嵩山，均在河南境内。
⑨巢由：巢父、许由，都是古代的隐士。
⑩遽（jù）：就。如许：如此。
⑪妖氛：凶气，指金兵。
⑫白羽：白羽扇，古代儒将常挥白羽扇，指挥战事。
⑬桂棹（zhào）：船桨的美称，此处代指船。

译文

放舟于江面上，千里波涛，云水茫茫，经过吴山只是稍微地浏览了一下景色。云层密密聚集在水府附近，江涛汹涌追随着巫山神女奔走。众水汇成大江滔滔东注入海。匆匆奔波向南的北方游子，满怀壮志却偏感报国无门，随着年华流逝忽然觉得要走到垂暮之年。想起伊阙和嵩山的隐居生活，跟巢父、许由一样的林下故友，那时的生活竟如同南柯一梦，很快消失，转眼之间已成过去。

回望中原金兵还未彻底扫除，试问人间抗敌的英雄在何处？空怀有报效国家的奇谋良策，可怜无人赏识不被重用，白羽箭早已堆满了灰尘。想当年东吴末帝孙皓用铁索横截江面，晋军烧断铁索，战船长驱东下，攻破金陵，吴主孙皓被迫投降心情无比悲苦。如今我只能独自愁敲桂木短桨，悲愤地低诵那古曲《梁父吟》，热泪像雨一样横流，心中万分悲伤。

赏析

这首词是建炎年间，作者避难江南，舟行长江时所写。上片从船上所见，引出对承平时期即“靖康之难”以前的隐居生活的回忆，暗寓时移世变、身世飘零之感。下片直陈时事，痛心“妖氛未扫”，敌寇猖獗，英雄无觅，报国无路，只能“愁敲桂棹，悲吟梁父”，泪洒江天。全篇即景抒情，间以叙事和议论，声情悲苦，忧时伤乱，表达了词人对国事的关切和壮志难酬的悲愤之情。

词的上片写去国离乡之感。词开篇即展现了一幅开阔的画面：千里波涛，云水茫茫，词人放舟于江面上。但美丽的江南山水只赢得词人“略为留顾”，这暗示了曾迷恋山水的词人此时已无心陶醉于这烟云环绕的吴越山水。放船长江，顺流东下时，除了略顾江苏南部诸山之外，就只看到滚滚江水和片片白云了。三、四两句“云屯水府，涛随神女”和“涛屯水府，云随神女”一样，是互文合指，形容长江之上云聚涛涌的景象。

诗人面对长江的壮丽景色，不禁产生感慨，故紧接前六句说：“北客翩然，壮心偏感，年华将暮。”自己有报国壮志，但是报国无路，一天天老去。不仅要慨叹，还要抒发对现实的不满，继而怀念过去岁月，怀念过去人事。面对青山绿水，想到往昔繁华的洛阳，回忆起曾游乐于山水间的“伊、嵩旧隐，巢、由故友”。他们是有时代特征的历史人物，同时又是词人过去记忆的象征。靖康之变前那疏狂自放于山水间的生活已成为永远的过去，且一去不复返。词人不禁长叹“南柯梦、遽如许”。时光流逝，人变得苍老，无奈而痛苦，何况生逢乱世，国将不国，这岂止是韶华已逝、壮志不再的悲哀。

下文由一“念”字领起，生活镜头回到自己在洛阳隐居的时代。词人早年敦品励行，不求仕进。在北宋末年金兵南侵之前，朝廷要他做学官，他坚辞不就，徜徉山水之间。这很形象地描绘了他疏狂懒漫，不求爵禄，不受羁绊的性格。现在他身遭丧乱，落魄南逃，回忆起过去生活，犹如南柯一梦。他向往隐逸生活，寄寓着他对天下太平的时代的呼唤。封建时代，文人要隐居，必须有相对安定的社会环境。朱敦儒隐居伊、嵩时，北宋社会呈现出来的尽管是一片虚假的太平景象，但人民生活基本安定，比当下流离转徙的生活要好得多。所以朱敦儒对过去隐居伊、嵩生活的怀念，其实质是希望赶走金兵，恢复中原，回到以前的那个时代去，是爱国家、爱民族的表现。

全词直抒胸臆，词情激越，将个人和国家的命运合为一体。整首词是南渡时期词人个人情感的表现，折射出的是一代文人士大夫的历史命运，尤其是心怀理想志向而命途多舛的南安志士的前途，可谓南渡时期一代士人的缩影。

狱中题壁

【清】谭嗣同

望门投止[1]思张俭，
忍死须臾待杜根[2]。
我自横刀向天笑，
去留肝胆两昆仑。

注释

①投止：投宿。
②杜根：东汉末年定陵人，汉安帝时邓太后摄政、宦官专权，其上书要求太后还政，太后命人以袋装之而摔死，行刑者慕杜根为人，助他逃脱。

作者名片

谭嗣同（1865—1898），字复生，号壮飞，湖南浏阳人，中国近代著名政治家、思想家，维新派人士。其所著的《仁学》，是维新派的第一部哲学著作，也是中国近代思想史中的重要著作。谭嗣同早年曾在家乡湖南倡办时务学堂、南学会等，主办《湘报》，宣传变法维新，推行新政。光绪二十四年（1898）谭嗣同参加领导戊戌变法，失败后被杀，年仅33岁，为“戊戌六君子”之一。

译文

希望出亡的康有为、梁启超在逃亡中投宿时能像张俭一样受到人们的保护。希望战友们能如杜根一样忍死待机完成变法维新的大业。

我横刀而出，仰天大笑，因为去者和留者肝胆相照、光明磊落，有如昆仑山一样的雄伟气魄。

赏析

这首诗的前两句运用张俭和杜根的典故，揭露顽固派的狠毒，表

达了对维新派人士的思念和期待。后两句抒发大义凛然、视死如归的雄心壮志。全诗表达了对避祸出亡的变法领袖的褒扬祝福，对阻挠变法的顽固势力的憎恶蔑视，同时也抒发了愿为自己的理想而献身的壮烈情怀。

“望门投止思张俭”这一句，说身处囹圄的谭嗣同记挂、牵念仓促出逃的康有为等人的安危，借典述怀，私心祈告：他们大概也会像张俭一样，得到拥护变法的人们的接纳和保护。

“忍死须臾待杜根”借用东汉诤臣义士的故事，微言大义。通过运用张俭的典故，以邓太后影射慈禧，事体如出一辙，既有对镇压变法志士残暴行径的痛斥，也有对变法者东山再起的深情希冀。这一句主要是说，戊戌维新运动虽然眼下遭到重创，但作为锐意除旧布新的志士仁人，应该志存高远，忍死求生，等待时机，以期再展宏图。

“我自横刀向天笑”是承接上两句而来：如若康、梁诸君能安然脱险，枕戈待旦，那么，我谭某区区一命岂足惜哉，自当从容地面对带血的屠刀，冲天大笑，“让魔鬼的宫殿在笑声中动摇”。对于死，诗人谭嗣同早有准备。当政变发生时，同志们曾再三苦劝他避居日本使馆，他断然拒绝，正是由于他抱定了必死的决心，所以才能处变不惊，视死如归。

“去留肝胆两昆仑。”对于去留问题，谭嗣同有自己的定见。在政变的第二天，谭氏待捕不至，遂往日本使馆见梁启超，劝其东游日本。他说：“不有行者，无以图将来；不有死者，无以酬圣主。今南海（康有为）之生死未可卜，程婴、杵臼、月照、西乡，吾与足下分任之。”他出于“道”（变法大业、国家利益），也出于“义”（君臣之义、同志之义），甘愿效法《赵氏孤儿》中的公孙杵臼和日本德川幕府末期月照和尚的好友西乡的行节，以个人的牺牲来成全心目中的神圣事业，以自己的挺身赴难来酬报光绪皇帝的知遇之恩。同时，他也期望自己的一腔热血能够惊觉苟且偷安的芸芸众生，激发起变法图强的革命狂澜。在他看来，这伟大的身后事业，就全靠出奔在逃的康、梁们的推动和领导。基于这种认知，他对分任去留两职的同仁同志，给予了崇高的肯定性评价：“去者，留者。路途虽殊，目标则同，价值同高，正像昆仑山的两座奇峰一样，比肩并秀，各领千秋风骚。”

全诗用典贴切精妙，出语铿锵顿挫，气势雄健迫人。诗中寄托深广，多处运用比喻手法，使胸中意气的表达兼具含蓄特色。

金陵①晚望

【唐】高蟾

曾伴浮云归②晚翠③，
犹④陪落日泛秋声⑤。
世间无限丹青手，
一片伤心画不成。

注释

①金陵：今南京。
②归：一作“悲”。
③晚翠：日暮时苍翠的景色。
④犹：一作“旋”。
⑤秋声：秋天自然界的声音，如鸟虫叫声、风声。欧阳修作有《秋声赋》，以各种比喻描摹秋天的声响。

作者名片

高蟾，（约公元881年前后在世），字不详，河朔间人。约唐僖宗中和初前后在世。家贫，工诗，气势雄伟。性倜傥，然尚气节，虽人与千金，非义勿取。十年场屋，未得一第，自伤运蹇，有“颜色如花命如叶”句。与郎中郑谷为友，酬赠称高先辈。乾符三年（876），以高侍郎之力荐，始登进士。乾宁中（896），官至御史中丞。著有诗集一卷。

译文

金陵城曾在日暮的景色中伴着浮动的云，也在秋声里陪着落日。

这世上有无数的丹青圣手，却没有人能把我此刻愁苦的心境描绘出来。

赏析

这是一篇题画之作。诗人借对六朝古都金陵的感慨，抒发对晚唐现实的忧虑。

开篇便是望中之景。“曾伴浮云归晚翠，犹陪落日泛秋声。”当是秋风凄厉、秋叶凋零、秋虫哀鸣、秋水惨淡的交响。浮云归于暮山，将是白日的结束；落日悬浮于秋声，亦是一年的残景。凄凉的日之暮、岁之暮的景象，没能使诗人规避，反倒令他入迷。“曾伴”“犹陪”，说明不是瞬间一瞥，不是短暂凭栏，而是痴痴地望着，一直追随着浮云走向消失的轨迹，久久陪伴着为秋声笼罩着的即将沉没的落日。这些常人不愿看、不忍看、更不敢久看的衰图残景，诗人却着魔般地沉浸其中，这是反常的，也是耐人寻味的。

结合诗题标示的地点，联系三、四句吐露的心境，便知诗人有着难以言说的伤心所在。浅层次讲是直面残秋薄暮的感伤，这一中国文人的习惯心理在敏感而哀乐过人的诗人身上更为突出；深层次讲，是异质同构的彻悟触动的哀痛。此地曾是南朝六代建都之地。当年，金陵佳丽荟萃，而今唯有废墟残景，追昔抚今，宦官专权、藩镇割据、战乱不已的晚唐王朝危机四伏、摇摇欲坠。诗人悟出，现实中晚唐王朝无可挽回地衰败下去，不也和自然的浮云落日一样，即是走向总崩溃的末日，和历史上六个小朝廷昏庸无道的短命亡国一样。这里确乎有异质同构的关系在。自然、历史和社会的种种悲慨涌上心头，笼罩天地，拂逆不去，浓得化不开，语言便显得笨拙无用，只有眼前景象才能诉说和接纳心中无限事了。但人与自然只能是心有灵犀的默契，不能是表情达意的对话。再说，望中晚景可诉诸画笔，人尽可识，而自己久久郁积于心的伤感何由表现。“世间无限丹青手，一片伤心画不成。”这是痛苦的呐喊，也是寂寞的呐喊。因为无论延请多少画师，都无法描绘出诗人难以排遣的伤心。“赖是丹青不能画，画成应遣一生愁”，然而终究画不成，诗人只能是“此恨绵绵无绝期”了。

本诗前二句在对浮云、晚翠等自然景象的描绘中，展示故都盛衰无常，隐含唐王朝正是国运陵夷之时。结尾两句，追昔抚今，百端交集，预感到唐王朝危机四伏，却无可挽回。诗人为此倍感苦恼，却又无能为力，只能将这种潜在危机归结为“一片伤心”，而这又是丹青妙手所无法表述出来的。诗婉转沉着，感慨遥深。

赴成登程口占示家人二首

【清】林则徐

一

出门一笑莫心哀，
浩荡襟怀到处开。
时事难从无过立[①]，
达官非自有生来。
风涛回首空三岛[②]，
尘壤从头数九垓[③]。
休信儿童[④]轻薄语，
嗤他赵老送灯台[⑤]。

二

力微任重久神疲，
再竭衰庸[⑥]定不支。
苟利国家生死以，
岂因祸福避趋之。

注释

①立：成。
②三岛：指英伦三岛，即英国的英格兰、苏格兰、爱尔兰。此句回顾抗英经历，足见英国无人。
③九垓（gāi）：九州，天下。这句可能是用古神话中竖亥自东极步行至西极的故事（见《山海经·海外东经》），表示自己将风尘仆仆地走遍各地观察形势。
④儿童：指幼稚无知的人，代指对林则徐被贬幸灾乐祸的人。
⑤赵老送灯台：即上句的“轻薄语”。《归田录》：“俚谚云：‘赵老送灯台，一去更不来。’”当时清廷中的投降派诅咒林则徐，说他被贬新疆是“赵老送灯台”，永无回来之日。
⑥衰庸：意近“衰朽”，衰老而无能，这里是自谦之词。

谪居[7]正是君恩厚，
养拙[8]刚于戍卒宜[9]。
戏与山妻[10]谈故事，
试吟断送老头皮。

⑦谪居：因有罪被遣戍远方。
⑧养拙：犹言藏拙，有守本分、不显露自己的意思。
⑨戍卒宜：做一名戍卒为适当。这句诗谦恭中含有愤激与不平。
⑩山妻：对自己妻子的谦称。

作者名片

林则徐（1785—1850），汉族，福建侯官人（今福建省福州），字元抚，又字少穆、石麟，晚号俟村老人、俟村退叟、七十二峰退叟、瓶泉居士、栎社散人等。清朝后期政治家、思想家和诗人，是中华民族抵御外辱过程中伟大的民族英雄，其主要功绩是虎门销烟。官至一品，曾任江苏巡抚、两广总督、湖广总督、陕甘总督和云贵总督，两次受命为钦差大臣。因主张严禁鸦片、抵抗西方的侵略、坚持维护中国主权和民族利益深受中国人的敬仰。

译文

一

我离家外出去远行，无论到哪里，都会敞开宽阔的胸怀。我们要乐观旷达，心里不要难受悲哀。

世上的大事、国家的大事，是很难从没有过错中成功的，就连高官达贵也不是天生得来的。

回想广东那轰轰烈烈的禁烟抗英，我蔑视英国侵略者。从今以后，我将游历祖国大地，观察形势，数历山川。

不要相信那些幸灾乐祸、冷嘲热讽的人说的话，鄙弃那些“赵老送灯台”之类的混话。

二

我能力低微而肩负重任，早已感到精疲力尽。一再担当重任，以我衰老之躯，平庸之才，是定然不能支撑了。

如果对国家有利，我将不顾生死。难道能因为有祸就躲避、有福就上前迎受吗？

我被流放伊犁，正因君恩高厚。我还是退隐不仕，当一名戍卒适宜。

我开着玩笑，同老妻谈起《东坡志林》所记宋真宗召对杨朴和苏东坡赴诏狱的故事，让她吟诵一下“这回断送老头皮”那首诗来为我送行。

赏析

一

诗人因抗英禁烟被贬，远戍伊犁，心中自有一股不平之气。但临行前与家人告别，深恐家人担忧，又需笑言相劝，故开首二句强作欢颜。然而这也的确体现出诗人胸怀坦荡，四海为家的壮志豪情。“时事”二句便是对人生经验的总结，人不能生而知之，要想办成一件事，总要经过多次反复和波折，包括犯错误。这也是对家人的教诲。“风涛”一联以轻蔑口吻讥讽英帝国主义国中无人，外强中干；而自己正好借远戍之机游遍全国，了解情况，寻求抗击侵略者的方法，胸怀广阔，气势豪迈。末二句针对朝中投降派幸灾乐祸，说自己永无回乡之日的谰言，表示自己一定会安全返回家乡，返回首都，再与侵略者一决雌雄。全诗虽有眷恋故乡之意，却毫无小儿女悲戚之态，雄健豪劲，不失民族英雄本色。

诗人因抗英禁烟被贬，远戍伊犁，心中自有一股不平之气。但临行前与家人告别，深恐家人担忧，又需笑言相劝，故开首二句强作欢颜。然而这也的确体现出诗人襟怀坦荡，四海为家的壮志豪情。

二

首联是说：我以微薄的力量为国担当重任，早已感到疲惫，如果继续下去，再而衰，三而竭，无论自己衰弱的体质还是平庸的才干必定无法支持。正话反说、反言见意之辞。

颔联若用现代语言表达，即“只要有利于国家，哪怕是死，我也要去做，哪能因为害怕灾祸而逃避呢。”此联已成为百余年来广为传颂的名句，也是全诗的思想精华之所在，它表现了林则徐刚正不阿的高尚品德和忠诚无私的爱国情操。

颈联从字面上看似乎表明作者心平气和、逆来顺受，其实心底却埋藏着剧痛，细细咀嚼，似有万丈波澜。“谪居”，意为罢官回乡或流放边远地区。按封建社会的惯例，大臣无论受到什么处分，只要未曾杀头，都得叩谢皇恩浩荡。这就像普希金笔下那个忠心耿耿而无端受责的俄国老奴对暴戾的主子说的话一样：“让我去放猪，那也是您的恩典。”接下来是说“到边疆做一个多干体力活、少动脑子的‘戍卒’，对我正好是养拙之道。”“刚”，即“刚好”“正好”。也就是说：“您这样处理一个罪臣再合适不过了。”

尾联从赵令《侯鲭录》中的一个故事生发而来：宋真宗时，访天下隐者，杞人杨朴奉召廷对，自言临行时其妻送诗一首云：“更休落魄贪杯酒，亦莫猖狂爱咏诗。今日捉将官里去，这回断送老头皮。”杨朴借这首打油诗对宋真宗表示不愿入朝为官。林则徐巧用此典幽默地说：“我跟老伴开玩笑，这一回我也变成杨朴了，弄不好会送掉老命的。”言外之意，等于含蓄地对道光帝表示：“我也伺候够您了，还是让我安安生生当老百姓吧。”封建社会中的一位大忠臣，能说出这样的牢骚话来，也就达到极限了。我们认真体味这首七律，当能感觉出它和屈原的《离骚》一脉相通的心声。

高阳台[1]·和[2]嶰筠[3]前辈[4]韵[5]

【清】林则徐

玉粟[6]收余，金丝[7]种后，蕃航[8]别有蛮烟[9]。双管[10]横陈，何人对拥无眠[11]。不知呼吸成滋味[12]，爱挑灯[13]、夜永[14]如年。最堪怜，是一泥丸[15]，捐万缗钱[16]。

春雷[17]欻[18]破零丁[19]穴[20]，笑蜃楼气尽[21]，无复灰然[22]。沙角台[23]高，乱帆收向天边。浮槎[24]漫许陪[25]霓节[26]，看澄波[27]、似镜长圆。更应传，绝岛重洋[28]，取次回舷[29]。

注释

①高阳台：词牌名，又名《庆春宫》《庆春泽慢》等，双调，一百字，前后片各十句，四平韵。
②和（hè）：依照别人诗词的题材和体裁做诗词叫“和”。
③嶰（xiè）筠（yún）：两广总督邓廷桢的字。
④前辈：邓廷桢比词人年长九岁，中进士也早林十年，所以词人尊称他为前辈。
⑤韵：指这首词是照着邓廷桢词的韵作的。
⑥玉粟（sù）：即罂粟，草本植物，果实和果壳均可入药，果汁可制成鸦片。
⑦金丝：指产于菲律宾吕宋岛上的一种烟草。
⑧蕃（fān）航：即番航，指外国船。
⑨蛮烟：指外国商人贩卖的鸦片烟。蛮：旧时都用以称外国人。
⑩双管：两支烟枪。抽鸦片的两个人对卧，各自用烟枪对着烟灯吸食毒品。
⑪对拥无眠：相互拥靠着，觉也不睡。
⑫成滋味：指对鸦片烟上了瘾。
⑬挑灯：指点亮烟灯。
⑭夜永：长夜，夜深。
⑮一泥丸：指鸦片烟头像一个小泥丸。
⑯万缗（mín）钱：即万贯钱，极言其多。缗：量词，用于成串的铜钱，每串一千文。
⑰春雷：比喻声音震响。文中指清水军击败英舰的炮火声。
⑱欻（xū）：忽然。
⑲零丁：即零丁洋、零丁岛（今作“伶仃洋”“伶仃岛”），在广东珠江口外侧。
⑳穴：巢穴。
㉑蜃（shèn）楼气尽：比喻殖民主义用鸦片毒害中国人民的气焰被打下去了。蜃楼。古时指蜃（传说中的一种蛟）吐气而变幻成的楼阁，词中借指英国侵略者。
㉒无复灰然：意谓英人鸦片已被词人收缴，并在虎门销毁，不会再重新燃烧起来了。
㉓沙角台：广东虎门海口东南侧沙角山上的炮台，南距虎门十余公里。
㉔浮槎（chá）：传说中来往于海上和天河之间的木筏。词中借“浮槎”指使臣，即词人自称。
㉕漫许陪：姑且允许相陪。
㉖霓（ní）节：古代使者的节仗。词中借指持节镇守两广的总督邓廷桢。
㉗澄（chéng）波：清波。
㉘绝岛重洋：远隔重洋的岛屿，指英国。
㉙取次回舷（xián）：依次返航。回舷：船只返航。

译文

中国古代也种罂粟作药并种植烟草，但现在英国大量贩运来的却是鸦片毒品。是什么人面对面把着烟枪，横躺着整夜不睡呢？不知不觉吸上了瘾，便点起灯来熬长夜如年了。令人可叹的是，人们不惜重金，为了一个泥丸似的烟头，就舍弃了万贯的银钱。

禁烟运动像春雷一样震毁了英国鸦片贩子在零丁洋上的巢穴，笑看英国侵略者锐气已尽，切莫使他们死灰复燃。广州沙角炮台高高耸立，外国走私鸦片的船都远远地躲开了。外国使者正常活动的船只，还在清澈平静的水面上来往。英国的军舰和贩运鸦片的大船，由于中国人民反击得厉害，都一一走开了。

赏析

词的上片写“蛮烟”入境后，带给中国人的严重危害。开篇便以“玉粟收余，金丝种后”分述“鸦片烟”（从唐代）入境后，后来（宋代）“吕宋烟”又传入中国的情况，所以第三句用“蕃航别有蛮烟”总上启下，是说以上两种毒品都是通过外国商船传来的。下面接着写吸鸦片的人“双管横陈”，烟枪不离手，横卧日夜抽，由“不知呼吸”到吸毒成瘾有“滋味”，最后成为“大烟鬼”，“对拥无眠”“爱挑灯、夜永如年”，不分昼夜地吸鸦片，这几句形象生动而真实绘地画出“大烟鬼”的丑态，又带有几分幽默的讽刺和厌恶。所以上片的结句才说“最堪怜，是一泥丸，捐万缗钱。”“最堪怜”是总结吸毒人的恶果，“一泥丸”不仅毒害了千千万万人，还使得他们倾家荡产，损失大量的金银财宝。这就进一步指出了英商贩卖鸦片，不仅损害了中国人民的健康，而且造成白银大量外流，其结果是人亡财竭，其害无穷，所以禁烟势在必要。

词的下片写禁烟初捷的喜悦和对抗英充满胜利的信心。这片的起句以象征手法写“春雷欻”磅礴的气势。以春雷般的炮声，大炮轰破了零丁洋上英商的巢穴，显示了中国人民武装抗英禁烟的威力，打破了侵略者海市“蜃楼”的美梦，使英敌如一摊死灰，再无复燃之机。词人用一“笑”字，表现了谈笑破敌的豪壮风采和蔑视敌寇、大义凛然的英雄气概；同时又用“收向天边”写出英舰仓皇溃逃的狼狈情景。最后即事抒怀，慷慨陈词，词人认为，只要保住海防，就可以使我国沿海保持一片“似镜长圆”的澄波，不必派使臣远渡重洋去和英帝谈判，并告诫人们不可掉以轻心，要严阵以待来犯之敌，表现了他的雄才大略。

这首词的上片，词人以生动而诙谐的笔调，写出抽鸦片烟的人可笑、可怜的怪态，以形象代替说理，可谓深入浅出。下片以雄健蒙肆的笔调，写出抗英胜利的喜悦，又是通过象征手法写意境陈出，耐人琢磨。全词融叙事、抒情、议论于一炉，真实地反映了词人查禁鸦片、抗英御侮的昂扬斗志和坚定信心。

对 酒

【清】秋瑾

不惜千金买宝刀[①]，
貂裘换酒[②]也堪豪。
一腔热血勤珍重，
洒去犹能化碧涛[③]。

注释

①宝刀：吴芝瑛《记秋女侠遗事》提到，秋瑾在日本留学时曾购一宝刀。

②貂裘换酒：以貂皮制成的衣裘换酒喝。多用来形容名士或富贵者的风流放诞和豪爽。

③碧涛：血的波涛。后世多以碧血指烈士流的鲜血。涛：在此处意即掀起革命的风暴。

作者名片

秋瑾（1875—1907），中国女权和女学思想的倡导者，近代民主革命志士。属第一批为推翻满清政权和数千年封建统治而牺牲的革命先驱，提倡女权女学，对妇女解放运动的发展起到了巨大的推动作用。1907年7月15日凌晨，秋瑾从容就义于绍兴轩亭口，年仅32岁。

译文

不吝惜花费千金去买一把好刀，用貂皮大衣去换美酒也算得上

豪迈。

应该多珍惜这一腔革命的热血，将来献出它时，定能化成碧绿的波涛。

赏析

秋瑾的小诗“对酒”作于1905年，即光绪三十一年。庚子事变，八国联军入侵，国事板荡，中华民族濒临灭绝的危险，而满清王朝腐败不堪，鉴湖女侠愤然而起。她本出身书香门第，却不愿做娇花弱柳，为探索救国救民的途径于1904年变卖掉自己的全部首饰衣物东去日本留学。她说：“人生处世，当匡济艰危，以吐抱负，宁能米盐琐屑终其身乎？”在日本她以高价购得一柄宝刀，并学习剑击和射击技术。秋女侠是近代史上一位奇女子，击剑、舞刀、豪饮、赋诗，俱能来得，尽显巾帼豪气。1905年从日本回国，走访好友吴芝瑛，以所购宝刀相示，纵情豪饮，酒酣耳热，拔刀起舞。

第一句以不吝惜千两黄金去购买锋利的宝刀起兴。“千金”本是珍贵的钱财器物，而诗人却毫不可惜地用来换取别人看来价值根本不足相当的东西。诗人意欲投身反帝反封建的斗争，甚至不惜流血牺牲，表现出诗人的性格的豪爽。

第二句与首句呼应，诗人愿意用名贵的貂裘去换酒喝，这些贵重的东西都毫不犹豫地舍弃，诗人以一女子而作如此语，显示出诗人仗义疏财，不计较个人得失的豪爽性格。

吴芝瑛久知秋瑾有光复志，虑其事泄贾祸，屡示珍重。这就有了本诗的第三、四句——秋女侠的回答。借用周朝的忠臣苌弘鲜血化碧的典故阐明：人的生命是非常宝贵的，一腔热血不能白白地流淌，应当为了崇高的革命事业抛头颅、洒热血，只有这样这辈子还算是没有白活。同时抒发随时准备为国捐躯的豪迈情感。

全诗句句铿锵有力，字字掷地有声，借对酒所感抒发革命豪情，表达了诗人决心为革命奉献一切的豪情壮志，充分表现了诗人的英雄气概。

鹧鸪天·祖国沉沦[1]感不禁

【清】秋瑾

祖国沉沦感不禁，闲来海外[2]觅知音[3]。金瓯已缺[4]总须补，为国牺牲敢惜身！

嗟险阻[5]，叹飘零。关山万里[6]作雄行[7]。休言女子非英物[8]，夜夜龙泉[9]壁上鸣。

注释

①沉沦：沉没，危亡的意思。
②海外：指日本。作者曾东渡日本留学。
③知音：这里指革命同志。
④金瓯（ōu）已缺：指国土被列强瓜分。《南史·朱异传》："我国家犹若金瓯，无一伤缺。"金瓯：金的盆盂，比喻疆土之完固，亦用于指国土。
⑤嗟（jiē）险阻：叹路途之艰险梗塞。
⑥关山万里：指赴日留学。《木兰诗》："万里赴戎机，关山度若飞"。
⑦作雄行：指女扮男装。
⑧英物：杰出的人物。
⑨龙泉：宝剑名。雷焕于丰城狱基掘得二剑， 一名龙泉，一名太阿。

译文

祖国沉沦危亡，我忍不住感叹，东渡日本寻找革命同志。国土被列强瓜分需要收复，为国家敢于牺牲自己的身体。

叹路途之艰险梗塞，感慨自身漂泊无依。虽然远隔万里也要赴日留学。人们休要说女子不能成为英雄，连我那挂在墙上的宝剑，也不甘于雌伏鞘中，而夜夜在鞘中作龙吟。

赏析

上片“祖国沉沦感不禁，闲来海外觅知音”，道是“闲”字，但有感于祖国沉沦，却未必有“闲”情。开篇两句，点明此行的缘由，也点出了国内的政治局势。“金瓯已缺总须补，为国牺牲敢惜身”，其时列强瓜分中国，堂堂礼仪之邦，却是衣冠委地，词人一拍桌案，声音陡然一扬：“为国牺牲敢惜身？”一句反问，慷慨激昂，掷地有声。

下片“嗟险阻，叹飘零。关山万里作雄行。”换头一折，疏疏三笔，将一路多少霜风雨雪，轻轻囊括。是蹉跎，是舛磨，阳光寂灭，风雨鲜活。她是一个革命者，不能也不会为了这些而放慢脚步。有了这样的信念，关山万里，层云几重，一名女子，改换上男儿的装扮，乘一叶扁舟，漂洋过海。“休言女子非英物，夜夜龙泉壁上鸣”，歇拍一韵，似洞天石扉，訇然中开。只恨苍天，“苦将侬，强派作蛾眉，殊未屑”；只求如今，“算平生肝胆，因人常热”。“休言女子非英物，夜夜龙泉壁上鸣”把秋瑾以身许国的决心和敢做雄飞的魄力展现得淋漓尽致。

该词风骨峥嵘，撑起的正是词人飒爽的英姿。

自题小像①

【现代】鲁迅

灵台②无计逃神矢③，
风雨如磐暗故园。
寄意寒星荃④不察，
我以我血荐轩辕。

注释

①自题小像：这首诗原无题目，诗题为作者好友许寿裳在其发表的《怀旧》一文中所加。

②灵台：指心，古人认为心有灵台，能容纳各种智慧。

③神矢：爱神之箭。这里作者用中了爱神丘比特之箭象征自己对祖国对人民的热爱和对帝国主义的憎恨之情。

④荃：香草名，古时比喻国君，这里借喻祖国人民。

作者名片

鲁迅（1881—1936），曾用名周樟寿，后改为周树人，字豫山，后改为豫才，曾留学日本仙台医科专门学校（肄业）。“鲁迅”是他1918年发表《狂人日记》时所用的笔名，也是他影响最为广泛的笔名。浙江绍兴人。著名文学家、思想家、民主战士，五四新文化运动的重要参与者，中国现代文学的奠基人。毛泽东曾评价他：“鲁迅的方向，就是中华民族新文化的方向。”鲁迅一生在文学创作、文学批评、思想研究、文学史研究、翻译、美术理论引进、基础科学介绍和古籍校勘与研究等多个领域具有重大贡献。他对于五四运动以后中国社会思想文化的发展具有重大影响，蜚声世界文坛，尤其在韩国、日本思想文化领域有极其重要的地位和影响，被誉为“二十世纪东亚文化地图上占最大领土的作家”。

译文

我的心无法逃避爱神射来的神箭，我炽爱着仍遭受侵略和封建压迫的家园。

这份情感寄托给天上的星星却没有人明了，我誓用一腔热血报效我的祖国。

赏析

“灵台无计逃神矢”，诗一开头就用希腊神话白虹神箭射心这个形象的比喻，倾诉了作者鲁迅强烈的爱国主义情思。

“风雨如磐暗故园”，是说帝国主义、封建主义的侵略和压迫，犹如磐石压顶，使祖国暗无天日，景象惨淡，岌岌可危。

“寄意寒星荃不察”，意指作者的救国救民的理想。

最后一句“我以我血荐轩辕”，是鲁迅对祖国、对人民发出的庄严誓言，决心为祖国、为人民而献身。表现了青年时代的鲁迅强烈的爱国主义精神和反帝反封建的革命英雄气概，将诗的感情升华到了一

个激昂慷慨、热血沸腾的高度。

这首诗，声调激越，感情强烈。作者运用顿挫跳跃的笔法，有曲折、有波澜、有起伏地把强烈的爱国主义情感抒发得深刻真切。全诗四句，先写作者热爱祖国的感情，继写由热爱而引起对处在“风雨如磐”之中的祖国的忧虑，再写由忧虑而感到“寄意寒星荃不察”，心情不免有点沉重，最后跃上一个新的高峰，激昂慷慨，热血沸腾，迸发出“我以我血荐轩辕”的最强音，充满着激励的力量。这首诗，还通过运用典故和比喻、象征的手法，使所抒发的感情形象化。如用“神矢”抽象的爱国主义感情表现得更具体。“风雨如磐”这个富有象征性的比喻，十分形象地表现出黑暗势力的强大，民族危机的深重，国家处境的险恶。以“荃”这种芳香的草比喻人民，表现了鲁迅对人民热爱赞颂的感情。最后，用“轩辕”代祖国，并以血来奉献，更使爱国主义的思想得到最形象最突出的表现。

二十二年[1]元旦

【现代】鲁迅

云封[2]高岫[3]护将军，
霆击[4]寒春灭下民。
到底不如租界好，
打牌声里又新春。

注释

①二十二年：指民国二十二年，即1933年。
②云封：云雾弥漫、笼罩的意思。
③高岫（xiù）：山峰、山峦。暗指江西庐山。
④霆击：雷霆轰击。

译文

云雾弥膜笼罩住高山峻岭，将军们躲进岩洞发号施令。国民党战机把村落夷为平地，遭受杀戮的全是无辜百姓。

上海的租界里人们依然歌舞升平，没有轰炸用不着胆战心惊。吃着牛排鸡翅喝着红茶绿酒，打牌声里混过了新春。

赏析

这首诗，开头一联是对偶，“护将军”和“灭下民”相对，正说明“灭下民”的罪魁祸首是那个“将军”，是那个在云封高岫上的“将军”，矛头指向国民党首脑蒋介石，是极为有力的。“高岫”原作“胜境”，“胜境”只指名胜风景，显不出是庐山，改作“高岫”，就把庐山突出出来了。“霆击”原作“霆落”，“落”是从上而下，用“击”是有意地轰击，又突出“灭下民”的罪恶。“灭下民”原作“戮下民”。是指屠戮下民，歼灭百姓，有全部消灭的意思，更显出他们的罪恶用心。“到底”原作“依旧”，“依旧”指照旧，不如到底有力。从这些地方，可以看出作者鲁迅推敲修改的功夫，使得用词更为精确有力，更为生动。

“到底不如租界好”是有力的讽刺。在国民政府实施轰炸、屠杀人民的时候，托庇于洋人势力的租界上的华人，还在醉生梦死，寻欢作乐，所以也对他们进行讽刺。诗人以强烈的讽刺，揭露了国民政府在日本侵略者步步进逼，国难当头之际，却抱着“不抵抗主义”，挟带金银财宝躲进租界，依然“方城为戏”“麻雀取乐”，为非作歹。“住在租界里的人是有福的”（《天上地下》），鲁迅运用反语，指出了国民政府奴颜婢膝，甘当亡国奴，不以为耻，反以为荣的精神状态。

这首诗的前两句，写景叙事，准确有力，饱含愤怒；后两句，寓揭露于讽刺，以讽刺代怒斥，改“依旧”为“到底”，更深刻地揭露了国民政府的本质。

子夜歌①·人生愁恨何能免②

【五代】李煜

人生愁恨何能免，销魂独我情何限③！故国梦重归④，觉来双泪垂⑤。

高楼谁与[6]上？长记秋晴[7]望。往事已成空，还如一梦中。

注释

①子夜歌：此词调又名《菩萨蛮》《花间意》《梅花句》《晚云烘日》等。此词调于《尊前集》《词综》等本中均作《子夜》，无“歌”字。

②何能：怎能。何：什么时候。免：免去，免除，消除。

③销魂：同“消魂”，谓灵魂离开肉体，这里用来形容哀愁到极点，好像魂魄离开了形体。独我：只有我。何限：即无限。

④重归：《南唐书·后主书》注中作“初归”。全句意思是说，梦中又回到了故国。

⑤觉来：醒来。觉：睡醒。垂：流而不落之态。

⑥谁与：同谁。

⑦长记：永远牢记。秋晴：晴朗的秋天。这里指过去秋游时的景象。

作者名片

李煜（937—978），南唐后主、李后主，字重光，号钟隐、莲峰居士，生于金陵（今江苏南京），南唐最后一位国君。他于961年继位，尊宋为正统，在宋太祖灭南汉后，改称“江南国主”，后兵败降宋，被俘至汴京，授右千牛卫上将军，封违命侯，于978年死于汴京，追赠太师，追封吴王。他在中国词史上占有重要的地位，被称为“千古词帝”。

译文

人生的愁恨怎能免得了？只有我伤心不已悲情无限！我梦见自己重回故国，一觉醒来双泪垂落。

有谁与我同登高楼？我永远记得在一个晴朗的秋天，我登楼远望。往事已经成空，就仿佛在梦中一般。

赏析

这首词的上片写作者感怀亡国的愁恨和梦回故国的痛苦。

起首二句由悲叹、感慨而入，用直白的方式抒发胸中的无限愁恨。“人生”句是一种感叹，也是对生活的一种抽象概括，既是说自己，也是说众生，其“愁恨”自有一番别样的滋味。“愁”是自哀，也是自怜，是自己囚居时的无奈心情；“恨”是自伤，也是自悔，是自己亡国之后的无限追悔。也正因有如此“愁恨”，作者才“销魂独我情何限”，而句中“独我”语气透彻，词意更进一层，表现了作者深切体会到的悲哀和绝望。正如俞陛云《南唐二主词集述评》中所云：“起句用翻笔，明知难免而自我销魂，愈觉埋愁之无地。”第三句“故国梦重归”是把前两句关于愁恨的感慨进一步具体化和个人化。李煜作为亡国之君，自然对自己的故国有不可割舍的情感，所以定会朝思暮想。可是事非昨日，人非当年，过去的欢乐和荣华只能在梦中重现，而这种重现带给作者的只能是悲愁无限、哀情不已，所以一觉醒来，感慨万千、双泪难禁。“觉来双泪垂”不仅因为重游故国，愁思万端，还因为现实情境孤苦无奈，今昔对比，抚今追昔，反差巨大，情绪也更复杂。

词的下片续写作者往日成空、人生如梦的感伤和悲哀。

“高楼谁与上”是高楼无人与上之意，也是高楼无人之意，进一步点明作者的困苦处境和孤独心情。所谓登高望远，指借登高以远眺故国、追忆故乡。故国不可见，即便可见也已不是当年之国，故乡不可回，此恨此情只能用回忆来寄托。所以作者的一句“长记秋晴望”，实是一种无可奈何的哀鸣。现实中的无奈总让人有一种空虚无着落之感，人生的苦痛也总给人一种不堪回首的刺激，作者才有“往事已成空，还如一梦中”的感慨。在现实中，“往事”真的“成空”。但这种现实却是作者最不愿看到的，他希望这现实同样是一场梦。“如一梦”不是作者的清醒，而是作者的迷惘，这种迷惘中有太多的无奈，以此作结，突显全词的意境。

全词以“梦”为中心，集中写“空”，笔意直白，用心挚真。

望阙台[1]

【明】戚继光

十年[2]驱驰海色寒，
孤臣[3]于此望宸銮[4]。
繁霜尽是心头血，
洒向千峰秋叶丹。

注释

①望阙（quē）台：在今福建省福清市，为戚继光自己命名的一个高台。

②十年：指作者调往浙江，再到福建抗倭这一段时间。

③孤臣，远离京师，孤立无援的臣子，此处是自指。

④宸（chēn）銮（luán）：皇帝的住处。

作者名片

戚继光（1528—1588），字元敬，号南塘，晚号孟诸，卒谥武毅。汉族，山东登州人，祖籍安徽定远，生于山东济宁。明代著名抗倭将领、军事家。官至左都督、太子太保加少保。

译文

在大海的寒波中，我同倭寇周旋，已有十年之久。我站在这里，遥望着京城宫阙。

我的心血如同千山万岭上的浓霜，洒向群峰，染红所有秋叶。

赏析

该诗概括了诗人在苍茫海域内东征西讨的战斗生活，暗寓抗倭斗争的艰难困苦。因有感于曾一起抗倭的汪道昆被弹劾罢官，来形容自己像远离京师孤立无援的臣子，远望皇帝居住的地方，作者仍盼抗倭斗争能得到朝廷的充分支持，既表达了对祖国的赤诚，自己有抗倭报国的一腔热血，也蕴含了对朝廷的忠贞。

此诗以十分形象化的手法，抒发自己的丹心热血。

首句“十年驱驰海色寒，孤臣于此望宸銮”。此诗虽为登临之作，却不像一般登临诗那样开篇就写景，而是总括作者在苍茫海域内东征西讨的卓绝战斗生活。战斗艰苦卓绝，而远离京城的将士却得不到来自朝廷的足够支持，作者心中充满矛盾。得不到朝廷支持，对此作者不无抱怨；可是他又离不开朝廷这个靠山，对朝廷仍寄予厚望。

“繁霜尽是心头血，洒向千峰秋叶丹。”这一联是借景抒情。作者登上望阙台，赫然发现：千峰万壑，秋叶流丹。这一片如霞似火的生命之色，使作者激情满怀，鼓荡起想象的风帆。这两句诗形象地揭示出封建社会中的爱国将领忠君爱国的典型精神境界。在长达十来年的抗倭战争中，作者之所以能在艰苦条件下，不懈地与倭寇展开殊死较量，正是出于爱国和忠君的赤诚。

这首诗用拟物法，以繁霜比喻自己的鲜血，形象生动，在艺术表现上极富感染力，读其诗，

如闻其声，如见其人，不愧为千古传颂的名作。

漫感

【清】龚自珍

绝域①从军计惘然②，
东南③幽恨满词笺④。
一箫一剑平生意，
负尽狂名十五年。

注释

①绝域：隔绝的地域，言其远。此指我国边疆。
②惘（wǎng）然：失志的样子。指从军的愿望未能实现。
③东南：指我国东南沿海一带。
④词笺（jiān）：写诗词的纸，亦可作“诗词”看。笺：古代小幅而极精致的纸。

作者名片

龚自珍（1792—1841），清代思想家、文学家及改良主义的先驱者。27岁中举人，38岁中进士。曾任内阁中书、宗人府主事和礼部主事等官职。主张革除弊政，抵制外国侵略，曾全力支持林则徐禁除鸦片。48岁辞官南归，次年暴卒于江苏丹阳云阳书院。他的诗文主张“更法”“改图”，揭露清统治者的腐朽，洋溢着爱国热情，被柳亚子誉为“三百年来第一流”。著有《定庵文集》《己亥杂诗》。

译文

从军疆场的壮志难酬令人怅惘，只能将对东南形势的忧虑情怀倾注到诗词中。

赋诗抒怀和仗剑抗敌是我平生的志愿，如今十五年过去了，白白辜负了“狂士”声名。

赏析

这是一首充满强烈爱国主义激情的诗篇，抒发自己忧心国事，尤其是对东南沿海地区遭遇列强侵凌的深重忧患，表达了不畏宵小之徒的嘲笑，愿以文才武略报效国家的爱国情怀。

“绝域从军计惘然，东南幽恨满词笺。”感慨立功边塞之志不能如愿，只得借诗把闲散于东南的满腔幽恨抒发出来。由“绝域从军”——即一向关注的西北边疆局势遥遥说起，实指那种“气寒西北何人剑”的经世雄心，可是现实中哪里能寻得这样一个舞台。早在十年前，他就已经清醒地认识到“纵使文章惊海内，纸上苍生而已！似春水、干卿甚事”（《金缕曲·癸酉秋出都述怀有赋》），如今不也还是落得“幽恨满词笺”的结局么？那么所谓“幽恨”又何指？诗人尝自陈：“怨去吹箫，狂来说剑，两样销魂味”（《湘月·壬申夏泛舟西湖》），或者大展雄才，或者远避尘嚣，这是他平生心事之不可割分的两个层面。于是有下文“负尽狂名”的情极之语，郁勃苍凉，令人耸然动容。

“一箫一剑平生意，负尽狂名十五年。”后两句直抒胸臆。诗人在《己亥杂诗》中曾有“少年击剑更吹箫，剑气箫心一例消”的愤慨，正可作这两句的注脚。立志革新的诗人，本想以“剑”与“箫”这一武一文来实现改革社会的愿望，而今写了一些满纸幽恨的辞章，丝毫无助于补偏救弊，岂不是徒具狂名！

全诗意境雄浑，感情奔放，有强烈的感人力量。

梅 花

【宋】陈亮

疏①枝横玉瘦②，
小萼点③珠光。
一朵忽先变，
百花皆后香。
欲传春信息，
不怕雪埋藏。
玉笛休④三弄⑤，
东君⑥正主张⑦。

注释

①疏：稀疏，稀落。
②玉瘦：指沾满雪的清冷刚劲的花枝。
③点：闪着，泛着。
④休：莫，不要。
⑤三弄：指古曲《梅花三弄》，全曲主调出现三次，故称三弄。
⑥东君：司春之神。
⑦主张：当令，做主，主宰春天。

作者名片

陈亮（1143—1194），字同甫，婺州永康（今浙江永康）人。宋代诗人。

译文

阳光下，稀稀落落、歪歪斜斜的梅枝上挂满洁白如玉的雪

花，使得它上面那一朵又一朵梅花的花萼闪着晶莹的光彩。忽然有一朵梅花最先绽开了，这使得想要在春天竞吐芳香的种种花儿都落在梅花的后面了。

梅花想要把春天悄然而来的信息传递出去，又怎么会害怕被厚厚的积雪所深深埋藏呢！请玉笛不要再吹奏那令人伤感的古曲《梅花三弄》了，让主宰春天的神东君为梅花留住春天，不要让开在早春的梅花因一支悲伤曲调而过早地凋谢。

赏析

开头两句“疏枝横玉瘦，小萼点珠光”对梅花的形态略加描绘。作者以“疏枝横玉”写已开的梅花，以“小萼点珠”写未开的梅萼。“瘦”，以现梅花的清姿；“光”，以现梅萼的俊采。用语质朴。

“一朵忽先变，百花皆后香”，诗人抓住梅花最先开放的特点，写出了梅花不怕挫折打击、敢为天下先的品质，既是咏梅，也是咏自己。

“欲传春信息，不怕雪埋藏”，严冬阻挡不了春天到来的脚步，深雪又怎能埋藏梅花的芬芳气息？颂扬了梅花坚贞不屈的精神，诗人以颂赞梅花的口吻来寄托自己的爱国思想。

“玉笛休三弄,东君正主张”，玉笛不要再吹奏那伤感的曲调“梅花三弄”了，春神就要来到人间，主宰大地。表达了诗人爱梅、惜梅之情，请东君为梅花做主，让玉笛不要再吹“三弄”了，留住春天，不要让梅花凋谢。

陈亮一生极力主张抗金，反对投降，有着强烈的爱国精神。《梅花》一诗，表达了他的爱国之志，对抗金的胜利、国家的前途都充满了必胜的信心。诗是诗人情感发展的产物，既然玉笛演奏的《梅花落》曲子阻挡不了在春天阳光哺育下的梅花茁壮成长，那么，投降派的种种苟且的言论又怎能阻挡历史车轮的滚滚前进呢？进一步以颂赞梅花的挺然独立来表达对投降派的强烈谴责，寄托了自己力主抗战，反对投降的爱国主义思想。

酬朱监纪四辅[1]

【清】顾炎武

十载[2]江南事已非，
与君辛苦各生归。
愁看京口三军溃，
痛说扬州十日[3]围。
碧血[4]未消今战垒，
白头相见旧征衣。
东京朱祜[5]年犹少，
莫向尊前叹式微[6]。

注释

①朱监纪四辅：朱四辅，明末秀才，在明时曾任监纪推官、监纪提刑，为诗人友人。
②十载：指明亡已去十年。
③扬州十日：指明亡后顺治二年（1645）四月，清兵攻破扬州，在扬州城里大肆屠杀淫掠的时候，有一个市民王秀楚躲在空屋中，活了下来。他把他在清兵破城前后十余日中目睹之事，一一写出，为《扬州十日记》。
④碧血：碧是一种青绿色的美石。这里喻指为国死难的人。
⑤朱祜（hù）：东汉名将，曾举兵平定延岑残党，防备匈奴。后拜建武大将军，封鬲侯。
⑥式微：先秦时代民歌。

作者名片

顾炎武（1613—1682），汉族，明朝南直隶苏州府昆山（今江苏省昆山市）千灯镇人，本名绛，乳名藩汉，别名继坤、圭年，字忠清、宁人，亦自署蒋山佣。南都败后，因为仰慕文天祥学生王炎午的为人，改名炎武。因故居旁有亭林湖，学者尊为亭林先生。明末清初杰出的思想家、经学家、史地学家和音韵学家，与黄宗羲、王夫之并称为明末清初“三大儒”。其主要作品有《日知录》《音学五书》《韵补正》《古音表》《诗本音》《唐韵正》《音论》《金石文字记》《亭林诗文集》等。

译文

故国已经十年没回了，处处物是人非。我和你历尽艰辛，生存

到现在。

我想起京口三军溃败就愁闷，想起扬州被血洗十日内心便感到万分悲苦。

为国死难的烈士们血洒疆场，那段历史不可遽消，而此刻不得不面对白头早衰了。

你要向东汉名将朱祜学习，不要消沉与哀叹。

赏析

诗的首联是大难之后的感喟之词。“十载江南事已非，与君辛苦各生归。”古人感叹世事变迁，常以物是人非相称。而在这清初的十年中，经历了生死交关的艰难历程，不仅人非、物非，事事皆非，诗人和朱四辅都是经过了曲折艰辛的“辛苦”归程，九死一生，才得以“生归”。回首往事，心中暗自升起一种沉痛悲凉的沧桑感。更尤有盛者，明清易代之际的历史，尤其在江南一带，是比任何改朝换代都更加惨绝人寰的。

颔联是对历史的沉痛回顾。“愁看京口三军溃，痛说扬州十日围。”明崇祯十七年（1644）三月，北京城破。五月，福王朱由崧称帝，命史可法督师于扬州。由于南明朝廷昏庸，内讧不断，致使清兵长驱南下。顺治二年（1645）四月，清兵制造了“扬州十日”惨案。五月，南明弘光帝被俘，次年死。顾炎武这里只是指出了当时历史最沉痛的一刻。“愁”是愁南明旧朝的昏聩，“痛”是痛满清新朝的暴酷，一“愁”一“痛”之间，蕴含了历史的悲感。

颈联写时光如水逝，历史犹在目。“碧血未消今战垒，白头相见旧征衣。”据史料记载，明末清初，各地反清武装斗争连绵起伏，一直延续了四十年，“碧血未消”既表现了反清斗争激烈、烈士们血洒疆场，又表现了仁人志士坚强不屈的意志。诗人写诗时是四十岁，不当以老人自称的，这里的“白头相见”显然流露出了一种人生短暂而功业未就，恢复大计遥遥无期的惆怅与感慨，然而顾炎武虽然感到艰难困苦，还是念念不忘那为之奋斗的理想，于是与友人相见，自然而然地叙起了从前的战争生涯。这一联看似平淡，然而平淡之处自有心胸的流露，与友人相对，他想到的不仅是旧日的那不堪回首的往事，还有他为之奋斗的他那未来想复明的理想境界。

尾联诗人与友人互勉，寄希望于来者。诗人为了理想的未来，他告诫友人不要叹息，要像古代的英雄那样去奋斗："东京朱祐年犹少，莫向尊前叹式微。"这两句，诗人是以朱祐比朱四辅。"叹式微"这里代指哀叹，是鼓励朱四辅不要消沉，不要只是哀怨悲叹，而要像东汉的朱祐那样建功立业，为恢复故国而努力。这里不仅是鼓励友人，实际上也是在表现自己那不屈服的坚强意志。

这首诗悲叹往事凄楚动人，但格调并不仅仅流于低沉凄婉，在哀伤悲凉之中同样也洋溢着慷慨激昂积极向上的热情，这热情是顾炎武诗作的热情，也是其人的热情。

鹧鸪天·建康①上元②作

【宋】赵鼎

客路那知岁序③移，忽惊春到小桃④枝。天涯海角悲凉地⑤，记得当年全盛时。

花弄影，月流辉，水晶宫殿⑥五云⑦飞。分明一觉华胥梦⑧，回首东风泪满衣。

注释

①建康：即今南京市。
②上元：指元宵节。
③岁序：岁时的顺序，岁月。
④小桃：一种初春开花的桃树。
⑤悲凉地：指建康（今南京市）。
⑥水晶宫殿：用水晶装饰的宫殿，泛指宋汴京宫殿。

⑦五云：王色瑞云，多指吉祥征兆，代指皇帝所在地。
⑧华胥（xū）梦：指梦境。

作者名片

赵鼎（1085—1147），南宋政治家、词人。字元镇，自号得全居士。南宋解州闻喜（今属山西）人。宋高宗时的宰相。《四印斋所刻词》有《得全居士词》一卷，存词45首。

译文

身在异地，哪里知道时光节序转换得如此之快，忽然惊喜地发现春色早已催生了小桃枝上的花蕊。如今我虽被贬到这偏远凄凉之地，但还记得当年繁华的汴京风光。

月夜下繁花舞弄着清影，月光流泻出琼玉般的银辉，月色下的宫殿如水晶般晶莹，飞云绚丽美好。分明是做了一场繁华美梦，回首东风泪满衣衫。

赏析

这首词的上片写作者被贬海南凄凉之地感叹时光的易遗，下片写作者回忆昔日京都的繁华往事之悲。全词通过今昔对比，抒发了作者对故国的怀念和亡国后的悲哀，情感沉郁、感人至深。

上片“客路那知岁序移，忽惊春到小桃枝”，词人起首即发出感叹，如今身在异地，竟不知时光节序转换得如此之快，等到惊觉时，春色早已催生了小桃枝上的花蕊。“小桃”是桃树的一个品种，在上元节前后开花，由此呼应词题中所言时令。不知不觉又是一年，而在过去的一年中，故土沦亡，自己四处漂泊，此时回望，真有“往事不堪回首”之恨。

词人此时身处都城建康，却怀着深切而悲凉的羁旅情怀，这不仅是因为他离开了故乡，更因为他从此难以回到故乡。半壁江山已沦入他手，这个不容否认的事实逼得词人发出“天涯海角悲凉地”的忧凄之语。北宋汴京与南宋建康在地理位置上远远称不上“天涯海角”，但江山易主的剧变，以及战火延绵，有家不得归的事实，使词人感觉两者的距离有如天涯海角。

“记得当年全盛时”一句，是作者面对建康上元节时的凄凉景况而生出的对过去的怀恋。“记得当年”，回忆北宋过往繁华。词人遥想当年，汴京的上元节是多么盛大、热闹，“全盛时”三字，言辞精炼，感情激越，仿佛记忆中的繁华盛景正汹涌而来，喷薄而出。

下片则具体讲述“全盛时”的景象，但词人却并不堆金砌玉，而是以“花弄影，月流辉，水精宫殿五云飞”这样清空虚渺的意象，暗示当时汴京城的旖旎风情。花影婀娜，月光如水，宫殿晶莹剔透，飞云绚丽美好，如此美的景致，最终仍是被铁蹄踏碎，一梦成空，令人“回首泪满衣”。

末句“东风”呼应起首处的“小桃枝”，使词意密合。“分明一觉华胥梦”中“分明”二字，表现出词人梦醒后的清醒，以及意识到这种清醒之后的悲哀。词作开端“那知”“忽惊”，即流露出如梦初醒的意味。及至“记得当年”，又使词人浸入过往的“梦境”之中。最后，又因意识到家国残破而从梦中惊醒，不由得泪湿衣襟，难以自已。可见，“梦”在这首词中包含有多层蕴意，既表示词人个人的感情归宿，也用以比喻国破家亡、繁华如梦的苍凉情怀。

词中还运用了回忆对比的手法：以今日之悲凉，对比昔日之全盛；以梦中之欢乐，对比现实之悲哀。这种艺术手法冲破时间、空间的束缚，一任感情发泄，恣意挥写，哀而不伤，刚健深挚，与一般婉约词、豪放词均有不同。

残春①旅舍

【唐】韩偓

旅舍残春宿雨晴②，

注释

①残春：春天将尽的时节。此时春花凋残。

②宿雨晴：指下了一夜雨，清晨放晴。

恍然心地忆咸京[3]。
树头蜂抱花须落，
池面鱼吹柳絮行[4]。
禅伏诗魔归净域[5]，
酒冲愁阵出奇兵[6]。
两梁免被尘埃污[7]，
拂拭[8]朝簪待眼明。

③咸京：指唐都城长安。
④柳絮行：指柳絮随风飘飞。
⑤归净域：指归到那洁净的地方。净域：亦称“净土”，佛语，指无浊无垢之地。
⑥酒冲：用酒来冲击。愁阵：愁苦如重重敌阵。出奇兵：借酒浇愁，如同出奇兵破阵一样。
⑦两梁：冠名。《唐诗鼓吹》的注释中说汉代“秩千石，冠两梁”。尘埃污：指沾上尘埃，暗指投敌变节。
⑧拂拭：掸灰擦尘。

作者名片

韩偓（842—923），唐代诗人。乳名冬郎，字致光，号致尧，晚年又号玉山樵人。陕西万年县（今樊川）人。自幼聪明好学，10岁时，曾即席赋诗送其姨夫李商隐，令满座皆惊，李商隐称赞其诗是“雏凤清于老凤声”。龙纪元年（889），韩偓中进士，初在河中镇节度使幕府任职，后入朝历任左拾遗、左谏议大夫、度支副使、翰林学士。

译文

旅舍外残春夜雨晨放晴，恍然间心里忆起长安城。
树枝中蜂拥蝶舞花将落，水面上风起柳絮飘飘行。
借写诗抒情因悟禅语止，用酒冲愁阵如同出奇兵。
保存好官帽不要遭污损，擦拭净朝簪等待唐复兴。

赏析

这首诗是诗人客居闽地时而作，当时唐朝已亡，旨在行发对唐王朝的怀念之情。开笔处写出了一个春残红飞，夜雨放晴的景象，再加上诗人他乡为客，寄居旅馆之中，于是忆起阔别久远的帝京——长安。一提起长安，自然使诗人想起被昭宗信任，作翰林学士时的得意情形，又自然地想到为朱全忠排挤，使他落魄异乡。这难言的种种味道，一时涌上心头。“忆咸京”三字，成为全篇枢纽，领起以下三联。

颔联承接“忆咸京”三字，首先抒写对皇都美好春光的回忆：“树头蜂抱花须落，池面鱼吹柳絮行。”仰望绿暗红稀的树梢，蜜蜂抱着花须随花飞落；俯观柳絮飘坠的池水，鱼儿吹着柳絮游玩。飞花、落絮本是残春景物，而蜜蜂、鱼儿却平添了无穷乐趣与几分生机，故没有半点伤春伤别的落寞，更不见晚唐衰飒的诗风。因为诗人是带着曾经沐浴皇恩的深情在回忆这皇都的风物。正因为如此，在诗人笔下，即使是摇落的秋天，这长安的晨昏与草木也总带着几分温暖与芳菲。

五、六句“禅伏诗魔归净地，酒冲愁阵出奇兵”，具体写诗人客居馆舍中的寂寞。诗人心中有无限的悲苦，说不尽的怨恨，客中无聊，只好用诗来抒写自己的心境，用诗来表达悲愤的情怀。然而，几番思考终未写成。诗人只好以“禅伏诗魔归净域”来为自己解嘲，这恰恰表现了诗人那种“剪不断，理还乱”的心绪，有这样的心绪必然不能写出诗来。诗未写成，悲忧郁愤越积越深，真如同一重重愁阵一样，横亘胸中。只好用酒来冲荡这重重愁阵。然而，“借酒浇愁愁更愁”，酒只能使人得到一时的陶醉，醒来之后，将是更大的悲伤。这更大的悲伤便使诗人产生了信心和希望：“两梁免被尘埃污，拂拭朝簪待眼明”。诗人这时清醒地认识到：诗也好，酒也好，都不能解心中的烦闷。于是他想起往日在朝时的官帽，悟出了一条真理：要好好地保存这顶珍贵的朝帽，千万不能让它被尘埃污染。言外之意是决不作异姓之臣，宁肯终生潦倒，也不改变自己的气节。这时他不愁了，他不悲了，他轻轻地擦拭着朝簪，心中暗暗地表示：一定要耐心地等待，一直等到大唐复兴，戴上朝帽，穿上朝服来参与朝政。闻一多说：“作者深知唐王朝避免不了灭亡的命运，而自己又无所作为，故所作之诗多缅怀往事，情调悲凉。”这首诗没有直抒悲凉之思，但他深深眷顾的往日温馨，实已成为今日悲凉的衬托。

全诗感情起伏动荡，由悲忧到镇定，从中看出诗人的气节。全诗由“旅舍”“残春”总起，三、四句承“残春”，五、六句承“旅舍”，七、八句收束来照应全篇，结构严谨，脉络清楚。

凉州词

【唐】王翰

葡萄美酒夜光杯①，
欲饮琵琶马上催②。
醉卧沙场君③莫笑，
古来征战④几人回？

注释

①夜光杯：玉石制成的酒杯，把美酒置于杯中，放在月光下，杯中就会闪闪发亮，夜光杯由此而得名。这里指华贵而精美的酒杯。
②催：催人出征。也有人解作鸣奏助兴。
③沙场：平坦空旷的沙地，古时多指战场。君：你。
④征战：打仗。

作者名片

王翰（687—726），字子羽，并州晋阳（今山西太原）人，唐代边塞诗人。王翰这样一个有才气的诗人，其集不传。其诗载于《全唐诗》的，仅有14首。登进士第，举直言极谏，调昌乐尉。复举超拔群类，召为秘书正字。擢通事舍人、驾部员外。出为汝州长史，改仙州别驾。

译文

甘醇的葡萄美酒盛放在夜光杯之中，正要畅饮时，琵琶马上响了起来，仿佛在催人出征。

如果醉卧在沙场上，也请你不要笑话，古来出外打仗的能有几人返回家乡？

赏析

王翰的《凉州词》是一首曾经打动过无数热血男儿心灵深处最柔软部分的千古绝唱。诗人以饱蘸激情的笔触、铿锵激越的音调、奇丽耀眼的词语，定下这开篇的第一句。

“葡萄美酒夜光杯”，犹如突然间拉开帷幕，在人们的眼前展现出五光十色、琳琅满目、酒香四溢的盛大筵席。这景象使人惊喜，使人兴奋，为全诗的抒情创造了气氛，定下了基调。

“欲饮琵琶马上催”是说正在大家准备畅饮之时，乐队也奏起了琵琶，更增添了欢快的气氛。但是这一句的最后一个“催”字却让后人产生了很多猜测，众口不一，有人说是催出发，但和后两句似乎难以贯通。有人解释为：“催尽管催，饮还是照饮。”这也不切合将士们豪放俊爽的精神状态。“马上”二字，往往又使人联想到“出发”，其实在西域胡人中，琵琶本来就是骑在马上弹奏的。“琵琶马上催”，应该是着意渲染一种欢快宴饮的场面。

诗的最末两句“醉卧沙场君莫笑，古来征战几人回”顺着前两句的诗意来看应当是写筵席上的畅饮和劝酒，这样理解的话，全诗无论是在诗意还是诗境上都能自然而然地融会贯通了。过去曾有人认为这两句“作旷达语，倍觉悲痛”。还有人说：“故作豪饮之词，然悲感已极。”话虽不同，但都离不开一个“悲”字。后来更有用低沉、悲凉、感伤、反战等等词语来概括这首诗的思想感情的，依据也是三四两句，特别是末句。“古来征战几人回”，显然是一种夸张的说法。清代施补华说这两句诗：“作悲伤语读便浅，作谐谑语读便妙，在学人领悟。”（《岘佣说诗》）这话对我们颇有启发。

之所以说“作悲伤语读便浅”，是因为它不是在宣扬战争的可怕，也不是表现对戎马生涯的厌恶，更不是对生命不保的哀叹。回过头去看看那欢宴的场面：耳听着阵阵欢快、激越的琵琶声，将士们真是兴致飞扬，你斟我酌，一阵痛饮之后，便醉意微微了。也许有人想放杯了吧，这时座中便有人高叫：怕什么，醉就醉吧，就是醉卧沙场，也请诸位莫笑，“古来征战几人回”，早将生死置之度外了。可

见这三、四两句正是席间的劝酒之词，而并不是什么悲伤之情，它虽有几分“谐谑”，却也为尽情酣醉寻得了最具有环境和性格特征的“理由”。“醉卧沙场”，表现出来的不仅是豪放、开朗、兴奋的感情，而且还有着视死如归的勇气，这和豪华的筵席所显示的热烈气氛是一致的。

这是一个欢乐的盛宴，那场面和意境绝不是一两个人在那儿浅斟低酌，借酒浇愁。它那明快的语言、跳动跌宕的节奏所反映出来的情绪是奔放的、狂热的；它展现出的是一种令人激动和向往的艺术魅力，这正是盛唐边塞诗的特色。

也有人认为全诗抒发的是反战的哀怨，所揭露的是自有战争以来生还者极少的悲惨事实，却出以豪迈旷达之笔，表现了一种视死如归的悲壮情绪，这就使人透过这种貌似豪放旷达的胸怀，更加看清了军人们心灵深处的忧伤与幻灭。

就义诗

【明】杨继盛

浩气[①]还太虚，
丹心照千古[②]。
生平未报国[③]，
留作忠魂[④]补。

注释

①浩气：正气；正大刚直的精神。
②丹心：红心，忠诚的心。
千古：长远的年代，千万年。
③生平：一辈子，一生。报国：报效国家。
④忠魂：忠于国家的灵魂，忠于国家的心灵、精神。

作者名片

杨继盛（1516—1555），明代著名谏臣。字仲芳，号椒山，直隶容城（今河北容城县北河照村）人。嘉靖二十六年进士，官兵部员外郎。坐论马市，贬狄道典史。事白，入为户部员外，调兵部。疏劾严嵩而死，赠太常少卿，谥忠愍。后人以继盛故宅，改庙以奉，尊为城隍。著有《杨忠愍文集》。

译文

自己虽死了，浩然正气回归太虚，但耿耿丹心照耀千古。

这一生还未来得及报效国家，死后正好留下忠魂来弥补。

赏析

杨继盛，明代爱国将领，曾任南京户部主事，刑部员外郎。杨继盛坚决主张抗击北方鞑靼的入侵，反对妥协误国。先是上疏朝廷，弹劾大将军仇鸾误国，后又上疏弹劾奸相严嵩，遭毒刑，被杀害，死时年仅四十岁。

杨继盛舍生取义的高尚精神和气节，感动了京城百姓，深得民心，在押解他去会审的途中，观看的百姓站满了街道，以致道路阻塞不能通行，人们不仅齐声叹息，而且为之流下了热泪。他死了以后，他的朋友王世贞、王遴冒死备下棺材装殓了他，京城百姓流着泪交相传诵他的弹劾严嵩疏和就义诗。杨继盛死后七年，严嵩罢官；后十年，严嵩削籍为民，抄没家产，严世藩伏诛；后十一年，明穆宗即位，为杨继盛平反，谥忠愍。所以杨继盛又被称为“杨忠愍”。

这首诗便是他临刑前所作，前二句说自己虽然死了，但浩气仍留天地之间，光耀千古，后两句感慨自己壮志未酬身先死，不禁万分遗憾，但死后若有忠魂在，一定还要补报国家，以偿夙愿。整首诗寥寥二十字，一片忠贞报国之心凛然可睹，千载以下读之，也深深为之感动。诗人在诗中表示，自己报国之心不但至死不变，即使死后也不会改变。

原诗没有题目，诗题是后人代拟的。作者为揭发奸相严嵩被处死，诗中表现了他忠心报国、至死不变的决心。全诗一气呵成，如吐肝胆，如露心胸，如闻忠诚之灵魂在呼喊，感人肺腑。

就义诗

【现代】夏明翰

砍头不要紧，
只要主义①真②。
杀了夏明翰，
还有后来人③。

注释

①主义：共产主义、社会主义。
②真：真理。
③后来人：革命的下一代。

作者名片

夏明翰（1900—1928），字桂根，生于湖北秭归县，衡阳县礼梓山（今洪市镇余家大屋）人，无产阶级革命家，革命烈士。他违背祖父意愿考入湖南省立第三甲种工业学校机械科，在学习中接受了马克思主义思想，并在1921年加入中国共产党，后发动工人罢工，参加组织秋收起义。1928年3月20日，在汉口余记里刑场英勇就义，年仅28岁。

译文

砍掉头颅并不可怕，只要我的共产主义信仰是真理。
把我夏明翰杀了，还有大批的革命后代站起来。

赏析

这是一首五言诗。诗的前两句“砍头不要紧，只要主义真”，充分表达了一个共产党员为真理、为理想视死如归的英雄气概，一个革命者对人民、对革命的耿耿丹心，闪烁于诗的字里行间。后两句“杀了夏明翰，还有后来人”，表达了作者对前途乐观，对革命必胜的坚定信念。他坚信自己的血不会白流，无数革命志士会接过他的枪，继续战斗，去迎接灿烂的黎明，被压迫的人民一定能够获得解放，社会主义、共产主义一定能实现。读罢此诗，我们仿佛看到作者面对死亡大义凛然的英雄气概，以及怀着对同志的期盼和对革命事业的坚定信心，昂首阔步走向刑场。

这首诗的特点：一是语言朴素，没有华丽的词句，明白如话，节奏明快，铿锵有力，读来朗朗上口，使人易读易记，成为一首广为传诵的短诗。二是字里行间道出了作者的肺腑之言。古人说"诗言志"，诗是真实感情的流露。通过这首诗，我们能够听到作者伟大的心声，它不是一般的诗，而是用血肉凝成的诗篇。

淮村①兵后

【宋】戴复古

小桃无主自开花，
烟草②茫茫带晚鸦。
几处败垣③围故井④，
向来一一是人家。

注释

①淮村：淮河边的村庄。
②烟草：烟雾笼罩的草丛。
③败垣（yuán）：倒塌毁坏了的矮墙。
④故井：废井，象征人家。

作者名片

戴复古（1167—约1248），字式之，常居南塘石屏山，故自号石屏、石屏樵隐，天台黄岩（今属浙江台州）人，南宋著名江湖诗派诗人。曾从陆游学诗，作品受晚唐诗风影响，兼具江西诗派风格。部分作品抒发爱国思想，反映人民疾苦，具有现实意义。晚年总结诗歌创作经验，以诗体写成《论诗十绝》。一生不仕，浪游江湖，后归家隐居，卒年八十余。著有《石屏诗集》《石屏词》《石屏新语》。

寂寞的一株小桃树，没人欣赏，默默地开着红花。满眼是迷离的春草笼罩在雾气中。黄昏里，几只乌鸦在天空盘旋。

一道道倒塌毁坏的矮墙，围绕着废弃的水井。这里与那里，原先都住满了人家。

赏析

“小桃无主自开花”，桃花不识人间悲苦，花开依旧。这早春的艳阳景色，倍增凄凉。烟草茫茫，晚鸦聒噪，战争过后人烟稀少，为后面两句点题的诗蓄势。“几处败垣围故井，向来一一是人家”，这两句是诗的主旨。本来，这里原是人们聚居的地方，可现在只留下了残垣故井，一切都已荡然无存了。这首短短的绝句，为战后荒村画出了最典型的图景。

井是聚居的重要标志。有井处，方有人家。干戈寥落，家园破败，最难移易的是井，最难毁损的是井，井是逝去生活的不移见证。因此，井最能触动怀旧的心理。历来诗人对故宅荒芜、沧桑变迁，多有以井为题材的描写。《过故宅》：“草深斜径灭，水尽曲池空。林中送明月，是处来春风。惟余一故井，尚夹两株桐。”韦应物：“废井没荒草，阴牖生绿苔。门前车马散，非复昔时来。”许浑：“乱藤侵废井，荒菊上丛台。”物是人非，故井、废井最能引发对往昔的思念。因为，井傍人家，饮用洗涤，须臾不能离开；井傍人家，悲欢离合，演出了多少人间故事。井，如此贴近人们的生活；井，如此感应人们的心灵。“几处败垣围故井，向来一一是人家。”典型的环境，典型的细节，戴复古找到了兵乱后荒村最真实的遗迹，找到了追怀往昔最有力的载体。

诗的巧思源于生活的实感。戴复古家居浙东，偏安一隅，却能把离乱景象写得如此真切。南宋文士忧国忧民，“难禁满目中原泪”，他们对沦入敌手的中原，铭记心中，正如戴复古感叹的那样：“最苦无山遮望眼，淮南极目尽神州！”所以，他在《久客还乡》中写道：“生长此方真乐土，江淮百姓正流离。”正因心存沦亡后的中原，心存流离中的百姓，方能心心相印，方能写出如此真切的劫难后的荒村景象。

整首诗以景为主，寄托诗人对遭受兵乱的人民的深厚同情和对入侵敌人的仇恨。江湖诗派的作者固然多应酬之作，但当他们的笔触涉及现实生活时，同样有自己深沉的思想。

在中国古代，不知发生了多少次战争，“兴，百姓苦；亡，百姓苦”。因而不少诗人通过对战祸的描写，表示自己的哀痛。著名的诗如杜甫《春望》：“国破山河在，城春草木深。感时花溅泪，恨别鸟惊心。”借草木花鸟以抒愤疾。又如韩偓《乱后却至近甸有感》写乱后的城市情况：“狂童容易犯金门，比屋齐人作旅魂。夜户不扃生茂草，春渠自溢浸荒园。”戴复古这首诗，很明显借鉴了杜、韩的写法，含蓄地表示情感，很具特色。

浣溪沙·霜日明霄水蘸空①

【宋】张孝祥

霜日明霄水蘸空。鸣鞘声里绣旗②红。淡烟衰草有无中③。

万里中原烽火北④，一尊浊酒戍楼⑤东。酒阑挥泪向悲风⑥。

注释

①霜日：指秋天。一说指秋天的太阳。明霄：明净的天空；晴朗的天空。水蘸空：指远方的湖水和天空相接。蘸：沾染，沾取液体。

②鞘鸣鞘声：刀剑出鞘声。一说指行军时用力挥动马鞭发出的声音。鞘（shāo）：鞭鞘，这里指马鞭。绣旗：绣有图案的军旗。
③有无中：若有若无。
④烽火北：当时荆州已成南宋边界，谓被金人占领的中原已在火线的北面。
⑤尊：同“樽”，酒杯，酒器。戍楼：有军队驻防的城楼。
⑥酒阑：饮酒将尽。悲风：指凄厉的秋风。

作者名片

张孝祥（1132—1169），字安国，号于湖居士，汉族，简州（今属四川）人，生于明州鄞县。宋朝词人。著有《于湖集》40卷、《于湖词》1卷。其才思敏捷，词豪放爽朗，风格与苏轼相近。孝祥“尝慕东坡，每作为诗文，必问门人曰：‘比东坡如何？’”

译文

秋日里，水天空明，交相辉映。军营里红旗飘扬，不时传来阵阵马鞭声。远处淡烟笼着衰草，秋色若有若无。

万里中原已在烽火的北面，只能在东门的城楼上借一杯浊酒浇愁。酒后挥泪洒向悲凉的秋风中。

赏析

据乾道本《于湖先生长短句》，此词调名下另有小题“荆州约马举先登城楼观塞”，此词当为作者任知荆南府兼荆湖北路安抚使时的作品。“观塞”即观望边塞。这时荆州北面的襄樊尚是宋地，这里“塞”应是指荆州郊外的防御工事。

这首词抒写了因观塞而激起的对中原沦陷的悲痛之情，上阕写观塞，下阕抒悲感。首句写要塞郊野的自然景象，并点明时节。“霜日明霄”绘出晴空万里的秋日景象，降霜天气必是白色晴明的。“水蘸空”即水和天空相接。荆州城东有长湖，“蘸空”之水或许指此湖水。水天空阔，上下辉映，是荆州郊野平原地带的实景。次句切合观塞，耳目所触，一片军戎气氛。“鞘”为鞭梢。“绣旗”为绣有物状的军旗。响亮的鞭声，耀眼的红旗，俱是耳目易感的东西，故给人的印象极为深切。“淡烟”句把视线展开，显出边地莽莽无垠的辽阔景象。如果说首句还是自然景象对作者感官的客观反映，这句可说是词人极目观望的深心感受，眼前景色，内心思绪，俱是一片茫茫。正如王维诗“山色有无中”，虽景象近似，而景外之意至为深远。东坡曾称柳永的“霜风凄紧，关河冷落，残照当楼”，谓“不减唐人高处”，对这句也可如此看待。

由观塞而自然地想到沦陷的中原，“万里”句即是观塞时引起的感慨。“烽火”为边地报警的设施，而中原一切自不待言，亦不忍言，只这样提点一下，可抵千言万语，这其间含有无限难以诉说的悲惨酸辛。“一尊”句承上启下，北望中原，无限感慨，欲借酒消遣，而酒罢益悲，真是“举杯消愁愁更愁”，于是不禁向风挥泪。“浊酒”为颜色浑浊的酒，常用于表现艰苦的生活，微带有粗犷悲壮之意。范仲淹《渔家傲》云：“浊酒一杯家万里。”“戍楼东”，指作者所登荆州东门城楼。“东”字似非无意，实指南宋都城所在的方位。“挥泪”即洒泪，表现内心悲戚之深。秋风吹来，令人不寒而栗，感念中原未复，人民陷于水火之中，而朝廷只求苟安，不图恢复，故觉风亦满含悲意。

此词上阕描写望中要塞景色，明丽壮阔，其中景物也隐约呈现作者的感情色彩，眼前一片清丽，而人的心情却深藏阴暗。下阕抒发感慨，从人的活动中表现。在读者眼前俨然呈现一位北望中原悲愤填膺的志士形象。整首词色彩鲜丽，而意绪悲凉，词气雄健，而蕴蓄深厚，是一首具有强烈爱国感情的小词，与其《六州歌头》同为南宋前期的爱国词名作。

州　桥[①]

【宋】范成大

南望朱雀门，北望宣德楼[②]，皆旧御路也。

州桥南北是天街[③]，
父老年年等驾回。
忍泪失声询使者，
几时真有六军来？

注释

①州桥：在汴京（今河南省开封市）宣德门和朱雀门之间。
②宣德楼：宫城的正门楼。
③天街：京城的街道叫天街。这里说州桥南北街。

作者名片

范成大（1126—1193），字致能，号称石湖居士。平江吴县（今江苏苏州）人。南宋诗人。谥文穆。从江西派的诗作入手，后学习中、晚唐诗，继承了白居易、王建、张籍等新乐府诗人的现实主义精神，终于自成一家。风格平易浅显、清新妩媚。诗题材广泛，以反映农村社会生活内容的作品成就最高。他与杨万里、陆游、尤袤合称南宋“中兴四大诗人”。

译文

天汉桥南北的天街之上，中原父老年年都驻足南望，盼望王师返回。

哭不成声，强忍泪水询问使者：什么时候真有我们朝廷的军队过来？

赏析

此诗为作者过汴京时所作，以白描手法，撷取了一个特写镜头，表现了沦陷区人民盼望光复的殷切心情，隐晦地流露了对议和不战政策的不满。全诗在朴素的语言中把遗民盼望王师北返的急切而又失望的心情刻画得极为真实、感人。

此诗四句，截取了一个生动的场面，有人物、有环境、有情节、有对话，完全可以作为一篇小小说来看。

诗歌直接叙述，往往比描写更难驾驭，这就要求诗人要有敏锐的目光，能抓住典型环境中的典型细节，将感情倾注于其中。这首诗的特色就在于此。诗中的典型细节在于两个字——“等”和“询”。父老盼望王师北返，望眼欲穿，其强烈的愿望和痛苦的心情自然就融于“等”字中。而含泪失声地“询”则惟妙惟肖地描绘出父老的神情。而“几时真有”更是意味深长，朝思暮想，在州桥旁边伫立凝眸，企首悬望，父老们的急切心情溢于言表。“遗民泪尽胡尘里，南望王师又一年。”这是他们的弦外之音，因为他们的热切盼望一次又一次地变成失望。而诗人的无言以对，可谓“此时无声胜有声”。

送魏大[1]从军

【唐】陈子昂

匈奴犹未灭，
魏绛[2]复从戎。
怅别三河道[3]，
言追六郡雄[4]。
雁山横代北，
狐塞[5]接云中。
勿使燕然[6]上，
惟留汉将功。

注释

①魏大：陈子昂的友人。

②魏绛（jiàng）：春秋晋国大夫，他主张晋国与邻近少数民族联合，曾言“和戎有五利”。

③三河道：古称河东、河内、河南为三河，大致指黄河流域中段的平原地区。

④六郡雄：原指金城、陇西、天水、安定、北地、上郡的豪杰，这里专指西汉时在边地立过功的赵充国。

⑤狐塞（sài）：飞狐塞的省称。塞，边界上的险要之处。

⑥燕（yān）然：古山名，即今蒙古人民共和国境内的杭爱山。

作者名片

陈子昂（661—702），字伯玉，梓州射洪（今四川省射洪县）人，唐代文学家、诗人，初唐诗文革新人物之一。因曾任右拾遗，后世称陈拾遗。陈子昂存诗共100多首，其诗风骨峥嵘，寓意深远，苍劲有力。其中最有代表性的有组诗《感遇》38首，《蓟丘览古》7首和《登幽州台歌》《登泽州城北楼宴》等。陈子昂与司马承祯、卢藏用、宋之问、王适、毕构、李白、孟浩然、王维、贺知章并称为“仙宗十友”。

译文

匈奴还没有被灭亡，友人又像多功的魏绛一样从军保卫边疆。

在三河道与友人分别，心里有些怅惘，仍盼望魏大像英雄豪杰赵充国那样建下大功。

雁门山横亘在代州北面，飞狐塞遥接云中郡。

不要让燕然山上只留下汉将的功绩，也要有大唐将士的赫赫战功。

赏析

作为唐代革新运动的启蒙者，陈子昂一直强调汉魏风骨。此诗不落一般送别诗缠绵于儿女情长、凄苦悲切的窠臼，一扫同类题材的悲切之风，从大处着眼，激励出征者立功沙场，并抒发了作者的慷慨壮志，很能代表陈子昂的文学主张。

首二句“匈奴犹未灭，魏绛复从戎”，读来令人震撼，借此可以清楚地意识到边境上军情的紧急，也可以感觉到诗人激烈跳动的脉搏。三四句虽有惆怅之感，而气概却是十分雄壮的。五六句写魏大从军所往之地。地理位置的重要，山隘的险峻，暗示魏大此行责任之重大。这就为结句做了铺垫。七八句作结，便如瓜熟蒂落，极其自然。

作者又一次激励友人，希望他扬名塞外。这在语意上，又和开头二句遥相呼应。

全诗一气呵成，充满了奋发向上的精神，表现出诗人“感时思报国，拔剑起蒿莱”（《感遇·本为贵公子》）的思想情操。感情豪放激扬，语气慷慨悲壮，英气逼人，令人读来如闻战鼓，有气壮山河之势。

少年行①四首·其三

【唐】令狐楚

弓背霞明剑照霜，
秋风走马出咸阳②。
未收天子河湟③地，
不拟回头望故乡。

注释

①少年行：古代歌曲名。
②走：跑。咸阳：指京城长安。
③河湟：指青海湟水流域和黄河西部，当时为异族所占。

作者名片

令狐楚（约768—837），字壳士，自号白云孺子。京兆府咸阳县（今陕西咸阳市）人，郡望敦煌（今属甘肃）。唐朝中期官员、文学家。令狐楚长年担任地方节度使，“长于抚理”，政绩颇为显著。又擅写诗文，才思俊丽，尤擅四六骈文。常与刘禹锡、白居易等人唱和。其诗“宏毅阔远”，长于绝句。有《漆奁集》一百三十卷，又编有《元和御览诗》。

译文

弓箭沐浴着霞光，宝剑照耀着寒霜。
剑起凛冽的秋风，驰马飞出了咸阳。
国土一角仍沦陷，天子没有收河湟。
这种情况不改变，不拟回头望故乡。

赏析

这首洋溢着爱国热情的小诗抒发了诗人以身报国的豪情壮志。诗的前两句极力渲染了诗人青年时期出征的豪迈气概。弓箭在霞光中闪耀着光辉，宝剑照耀着寒霜，诗人在凛冽的秋风之中驰出了京城，奔赴疆场为国效力。这里，诗人自我形象鲜明，报国的豪情壮志表现得十分充分。这首诗的后两句，作者用诗的语言表示自己的决心，说只要国家的河湟地区没有收复，自己就不打算回头望一望故乡。这比汉代霍去病“匈奴未灭，何以为家”（见《史记·卫将军骠骑列传》）的话更进一步。

这首诗先描写，后抒情，两者结合紧密。诗人把雕弓、宝剑、寒霜、秋风、走马等形象集中起来，突出了自我形象，描写之中充溢着报国热情。抒情时，诗人抓住了对国土丧失的痛惜，直述以国为家、先国后家的决心。这首诗语言简练、生动，节奏感强。

和端午

【宋】张耒

竞渡[1]深悲千载冤，
忠魂一去讵[2]能还。
国亡身殒[3]今何有，
只留离骚[4]在世间。

注释

①竞渡：赛龙舟。
②讵（jù）：岂，表示反问。
③殒（yǔn）：死亡。
④离骚：战国时楚人屈原的作品。《离骚》是中国古代诗歌史上最长的一首浪漫主义的政治抒情诗，对后世产生了深远的影响。

作者名片

张耒（1054—1114），字文潜，号柯山，亳州谯县（今安徽亳州市）人。北宋大臣、文学家，人称宛丘先生、张右史。代表作有《少年游》《风流子》等。著有《柯山集》《宛邱集》，词有《柯山诗余》。被列为元佑党人，数遭贬谪，晚居陈州。

译文

龙舟竞赛是为了悲悼屈原的千载冤魂，但是忠烈之魂一去不返。

国破身死，现在还有什么呢？只留下千古绝唱《离骚》在人世间了！

赏析

北宋诗人张耒这首《和端午》诗凄清悲切、情意深沉。此诗从端午竞渡写起，看似简单，实则意蕴深远，因为龙舟竞渡是为了拯救和悲悼屈原的千载冤魂。但“忠魂一去讵能还”又表现出无限的悲哀与无奈。无怪乎北宋进士余靖作诗说：“龙舟争快楚江滨，吊屈谁知特怆神。”但此句，却又分明有着“风萧萧兮易水寒，壮士一去兮不复还”的慷慨悲壮，它使得全诗的意境直转而上，宏阔高远。于是三四两句便水到渠成、一挥而就。虽然“国亡身殒”，灰飞烟灭，但那光照后人的爱国精神和彪炳千古的《离骚》绝唱却永远不会消亡。

柳梢青·春感

【宋】刘辰翁

铁马[①]蒙毡，银花洒泪[②]，春入愁城。笛里番腔，街头戏鼓，不是歌声。

那堪独坐青灯。想故国[③]、高台月明。辇下[④]风光，山中岁月，海上心情[⑤]。

注释

①铁马：指战马。源自陆倕《石阙铭》“铁马千群”。
②银花：花炮，俗称“放花”。源自苏味道《正月十五夜》“火树银花合”。洒泪兼用杜甫《春望》“感时花溅泪”意。
③故国：本意是“故都”，这里兼说“故宫”，连下高台。
④辇下：皇帝辇毂之下，京师的代称，犹言都下。
⑤海上心情：想念海上的心情。临安沦陷后，南宋的爱国志士多逃亡至福建、广东沿海一带，参加抗元复国的事业。

作者名片

刘辰翁（1233—1297），字会孟，别号须溪。庐陵灌溪（今江西省吉安市吉安县梅塘乡小灌村）人。南宋末年著名的爱国诗人。景定三年（1262）登进士第。他一生致力于文学创作和文学批评活动，为后人留下了可贵的文化遗产，遗著由子刘将孙编为《须溪先生全集》，《宋史·艺文志》著录为一百卷，已佚。

译文

到处都是披着毛毡的蒙古骑兵。人们去观看上元灯市，花灯好像也伴人洒泪。春天来到这座悲惨的城市，元军在街头打着鼓、耍把戏，横笛吹奏起蒙古的腔调，哪里有一点儿春天的光景？耳闻目睹，心头不是滋味！

在微弱的灯光下叹息，感慨无聊的生活折磨人。想到苍凉的明月正映照着故都的楼台房舍，我的内心无比凄凉。那令人眷恋的临安都城的风景……那隐居山林的寂寞岁月……那逃往海滨的小朝廷的君臣，怎么进行抗敌斗争、复兴祖国？我的心情久久不能平静！

赏析

这是作者在上元节前的一个晚上写的感伤时乱，怀念故国的词作。

上片写想象中临安元宵灯节的凄凉情景。

“铁马蒙毡，银花洒泪，春入愁城”三句，写元朝统治下的临安一片凄凉悲愁的气氛。

“笛里番腔，街头戏鼓，不是歌声”三句，写元军在灯市上鼓吹弹唱的情景：横笛中吹奏出来的不是汉家的故音，而是带有北方游牧民族情调的“番腔”，街头上演出的也不再是熟悉的故国戏鼓，而是异族的鼓吹杂戏，一片嘈杂之声，身为忠于故国的南宋遗民，听来根本不能称为“歌声”。

下片抒发了作者的思国之情。

“那堪独坐青灯。想故国、高台月明。”这两句承上启下，用“想故国”三字点明上片所写都是自己对故都临安的遥想。荧荧青灯与故国的苍凉明月相互映照，更显出作者内心的凄凉之情和对故国的眷恋之情。这两句文势由陡急转为舒缓，而感情则变得更加沉郁。

“辇下风光，山中岁月，海上心情。”“辇下风光”，指故都临安的美丽风光。这三句思维极为跳跃，内涵顿为丰富，联想的余地也更大，全词到此收束，但言有尽而意无穷。如果说上片的结句干脆利落、声如鼓板，这下片的结句却如弦索之声，幽怨宛曲，余音袅袅不绝。这样结尾，与诗人不尽的国恨家痛和遗民隐居的悠悠岁月十分相合，可以收到意想不到的艺术效果，诗人的爱国情怀也得到延展。

金错刀[①]行

【宋】陆游

黄金错刀白玉[②]装，

夜穿窗扉出光芒。

丈夫五十功未立，

注释

①金错刀：用黄金装饰的刀。

②白玉：白色的玉，亦指白璧。

提刀独立顾八荒[3]。
京华[4]结交尽奇士[5]，
意气相期[6]共生死。
千年史册[7]耻无名，
一片丹心[8]报天子。
尔来从军天汉滨[9]，
南山晓雪玉嶙峋[10]。
呜呼！楚虽三户能亡秦，
岂有堂堂中国空无人！

③八荒：指四面八方边远地区。
④京华：京城之美称。因京城是文物、人才汇集之地，故称。这里指南宋京城临安（今杭州市）。
⑤奇士：非常之士。德行或才智出众的人
⑥意气：豪情气概。相期：期待，相约。这里指互相希望和勉励。
⑦史策：即史册、史书。
⑧丹心：赤诚的心。
⑨天汉滨：汉水边。这里指汉中一带。
⑩南山：终南山，一名秦岭，在陕西省南部。嶙峋：山石参差重叠的样子。

译文

用黄金、白玉装饰的宝刀，到了夜间它的光芒穿透窗户，直冲云霄。

大丈夫五十岁了还没有在沙场立功，手提战刀迎风独立傲视天下。

我在京城里结交的都是些豪杰义士，彼此意气相投，相约为国战斗，同生共死。

羞耻于不能在流传千年的史册上留名，但一颗丹心始终想消灭胡虏，报效天子。

近来，我来到汉水边从军，远处的终南山顶山石嶙峋、白雪耀眼。

啊，楚国即使只剩下三户人家，最后也一定能报仇灭秦。难道我堂堂中华大国，竟会没有一个能人，把金虏赶出边关？

赏析

这是一首托物寄兴之作，在结构上具有由物及人、层层拓展的特点。全诗分三层意思：

第一层从开头到“提刀独立顾八荒”，从赋咏金错刀入手，引出提刀人渴望杀敌立功的形象。

第二层从“京华结交尽奇士”到“一片丹心报天子”，从提刀人推广到“奇士”群体形象，抒发其共同的报国之心。

第三层从“尔来从军天汉滨”到结束，联系眼前从军经历，揭明全诗题旨，表达了国之必胜的豪情壮志。

“丈夫五十功未立”，这里的“丈夫”，是一个爱国壮士的形象。诗句中所说的“功”，不能仅仅理解为陆游个人的功名，而是指恢复祖国河山的抗金大业。“一片丹心报天子”一句，似乎有忠君色彩，但在那时的历史条件下，“天子”与国家社稷难以分开，“报天子”即是报效国家，其积极意义仍应肯定。

“京华结交尽奇士，意气相期共生死。”意即怀抱报国丹心的并非只有自己，当时朝廷中已经形成一个爱国志士群体。隆兴初年，朝中抗战派势力抬头，老将张浚重被起用，准备北伐，陆游也受到张浚的推许。这些爱国志士义结生死，同仇敌忾，是抗金复国的中流砥柱。

最后两句却变化了句式，先用叹词“呜呼”提唱，末句则用一气赶下的九字反诘句，读起来显得铿锵有力，仿佛掷地有金石之声。

这首诗题为“金错刀行”，但并不是一首咏物诗，它不以铺陈描绘宝刀为宗旨，而只不过是借宝刀来述怀抱、言志向。因此，诗中多议论和直抒胸臆的句子，以气势、骨力来感染读者、激励读者。诗中无论是“丈夫五十功未立”的喟叹，还是“意气相期共生死”的表白，无论是“一片丹心报天子”的誓词，还是“岂有堂堂中国空无人”的宣告，无不是以诗人的民族自豪感和正义必胜的自信心为底蕴，因此决非粗豪叫嚣之作可比，读来大声鞺鞳，气势夺人。长于议论，同时又富于充沛的感情，是此诗艺术上成功的首要原因。